IMMERSION

EMILIANO PODDI

IMMERSION

roman

Traduit de l'italien
par Sophie Royère

ALBIN MICHEL

« Les Grandes Traductions »

Bien qu'inspirée de personnes et de faits réels, l'histoire racontée dans ce roman est le fruit de l'imagination de l'auteur.

Édition originale italienne parue sous le titre :
QUEST'ORA SOMMERSA

Publié avec l'accord de The Italian Literary Agency

« Leni Riefenstahl est la seule
à nous comprendre. »

JOSEPH GOEBBELS

« Je ne connais aucune femme qui agisse
avec sa détermination, qui se montre
aussi passionnée par son travail.
Elle me rappelle mon propre dévouement
à ma mission. »

ADOLF HITLER

« Où est ma faute ? »

LENI RIEFENSTAHL

Tu respires sous l'eau sans y faire attention, avec un naturel désarmant. À quinze mètres de profondeur, tu nages paisiblement, l'air très sûre de toi, et je n'interviens pas. Tout va bien, Leni, tout va bien.

Je peux voir nos deux respirations. Nulle part ailleurs il n'est donné d'assister à un tel spectacle. Inspiration, expiration, des essaims de bulles sortent en gargouillant de nos détendeurs, petits disques ombiliqués, méduses sans tentacules – crois-tu vraiment qu'en ma présence, tu n'as laissé sortir de ta bouche que ces innocentes créatures, Leni ?

Pourtant, tu aurais des raisons d'être sur tes gardes. Ici, ta survie ne dépend pas uniquement de toi. Ta réserve d'air est limitée, tu es reliée à un appareil respiratoire, écrasée par une pression plus élevée d'un bar et demi que la normale, en proie aux courants et à la merci de poissons plus gros que toi et bien plus rapides. En définitive, sous l'eau, tu es aussi à ma merci, Leni. Ta vie est entre mes mains.

Malgré tout, je suis sûre que l'idée du danger ne t'a pas effleurée un seul instant. Ressens-tu désormais un plus grand sentiment d'appartenance à ce monde marin qu'au tien ? Il faut dire qu'il est si facile d'y pénétrer. Assise sur le rebord du canot, tu te penches en arrière, et le poids de la bouteille fait le reste. L'océan semble t'accueillir à chaque fois comme si c'était la première, puis il se referme aussitôt, comme soucieux de te protéger, de mettre au plus vite des milliers de mètres cubes d'eau salée entre ton ancien univers et toi.

Il reste pourtant une trace de ta présence. Ces bulles qui éclatent à la surface donnent l'impression, à ceux qui sont restés au-dehors, d'une modeste activité volcanique sous-marine. Sans compter, j'oubliais, la bouée rouge de signalisation qui doit flotter quelque part là-haut, quinze mètres au-dessus de nous. Mais que t'importe une bouée rouge ? Le temps de compenser, et te voilà prête à te transformer en poisson, le poisson Leni. Et là, une autre histoire commence.

Remplir ses poumons pour remonter, les vider pour redescendre, utiliser ses organes comme des dispositifs où s'exerce la mécanique des fluides, comme les vessies natatoires des poissons. Nager avec les palmes ou se laisser porter par le courant vers une étendue de corail corne de cerf. Puis rester là, à flotter, pendant que toute une vie défile devant tes yeux. Non pas la tienne, cette vie stupéfiante de centenaire que tu n'évoques qu'à des moments soigneusement choisis, mais celle de la barrière de corail, tout aussi incroyable : un paysage hérissé de flèches, de pinacles et de tours futuristes, une métropole d'avenir où des aliens acharnés tentent de s'entredévorer ou d'échapper à la dévoration.

Il n'est que justice de se retrouver entre murènes, barracudas et requins à pointe noire, qu'en penses-tu ? On dirait que cette plongée n'en finira jamais, qu'il serait possible de s'installer ici, sur la barrière de corail. Pour toujours. Soudain, toute limite te semble abolie, comme si tu avais le pouvoir d'atteindre les tréfonds de l'océan – ce désir nous étreint parfois, nous les plongeurs, quand l'ivresse des profondeurs embrume notre esprit et nous laisse penser que nous pourrons descendre encore et encore.

Imagine, Leni : ce désir inassouvi de profondeur, un système de propulsion qui te permette de le satisfaire, de nouvelles lois physiques, des trajectoires fluides, des gestes dilués, une sensation d'omnipotence. On comprend que certains n'aient plus tellement envie de revenir à la surface.

Et puis s'embusquer, tourner en rond, attendre. Attendre les raies mantas, qui sont la raison de cette plongée, mais pas seulement. L'attente en soi, la beauté de certains moments où il ne se passe absolument rien.

Cette plongée en quête des raies mantas sera notre dernière sortie, mon ultime tentative désespérée de te comprendre, avec toute la colère que je te réserve depuis des années, et tout l'air qu'il me reste – l'équivalent de cent quatre-vingt-deux bars, environ soixante minutes d'autonomie, et pas une de plus, évidemment.

Mais tu sais, Leni, soixante minutes peuvent suffire. Toi et moi occupons désormais ce temps sous-marin qui, au lieu de filer, s'étend dans toutes les directions possibles, s'élargit démesurément sans rencontrer d'obstacles et se propage dans un présent dilaté.

Tes cent ans saisis en une seule heure.

Une heure sous la surface qui afflue en moi comme un océan – un océan de temps.

Voilà à quoi pourrait ressembler le finale. Nous épuiserons notre réserve d'air, raison insuffisante à nos yeux pour remonter à la surface. À moins qu'une seule d'entre nous ne remonte – *nur einer*, « un seul », as-tu dit il y a bien des années sur le tournage de ton film *Tiefland* –, tandis que l'autre restera ici en compagnie des créatures les plus étranges qui soient, le corps allongé au fond de la mer, les cheveux ondoyant doucement dans le courant.

Corail spiralé

Au fond, tout commence par là. Par ce corail à l'origine d'innombrables histoires sous-marines, la nôtre comprise. Tout est né il y a des millions d'années de l'alliance imprévisible entre un mollusque microscopique et une algue unicellulaire, entre pieuvres et zooxanthelles. La nuit, les pieuvres dégagent du dioxyde de carbone sous forme de carbonate de calcium, et le jour, les zooxanthelles s'en servent pour synthétiser la lumière, libérant à leur tour le glucose et l'oxygène nécessaires à la pieuvre pour sécréter son carbonate de calcium. Sans cela, on ne verrait pas un seul brin de corail aux Maldives. D'ailleurs, les Maldives non plus n'existeraient pas, ni les atolls, les barrières de corail et tous ces poissons, ni même Leni et moi. En définitive, ce sont des micro-organismes qui nous ont réunies.

Tu le vois, Leni ? Ici, juste devant toi.

D'abord elle ne comprend pas, elle ne sait pas quoi regarder. Le spécimen que je lui indique n'est pas d'emblée identifiable comme corail, il n'a pas la forme de ces arbrisseaux si rassurants avec leur silhouette infantile, leur rouge insolent, presque démonstratif : même ton que le vernis de Leni, celui qu'à cent ans passés depuis six mois, elle s'obstine à exhiber sur ses ongles de mains et de pieds – ce qui est peu rassurant, de même que cela lui aille si bien. Ce matin encore, avant de plonger, elle s'en est passé dans la véranda de son bungalow. Elle badigeonnait ses ongles, soufflait, admirait le résultat en éloignant ses doigts, puis s'enduisait encore de rouge corail, concentrée dans cette succession de gestes. Moi, en cachette, je la regardais.

Elle tend une main, et malgré mes conseils répétés – il est interdit de toucher le corail, *verboten*, c'est très fragile, et c'est dangereux pour vous aussi, Frau Leni, vous pourriez vous blesser ou rester coincée –, évidemment Frau Leni n'en fait qu'à sa tête et le touche. Puis elle me sourit de son mieux avec son détendeur dans la bouche, cherche mon approbation, me fait OK avec les doigts, et j'imagine que plus tard, quand nous remonterons à la surface, elle essaiera de se justifier comme au cours des deux plongées précédentes. Je suis désolée, me dira-t-elle, c'est que je voulais être sûre.

Sûre de quoi ?

Que c'était vraiment du corail, ma chère.

Hélicoïdal et filiforme, planté au milieu d'une étendue rocheuse par ailleurs déserte, il jaillit du néant et monte en spirale vers la surface, semblable à un ressort d'acier, au ruban d'une gymnaste, ou à l'ADN. Leni le regarde, et moi je regarde Leni. Même sous l'eau c'est elle qui m'intéresse, bien plus que ce corail ou n'importe quel spécimen habitant la barrière, plus que tout autre être vivant étudié dans mes livres à l'université puis vu de mes propres yeux.

À présent, c'est elle que j'étudie.

Et je crois savoir ce qui continue de l'attirer à quinze mètres de profondeur, juste au-delà du récif corallien de l'îlot de Gangehi, atoll d'Ari : sous l'eau – *unter Wasser* –, les choses prennent des apparences trompeuses, et ne passent presque jamais pour ce qu'elles sont. Voilà, à mon avis c'est essentiellement pour cette raison qu'elle plonge, elle croit pouvoir se dérober, elle qui a passé la moitié de sa vie à se camoufler. En 1972, au cours de son baptême de plongée à soixante-dix ans, elle avait probablement deviné que le monde sousmarin lui correspondrait, que dans les profondeurs on se dissimule bien mieux que sur la terre ferme – les barrières de corail en particulier s'y prêtent bien. Ici, les poissons ressemblent à des algues, les algues à des pieuvres, les pieuvres à des roches, lesquelles sont plutôt des formations coralliennes, c'est-à-dire des êtres vivants comme nous, comme moi et comme Leni.

Voilà de quoi donner le vertige, autant d'indétermination risque de monter à la tête, à la longue. Pourtant, ici seulement, dans ce monde dénué de certitudes, sans poids ni supports, la plongeuse plus que centenaire qui nage à mes côtés se sent vraiment en paix.

Elle-même me l'a dit le jour de notre première sortie, il y a une semaine. Nous étions à la proue du *dhoni* en train d'enfiler notre combinaison, lorsqu'elle m'a subitement adressé la parole – désormais je ne me sens bien que sous l'eau, mes pensées ralentissent, mon esprit évacue les mauvais souvenirs.

J'étais sur le point de lui demander quels mauvais souvenirs, mais je me suis mordu la langue. Nous venions de nous rencontrer, j'avais trouvé la force de l'accueillir à son arrivée, de me présenter, de lui sourire, tout s'était bien passé, je devais à présent être patiente, attendre le bon moment.

C'est probablement cette sensation d'être suspendue dans le vide, disait Leni. Pendant ce temps le capitaine ralentissait les moteurs, nous étions presque arrivées à l'endroit où nous allions plonger ensemble pour la première fois, au-delà de la barrière extérieure, Leni et moi toutes seules au milieu de l'océan.

Ou alors, ma chère, c'est le fait de sombrer si lentement, de chuter dans un royaume mystérieux, où un bonheur complètement inattendu se diffuse en nous peu à peu. Après l'avoir éprouvé, on reste sous le charme du monde sous-marin. Comme une sorte de drogue, qu'en penses-tu ?

J'ai acquiescé, ce qui n'était pas nécessaire. Je sais

maintenant que ses questions sont plutôt de simples expédients rhétoriques pour vous attirer à elle, une ruse pour vous laisser croire que vous pourrez influer sur le cours d'un raisonnement, alors qu'elle le tient solidement entre ses mains aux ongles vernis de frais. C'est bien elle qui le mène, du début à la fin, et vous n'êtes que son public.

Voilà, c'est tout à fait ça, ma chère, une drogue, et ce sentiment toujours renouvelé de première fois. La variété des formes, les couleurs, les organismes vivants : comme si, à chaque plongée, on redécouvrait tout depuis le début. On retrouve le même émerveillement, le même rêve les yeux ouverts, n'ai-je pas raison ?

Est-ce que tu avais raison ?

Tout dépend du point de vue. Si l'on peut difficilement rester indifférent à ton enthousiasme communicatif, je ne suis pas si sûre que les mots que tu emploies soient les plus adaptés.

Avec les images, tu as toujours été phénoménale, mais les mots ne sont pas ton fort. Quand tu tournes ou que tu prends une photo, ton goût est précis, infaillible, et si personnel que même ceux qui t'ont méprisée comme être humain, t'ont traitée de salope, de nazie, ou les deux, ont été obligés de t'imiter.

Mais quand tu parles, c'est une autre affaire. Tu t'exprimes volontiers par clichés et formules toutes prêtes, tu accumules banalités sur banalités, par exemple tu dis que ton heure préférée est le coucher de soleil, ou que cette île est un véritable coin de paradis. Avec les mots, ton goût devient soudain maniéré, si ce n'est, disons-le tout net, kitsch.

N'oublions pas que tu as intitulé ton premier album de photos sous-marines *Jardins de corail.* Et il n'y a pas si longtemps, à une journaliste qui te demandait en quoi consistait exactement ton célèbre sens esthétique, tu as répondu qu'enfant, tu aimais cueillir de petites fleurs colorées.

Pourtant, le jour de notre première plongée, j'ai gardé toutes ces pensées pour moi. Je me suis tue pendant que le capitaine éteignait le moteur du *dhoni* et que Leni m'évoquait les spectacles incroyables, les visions enchanteresses, le silence qui vous enveloppe sous l'eau et vous protège du monde extérieur, efface tous les problèmes, tous les soucis. Puis, à l'improviste, elle s'est mise à réciter Heine.

Thalatta ! Thalatta ! a-t-elle déclamé en combinaison de plongée, palmes aux pieds. *Je te salue, mer éternelle ! Je te salue dix mille fois*[1].

Moi aussi je connaissais ce poème. Axel, le garçon

1. Heinrich Heine, « Salut à la mer », in *La Mer du nord*, traduction de Gérard de Nerval.

avec qui je sortais à l'université, me l'avait lu ; vu le sujet, il pensait que ça pouvait me plaire, et il avait raison. Je l'avais photocopié et appris par cœur, et maintenant je me trouvais sur une embarcation traditionnelle des Maldives en train d'en articuler les mots en silence au fur et à mesure qu'ils sortaient de la bouche de Leni.

Je retrouve dans le bruissement de tes ondes comme un écho de la patrie, et je crois voir les rêves de mon enfance scintiller sous tes vagues, et il me revient de vieux souvenirs de tous les chers et nobles jouets, de tous les brillants cadeaux de Noël, de tous les coraux rouges, des perles et des coquillages dorés que tu conserves mystérieusement dans des coffrets de cristal ! – im klaren Kristallhaus.

Après une pause dramatique, comme une nouvelle strophe voulue par Heine, Leni s'est mise à énumérer les souffrances qui la tourmentent depuis de nombreuses années, et qui ne lui accordent un semblant de répit que sous l'eau – *dort unten* –, au point que c'est son médecin qui lui a prescrit les plongées. Tu ne me crois pas ? Horst, s'il te plaît, dis-le-lui, toi.

Horst a soixante ans, quarante de moins qu'elle, il est grand, bien bâti, avec de larges épaules. Quand Leni l'interpelle – le signal est une chiquenaude sur le biceps du dos de la main –, il se limite en général à hocher la tête, ou au mieux à de brèves réponses scellées par un sourire difficile à interpréter. Et c'est alors seulement qu'on se souvient de sa présence. Dis-le-lui, Horst, n'est-ce pas le docteur Henkel qui m'a conseillé les plongées ? Les douleurs disparaissent sous l'eau, n'est-ce pas, Horst ?

Horst a hoché la tête et souri. Voilà une semaine que je l'observe et je n'ai pas encore compris ce que signifie exactement ce sourire. Tout comme j'ignore s'il est possible qu'un docteur prescrive des plongées sous-marines à une centenaire. D'ailleurs, je ne sais pas non plus quelles douleurs peuvent disparaître sous l'eau – certainement pas la mienne. Il me semble même qu'elle acquiert encore plus d'acuité quand je nage avec elle, que la pression sous-marine la rend plus solide et plus concrète. La présence de Leni balaie tout le temps qui s'est écoulé depuis le jour où ma douleur a été engendrée, à l'été 1941. Ma douleur est née vingt-deux ans avant moi, et elle est encore vivante, plus vivante que jamais.

Ces pensées aussi, je les ai gardées pour moi, naturellement. Qu'elle se soit mise à me parler autant, et si tôt, alors que nous n'avions encore jamais plongé ensemble, me suffisait. Quelque chose dans mon apparence – et je savais bien quoi – devait l'avoir poussée à s'en remettre à moi bien avant qu'elle y soit obligée, pendant que nous étions assises à la proue d'une embarcation où, techniquement, elle était sous la responsabilité du capitaine, pas sous la mienne. Dans l'eau, elle ne peut compter que sur moi, à son âge on ne l'autoriserait pas à plonger avec des bouteilles toute seule, sur prescription médicale ou non. Horst, qui est aussi son cameraman et l'a toujours accompagnée sous l'eau, a subi récemment une opération à l'oreille interne et ne peut pas compenser. Pas de plongée pour lui. Ici, il n'y a que moi, Leni, et un million de poissons.

Un sacré coup de chance, un cadeau inattendu, que cette labyrinthite dont souffre Horst. Je ne voulais que te rencontrer, Leni, t'observer sur le vif, t'étudier de bien plus près que je ne l'ai jamais fait. Je n'avais pas la prétention de t'accompagner sous l'eau, une fréquentation plus sommaire m'aurait suffi. Vois-tu comme la vie est bizarre, parfois ? Il y a une semaine, tu ignorais tout de mon existence. Aujourd'hui, une intimité profonde, et même mesurable, s'est instaurée entre nous : dix-huit mètres, à cet instant précis. Et tout cela grâce aux vertiges de Horst. Que veux-tu, d'ailleurs, m'as-tu murmuré sur le bateau – tu t'étais mise à parler à voix basse pour qu'il n'entende pas –, à son âge, il a ses petits ennuis de santé. Puis tu as chargé sur ton dos la bouteille, ta centaine d'années, et tu as plongé.

Horst nous attend à bord, patient et imperturbable, prêt à nous accueillir avec son indéchiffrable sourire. Il t'aide à te hisser sur l'échelle, retire ta combinaison, jette sur tes épaules un peignoir bleu – assorti à ton maillot de bain –, te sèche, te frotte les cheveux. Mais toi, bien vite, tu te dégages parce que tu n'y tiens plus. Encore toute ruisselante, tu t'affaires déjà sur l'écran de ton appareil photo de plongée, tu veux lui montrer sans plus attendre les clichés que tu viens de prendre – la patience, dans ce couple, c'est Horst qui en est dépositaire, Leni parle et il écoute, elle gesticule et il sourit, elle dispose et il exécute.

Le soir de notre première sortie plongée, au restaurant, Leni a fait à Horst ce signe que j'allais apprendre à si bien connaître. Il m'a invitée à les rejoindre dans la zone réservée aux invités, la plate-forme qui donne sur la lagune, alors que, pour nous autres du staff, la table est à proximité des cuisines. Je l'ai suivi en essayant de cacher ma surprise, et en me demandant pourquoi Leni sollicitait ma compagnie. Avait-elle deviné quelque chose ? Pourtant j'avais été attentive, professionnelle, je ne pensais pas m'être trahie. Non, impossible qu'elle ait compris. Ce devait être par simple politesse, une façon de me manifester sa satisfaction pour le travail que je réalisais et qui continuerait les jours suivants. Arrivé à leur table, qu'éclairait une composition de fleurs d'hibiscus et de bougies, Horst a déplacé une chaise et je me suis assise en face de Leni.

Ils ont parlé de filtres photographiques pendant presque tout le dîner. J'ai ainsi découvert que Horst est un défenseur des filtres rouges, adaptés aux eaux à dominante bleue, et donc plus respectueux des couleurs réelles, alors que Leni privilégie les filtres magenta, qui seraient pourtant plus indiqués pour les eaux à dominante verte. Elle affirme que le magenta rend les photos plus expressives, qu'il restitue les sensations – qui, elles, sont bien réelles, mon cher Horst – de ceux qui ont vu les poissons comme nous les voyons à présent Leni et moi, en attendant l'apparition des raies mantas.

Ils ont commencé à s'échauffer à propos des filtres, finissant par oublier ma présence, ce qu'au fond j'espérais, afin de pouvoir les observer à mon aise. Dans leurs discussions, j'étais moins touchée par leur passion pour les photos que par leur indifférence aux sujets photographiés. À les entendre, et notamment Leni, poissons, méduses, concombres et limaces de mer ne sont là que pour qu'elle puisse les photographier. En effet, quand une pieuvre, un mérou ou une murène sont introuvables dans l'habitat où nous pensions les trouver, Leni le prend très mal et se met en colère, elle fait un geste irrité de la main. Quel affront intolérable d'être ainsi snobée par une pieuvre, elle qui a photographié Andy Warhol et Mick Jagger.

Cependant, même quand la pieuvre est présente et se laisse cadrer par son objectif, elle reste un sujet tout à fait insignifiant, qui a besoin d'être retouché en postproduction ou bien là, séance tenante, grâce à l'un de ses chers filtres magenta qui permettront à Horst de saisir sur le bateau toutes les nuances du pigment cutané : le gris marmoréen des tentacules, le blanc rosé des ventouses, cette allure élastique et un peu molle qu'ont les pieuvres quand elles nagent entre deux eaux – voilà pourquoi j'aime les filtres magenta, Horst, et voilà pourquoi tu devrais les aimer aussi.

Ils ne se sont souvenus de moi qu'à la fin, au moment de se lever de table et de fixer le rendez-vous de la deuxième sortie au surlendemain. Leni a besoin de récupérer, m'a murmuré Horst pendant qu'elle fouillait dans son sac, et ce faisant il s'est rapproché de moi jusqu'à m'effleurer la main – exprès, m'a-t-il semblé. Puis, toujours à voix basse, me parlant presque à l'oreille, il a ajouté que quarante-huit heures au moins devaient s'écouler entre deux sorties. Enfin, bien sûr, il m'a souri.

Pourquoi donc ? Et pourquoi se mettre à chuchoter ? Par simple délicatesse à l'égard de Leni ou pour une autre raison ?

En tout cas, il ne nous restait à Leni et moi que deux plongées, soit trois au total, la moitié de ce que j'avais prévu. Je devais donc exploiter au mieux le peu de temps qui m'était accordé. Je ne pouvais rester à l'écart comme je l'avais fait pendant le dîner, espérant la prendre en défaut. Je devais mener la danse, me suis-je dit au moment de se quitter.

Horst m'a souhaité bonne nuit et Leni m'a caressé la joue. Tout à coup, c'est comme si le soleil m'avait brûlée à cet endroit. La peau m'a chauffé toute la nuit, je n'ai pas fermé l'œil en imaginant la réaction de ma mère si elle avait su qu'un jour – le 13 mars 2003 – Leni Riefenstahl me caresserait la joue comme à une petite fille. Et pourtant c'est arrivé. Dès le premier soir, Leni m'a touchée exactement comme elle a touché le corail spiralé un peu plus tôt, avec la même désinvolture, la même certitude de pouvoir se le permettre – je suis désolée, maman, pardonne-moi, je n'ai pas réussi à l'éviter.

Elle avait peur de me perdre.

Quand je me revois petite, c'est une des sensations dont je me souviens le mieux, ma mère qui avait tout le temps peur de me perdre.

Dans les rues bondées, elle cherchait aussitôt ma main. Regarde, me disait-elle sur la Getreidegasse, c'est la maison de Mozart. Et comme c'était une rue toujours très fréquentée, dans ma mémoire les deux choses ont fini par se confondre, Mozart né dans cette maison et elle me prenant par la main.

J'imagine que toutes les mères ressentent cette crainte naturelle, que leur enfant se perde pour toujours dans la foule. Mais chez ma mère il y avait autre chose, une sorte d'urgence qu'enfant, je ne parvenais pas à m'expliquer.

Ce n'était pas son unique peur, elle en avait bien

d'autres, dont j'étais le seul objet. Que je ne mange pas assez. Que je sois malade du cœur comme l'oncle Matthias – je ne l'ai jamais connu et n'ai rien su d'autre de lui pendant des années. Que je me sente différente des autres enfants, Sinté ou Gadgé, qu'importe, parce qu'ils avaient tous une famille alors que je n'avais qu'elle. Qu'il m'arrive un malheur pendant que j'étais à la crèche, puis à l'école et même plus tard à l'université, en tout cas loin d'elle et hors de sa portée. Que j'aie un accident de plongée, lorsque j'ai commencé à m'y adonner. Ou même que je me perde dans les rues et les places bondées de Salzbourg – la crainte de ne jamais me revoir si cela se produisait.

Nous avions une façon bien à nous de nous tenir la main. Je serrais le poing et sa main l'enveloppait complètement, comme dans pierre-feuille-ciseaux. Ensuite, elle pressait ma main deux fois, rapidement. Je reconnaissais ce geste et le reproduisais aussitôt avec un sourire. Ce message codé voulait dire que personne d'autre ne se tenait la main comme nous. Que nous étions spéciales et que notre lien l'était aussi, depuis toujours. Ma mère m'avait raconté que ma naissance était prévue début novembre, mais une nuit de la mi-octobre, elle avait rêvé qu'elle accouchait d'une belle petite fille. Le lendemain, elle avait perdu les eaux et à minuit j'étais venue au monde, le poing serré près du front. Quand les médecins avaient posé sa petite fille dans ses bras, avant toute chose elle avait enveloppé de sa main ce minuscule poing que je continuais de serrer tout en pleurant. Puis, suivant la tradition de son peuple, elle s'était approchée de mon oreille et avait murmuré mon prénom.

Nous avions un autre système pour ne pas nous perdre. Ma mère lançait un signal sonore, une sorte d'appel d'air que je savais reconnaître de très loin. Si nous étions dans un parc et que je jouais avec d'autres enfants, je cessais de jouer dès que j'entendais ce sifflement inversé, et regardais autour de moi jusqu'à ce que j'intercepte son regard. Elle avait ce pouvoir de créer de sa bouche une colonne d'air qui m'attirait à elle, un courant par lequel je n'avais plus qu'à me laisser transporter. Viens, me disait-elle par gestes, il est temps de partir, ou bien non, elle ne voulait rien, juste que je me tourne dans sa direction, pour savoir en permanence où elle se trouvait. Le plus beau, c'était que les autres enfants ne réagissaient pas au signal, ils ne donnaient jamais l'impression de l'avoir entendu. De mon côté, je stoppais toutes mes activités, comme si le signal sonore de ma mère voyageait sur des fréquences que personne d'autre au monde ne pouvait capter.

À la différence de notre serrement de main, cet appel ne nous appartenait pas exclusivement. Ma mère ne l'avait pas inventé, elle en avait hérité. Sa mère Juliana – ma grand-mère – l'utilisait pour communiquer à distance avec elle et ses autres enfants, oncle Matthias qui était malade du cœur, oncle Willi et tante

Agathe, dont je ne connaissais que les prénoms. Eux aussi connaissaient cet appel qui me faisait lever la tête dans le parc pour essayer de localiser ma mère. Un jour, j'ai découvert *où* ma grand-mère, que je n'ai jamais connue, avait forgé ce stratagème, un endroit bondé – bien plus que devant la maison de Mozart. Le risque de se perdre pour toujours y était concret, ce n'était pas une de ces craintes qui vous assaillent sans raison dans la vie de tous les jours. Là-bas, s'éloigner même quelques minutes pouvait vous coûter cher, il fallait donc l'éviter à tout prix ; vous deviez garder vos enfants à portée de voix, et faire en sorte qu'ils puissent entendre à tout moment votre appel.

Maintenant que je suis sous l'eau avec toi, Leni, impossible de ne pas remarquer à quel point notre respiration ressemble à ce signal : un appel d'air aussitôt suivi d'un gargouillement de bulles, puis un nouvel appel d'air et d'autres bulles, et ainsi de suite jusqu'à épuisement de nos réserves d'air.

Entre-temps tu t'es remise à nager. Je t'ai suivie et j'ai vérifié le manomètre – presque cent cinquante-deux bars, environ cinquante minutes, dernière plongée avec Frau Leni. Nous venons de tomber sur un petit poisson transparent qui nage tout au fond, et dont seule l'épine dorsale est visible, comme une radiographie de lui-même : ce doit être une postlarve de poisson-chirurgien, pas encore un adulte, mais plus tout à fait un alevin.

Leni le regarde en respirant à peine, et moi je la regarde me tourner le dos, sans se savoir observée. En tout cas, si elle le sait, elle n'en a cure. Pour elle, après tout, je suis aussi nécessaire qu'inoffensive. Je suis juste « la fille des poissons », comme elle m'a appelée avant-hier soir dans la véranda de son bungalow, la biologiste marine grâce à laquelle elle peut encore se permettre de descendre à quinze mètres et de prendre ses incroyables photos sous-marines.

Tu as raison, Leni. Je suis biologiste, je connais la barrière de corail autour de Gangehi et les habitats des poissons. Tout est vrai, mais la vérité est aussi ailleurs, tu ignores encore tant de choses. Tu es au courant qu'il y a trois mois, je me trouvais toujours aux Maldives, mais sur un autre atoll, un îlot situé à quatre-vingt-dix milles marins de celui-ci, mais tu ne sais pas que je suis venue exprès jusqu'ici, à Gangehi, quand j'ai été informée de ton arrivée ; ce n'est pas le hasard qui a provoqué notre rencontre, comme tu le crois, c'est moi. Tu ne peux pas savoir non plus que lorsqu'on a appris que tu allais avoir besoin d'un guide de plongée, je me suis aussitôt portée volontaire – je pourrais le faire, moi, ai-je lancé aux jeunes du centre de plongée, ça ne me coûte rien, je parle même sa langue.

Tu sais que je m'appelle Martha, comme le personnage de *Tiefland* que tu as interprété toi-même il y a plus d'un demi-siècle ; quand on s'est présentées j'ai bien senti que tu as tressailli, qu'est-ce que tu crois ? Après tout ce temps, le prénom Martha te fait toujours de l'effet. Pourtant, tu es à mille lieues d'imaginer que si ma mère me l'a donné c'est justement à cause de *Tiefland* ; tu ne peux pas savoir non plus qui était ma mère, et quand bien même, il n'est pas dit que tu t'en souviendrais.

Tu sais maintenant où nous allons, je te l'indique par gestes comme lors de nos deux autres plongées – là-bas, derrière cette étendue de coraux qui ondulent, dans une dépression du fond marin où stationnent parfois les raies mantas –, mais tu n'as aucune idée de mes origines, de ma véritable identité. Tu crois pouvoir te camoufler, Leni, mais tu n'imagines pas un instant que je puisse moi aussi avancer masquée. Alors tu viens avec moi, qui sais tout de toi, et tu me suis sans le moindre soupçon.

tentative 1 : citations

1902

« J'attendais un beau garçon. C'est elle qui est arrivée. J'ai éclaté en sanglots devant ce monstre de laideur, la face ratatinée comme une vieille pomme, le poil clairsemé et hirsute et en plus une loucherie dans les yeux. »

Bertha Riefenstahl, mère de Leni

1922

« Je suis convaincu que tu n'as aucune inclination pour la danse et que tu ne dépasseras pas le stade de la médiocrité. »

Alfred Riefenstahl, père de Leni

1923

« Une danseuse au talent extraordinaire ; une véritable et originale incarnation de l'art de la danse. Elle sait s'approprier toute la grâce d'un coquelicot tremblant et d'un bleuet ployant sous le vent. »

Münchner Neueste Nachrichten, quotidien bavarois

1923
« À partir de ce soir, je crois en toi. »

Alfred Riefenstahl, père de Leni

1926
« Interprétation admirable de Leni Riefenstahl. Ses mouvements sont harmonieux et son beau visage, pur et grave. »

Paul Gordeaux, critique de cinéma

1926
« Comme actrice, elle ne vaut rien. Elle n'est même pas photogénique. Quant à ses sautillements de-ci de-là, ils sont à la limite du supportable. »

Berliner Morgenpost, quotidien berlinois

1928
« Leni, s'il te plaît. Si je te dis de regarder à gauche, pourquoi regardes-tu à droite ? Je te rappelle que tu es en train de jouer. Ce n'est pas toi le réalisateur. »

Georg Wilhelm Pabst, réalisateur

1929
« Elle venait sur le tournage de mon film pour faire la cour à M. Pabst, ce qui m'énervait. Elle avait de belles jambes, ce qui m'énervait aussi. »

Louise Brooks, actrice

1929
« Si cette traînée se présente encore une fois sur le plateau, je jure devant Dieu que j'abandonne le film. »

Marlene Dietrich, actrice

1930
« Enlève-toi ce projet de la tête, Leni. *La Lumière bleue* est une bêtise. »

Arnold Fanck, réalisateur

1932
« Félicitations, *La Lumière bleue* est un grand film. »

Charlie Chaplin, réalisateur et acteur

1932
« Le Führer a lu votre lettre et vous demande de venir demain, pour une journée, à Wilhelmshaven. Que dois-je lui répondre ? »

Wilhelm Brückner, aide de camp d'Adolf Hitler

1932
« Quand nous serons au pouvoir, vous réaliserez mes films. »

Adolf Hitler, leader du parti nazi

1932
« Admettez-le, vous êtes amoureuse d'Hitler. »

Joseph Goebbels, futur ministre de la Propagande

1932
« Elle n'était ni l'amante ni la fiancée d'Hitler, mais elle était assez maligne pour laisser croire qu'elle pouvait l'être. »

Walter Frentz, cameraman

1932
« Vous devez devenir ma maîtresse. J'ai besoin de vous… Ma vie sans vous est un enfer. »

Joseph Goebbels, futur ministre de la Propagande

1933
« Nous faisions la fête dans un sauna, quand le téléphone a sonné. C'était Göring. Il a dit qu'Hitler avait été nommé chancelier. Pensant à une plaisanterie, j'ai passé l'appel à Leni, qui a été informée du début du Troisième Reich comme ça, nue comme un ver. »

Hans Ertl, cameraman

1934
« Je veux que le film sur le congrès du Parti à Nuremberg soit réalisé par Mlle Riefenstahl. C'est un ordre. »

Adolf Hitler, chancelier du Reich

1934

« Par moments, on aurait presque dit que le Führer regardait vers elle pour savoir ce qu'il devait faire. *Madame**[1] Riefenstahl, faisait remarquer quelqu'un, est la seule personne en Allemagne qui puisse se vanter de lui donner des ordres. »

Lucien Lemas, journaliste

1934

« Merveilleuses images du film du Parti. Leni sait y faire. Ah, si elle était un homme ! »

Joseph Goebbels, ministre de la Propagande

1936

« Avec son abondante chevelure rousse retenue par un foulard bariolé, Leni Riefenstahl traverse le stade olympique pour veiller à tout. Quand le Führer arrive, la réalisatrice adresse un sourire à la tribune d'honneur. »

Pascal Copeau, journaliste

1. Mot en français dans la version originale.

1936
« Dans le stade, où que le regard se tourne, on ne voit qu'elle. »

Bella Fromm, journaliste

1936
« Vous croyez peut-être qu'il y aura encore des gens intéressés par un film sur les Jeux olympiques dans deux ans ? »

Joseph Goebbels, ministre de la Propagande

1938
« À la première des *Dieux du stade*. Succès retentissant. Une œuvre magistrale de Leni Riefenstahl. On reste électrisé par sa puissance, sa profondeur et sa beauté. »

Joseph Goebbels, ministre de la Propagande

1938
« Voyez l'étonnant nègre Jesse Owens, athlète inégalable, galopant au milieu de ses adversaires comme une panthère. »

Jean Fayard, journaliste

1938
« Le paquebot accoste, Leni Riefenstahl débarque à New York. Que dire ? Elle est aussi charmante qu'un svastika. »

Walter Winchell, journaliste

1941
« Nous étions tous dans le camp. Elle est arrivée avec la police et a choisi des personnes. J'étais là avec beaucoup d'autres enfants, et nous étions exactement ce qu'elle cherchait. »

Rosa Winter, déportée à Maxglan

1941
« Frau Riefenstahl éprouvait une joie spéciale au contact des enfants Reinhardt et Winter. »

Anton Böhmer, commandant des SS

1941
« Le traitement réservé aux Tsiganes durant le tournage de *Tiefland* allait au-delà de la simple gentillesse. Leni était vraiment tombée amoureuse de ces personnes. »

Bernhard Minetti, acteur

1941
« J'ai couru hors du plateau sans demander la permission, je venais d'apprendre que ma mère allait être déportée à Ravensbrück. Je l'ai trouvée au poste de police. Puis Leni Riefenstahl est arrivée avec un SS en uniforme. Elle était furieuse, et a exigé que je lui demande pardon à genoux. Quand j'ai refusé, elle a dit : "Alors, retour au camp." »

Rosa Winter, déportée à Maxglan

1944
« Je vous promets que l'Allemagne ressuscitera de ses ruines, plus splendide que jamais. »

Adolf Hitler, chancelier du Reich

1945
« Vos papiers ! »

Un soldat américain

1945
« *Baby*, je connais bien le cinéma, j'y allais tous les soirs et je ne t'ai jamais vue. Si tu étais une star, je le saurais. »

Un soldat américain

1945
« Alors comme ça, vous ne savez pas ce que c'est ? Ce sont des photos prises dans les camps de concentration. Vous n'avez jamais entendu parler d'Auschwitz ? »

Un officier américain

1945
« Madame Riefenstahl, ce n'est pas un crime d'avoir couché avec Hitler. Nous voulons juste savoir s'il était sexuellement normal ou impuissant, comment se présentaient ses parties génitales, etc. »

Un médecin américain

1948
« Après des recherches approfondies, il est établi qu'aucune accusation politique, de quelque nature que ce soit, n'est avérée. »

Tribunal de dénazification de Villingen

1958
« Chère madame Riefenstahl, oubliez votre film. L'opposition contre vous est trop forte et – pardonnez ma

sincérité – je crois que vous ne pourrez plus exercer votre métier jusqu'à la fin de vos jours. »

Herbert Tischendorf, producteur de cinéma

1962
« *Leni buna Nuba, Nuba buna Leni* » (Leni aime les Noubas, les Noubas aiment Leni).

Chant des enfants noubas, peuple du Soudan

1964
« *Leni basso, Leni basso* » (Leni est revenue, Leni est revenue).

Hommes et femmes noubas

1969
« Leni, tes photos des Noubas sont tout simplement sensationnelles. Nous voulons en faire un grand reportage pour le numéro de Noël. »

Henri Nannen, directeur de l'hebdomadaire *Stern*

1972
« Pour son film sur les Jeux de Berlin de 1936, Leni Riefenstahl disposait de quatre-vingt-trois cameramen et assistants, d'un zeppelin et du soutien d'Hitler. Pour photographier les Jeux de Munich, elle a eu à disposition un Leicaflex et un seul assistant (Horst Kettner) – aucun zeppelin, aucun privilège. »

The Sunday Times

1974
« Elle se moque de la politique, seule la beauté l'intéresse. »

Andy Warhol, artiste

1974
« J'ai dû voir quinze fois *Le Triomphe de la volonté*. »

Mick Jagger, rock star

1992
« Son livre de mémoires est ennuyeux, mal écrit, d'un narcissisme sans fond. Leni Riefenstahl est tellement éblouie par sa propre lumière qu'elle ne voit rien, absolument rien, autour d'elle. »

Ian Buruma, critique littéraire

1995
« On la découvre en pleine action aux Maldives, toute fringante de santé et de sexe avec un amant de quarante ans son cadet, en train de régler une prise de vue sous-marine à sensation. »

Gérard Lefort, journaliste

2002
« Leni est profondément blessée par ces accusations. Ses ennemis utilisent les Tsiganes pour gâcher son anniversaire et éclipser la sortie d'*Impressions sous-marines*. Elle ne pensait pas que ses Tsiganes seraient assassinés. Elle avait d'excellentes relations avec eux, personne n'a jamais traité les Tsiganes mieux qu'elle. »

Horst Kettner, compagnon de Leni

2002
« La vie de Leni Riefenstahl, c'est cent ans de travelling dépourvu de morale. »

Antoine de Baecque, critique de cinéma

2002
« La première d'*Impressions sous-marines*, dans un grand cinéma de Berlin, est applaudie comme si le public avait apprécié en toute innocence ces poissons multicolores. »

Lorraine Millot, journaliste

2002
« Une fois de plus, aujourd'hui comme hier, Leni Riefenstahl danse avec les requins. »

Gérard Lefort, journaliste

Grand bénitier gaufré

Une vibration profonde fait trembler Gangehi, un rugissement sourd et répétitif, presque viscéral. C'est l'océan qui se bouscule en bordure de l'atoll. Ses vagues se brisent contre la barrière extérieure en une effervescence continuelle et, selon qui l'écoute, ce fracas lointain sonne comme une menace ou comme une possibilité.

Pour Leni, c'est sûrement une possibilité, à en juger par l'assurance avec laquelle elle se déplace lorsque nous nous trouvons au-delà de cette barrière et nageons en quête des raies mantas. Au grand large, elle se montre encore plus à l'aise, encore plus maîtresse d'elle-même qu'à l'intérieur de l'atoll. D'ailleurs, je crois qu'elle est venue sur cette île pour sa proximité avec la pleine mer, le royaume des grands poissons, les raies mantas géantes, les requins-marteaux, les requins-baleines, tout ce qui ne peut pas être enfermé dans un lagon ; pour elle, la voix de l'océan doit être une sorte d'appel.

Je la soupçonne d'avoir choisi Gangehi pour son emplacement périphérique – un îlot marginal dans un archipel marginal, qui vous donne ce sentiment de recueillement propre aux îles coralliennes, cette impression que la barrière de corail vous a coupé du reste du monde. C'est sûrement le lieu le plus adapté pour quelqu'un comme Leni, qui a dû cultiver depuis 1945 l'habitude de rester à l'écart, si ce n'est cachée, pour ressurgir quand on s'y attend le moins, et de manière éclatante : un album photos sur les Noubas, un reportage sur les Jeux olympiques de Munich trente-six ans après avoir filmé ceux de Berlin, un livre-fleuve de mémoires ou un documentaire intégralement sous-marin tourné à l'orée de ses cent ans – *typisch von Leni*, commentent ses amis, mais aussi les biographes, les spécialistes du cinéma, les chercheurs en nazisme. Disparaître et réapparaître, c'est tout elle.

Mais pour moi, ce grondement ininterrompu est une menace, depuis que Leni a débarqué ici.

La nuit, je reste allongée dans mon bungalow, les yeux écarquillés, rivés au ventilateur poussé au maximum. Je le regarde tournoyer et me rends à l'évidence : une fois de plus, je ne trouverai pas le sommeil, alors autant aller me rasseoir devant le bureau en bois de coco où s'empilent de plus en plus de livres, de photos, de coupures de journaux, de feuilles de notes, et même d'expertises graphologiques. Et tandis que j'essaie de mettre tout cela en ordre, d'agencer les événements année par année, de les classer par sujet ou par catégorie, tandis que je m'échine à donner un sens à l'existence de Leni, si tant est qu'il y en ait un, l'océan gronde dans mes oreilles. Sa voix se mêle aux milliers de mots dits ou écrits sur son compte, et s'insinue dans les chronologies élaborées nuit après nuit dans la fièvre de l'insomnie, au point qu'il me semble entendre non plus l'océan, mais le temps – le bruit des heures et des minutes qui passent.

Il m'en reste environ quarante-cinq, peut-être moins. Le temps me file entre les doigts et Leni est toujours là, à une brassée de moi, proche et insaisissable à la fois, enclose dans son mystère comme un véritable poisson.

Sans compter, a-t-elle dit il y a deux jours, qu'on ne peut pas se permettre de dire tout et n'importe quoi.

Elle a prononcé ces mots comme si elle reprenait le fil d'une conversation interrompue, alors qu'aucun d'entre nous n'avait encore ouvert la bouche, ni elle, ni moi, ni Horst. Nous l'avons regardée tous les deux avec un certain étonnement. Nous étions sur le quai, attendant le bateau qui devait nous emmener au large pour l'une de nos explorations, la deuxième. Elle devait ruminer ça depuis un moment, quand elle a lâché cette phrase suspendue dans le vide, sans coordonnées.

Bref, a continué Leni, essayant de mieux s'expliquer, sous l'eau c'est tout bonnement impossible. Ce qui, si on y réfléchit bien, est absolument fantastique.

Quoi donc ? lui a demandé Horst. Qu'est-ce qui est impossible ?

Dieu du ciel, Horst. Parler. Parler sous l'eau. C'est aussi pour ça que nous sommes là, non ?

Je comprenais bien ce qu'elle voulait dire. Sous l'eau, la bouche est occupée à respirer, ce qui l'arrange bien. À dix-sept mètres de profondeur, on est obligé de s'exprimer avec les mains, et pour le strict nécessaire ; des gestes essentiels et codifiés, comme ceux que nous sommes justement en train d'échanger.

OK, Leni ?

OK.

Les oreilles ?

OK pour les oreilles aussi.

Et c'est tout. Impossible de poursuivre la conversation, et donc de se compromettre, de laisser échapper quoi que ce soit qui pourrait être utilisé contre toi, comme c'est arrivé presque chaque fois que tu as essayé de te défendre, de t'expliquer, de te justifier, ou simplement de parler de la pluie et du beau temps.

Voilà une autre leçon apprise à ses côtés : il ne faut jamais se laisser anesthésier par ses mots, ne jamais les considérer avec hauteur et baisser la garde, car au milieu d'une foule d'observations sans intérêt – les coraux ne sont plus aussi colorés qu'autrefois, n'est-ce pas, Horst ? –, au milieu de telles évidences pourraient se nicher des éléments intéressants, dont elle-même ne semble même pas saisir toutes les implications.

Il faut la laisser parler, acquiescer de temps à autre, lui sourire avec conviction, ou bien se taire. Et quand elle se sentira suffisamment en sécurité pour lâcher un peu prise, elle laissera échapper une phrase révélatrice, comme ce matin sur le quai – ce que j'aime sous l'eau, c'est que je peux me taire, ma chère, c'est le seul endroit au monde où je n'ai de comptes à rendre à personne.

Quand elle glisse dans un raisonnement spécieux, elle ne s'en rend pas toujours compte, et continue. Autrement, si elle a l'impression d'en avoir trop dit, comme avant-hier, Leni pâlit et se fige comme les petits des requins-bambous quand ils se sentent en danger. Alors, une ombre d'effroi passe dans ses yeux. C'est l'affaire d'un bref instant, après quoi elle reprend aussitôt le contrôle, dégainant de son répertoire d'actrice un bel éclat de rire, avec l'à-propos d'un trait d'esprit : un éclat de rire veiné d'enrouement et qui va diminuant, un rire de vieille tante, énième stratagème pour paraître docile et inoffensive – venez dire bonjour à tante Leni, disait-elle aux enfants de Maxglan.

Qu'est-ce que je disais ? a-t-elle demandé l'air de rien sur le quai, des bribes de rire dans la voix. Puis, après une pause bien étudiée, elle a fait mine de s'en souvenir – ah oui, mais bien sûr, que veux-tu, à mon âge. Et elle a aussitôt changé de sujet : son âge, justement, le réchauffement des océans, son état de santé et celui des coraux, terrains neutres où déployer ses innocentes banalités avant de monter à bord, de plonger et d'en finir avec les mots.

Mais le capitaine tardait, et Leni commençait à donner des signes d'impatience.

Où peut-il bien être ? a-t-elle demandé à la fin de son monologue de diversion. Elle semblait réaliser subitement l'absence du capitaine, nous étions là à bavarder qui sait depuis combien de temps et toujours aucune trace de lui. Devant nous, le lagon immaculé, translucide, avait le lissé d'une pierre dure.

J'ai essayé de lui expliquer que le capitaine pouvait avoir été retenu à Mathiveri, l'île d'en face, où il habite avec sa famille et une centaine d'autres Maldiviens, des pêcheurs pour la plupart. Une affaire à régler, ai-je dit à Leni, par exemple une petite réparation sur la barque.

En tout cas, il est en retard.

À vrai dire, est intervenu Horst, c'est nous qui sommes en avance.

Je te fais remarquer qu'il est presque neuf heures, Horst.

Justement, a dit Horst, *presque*.

Il semblait résolu à l'agacer, lui qui se met toujours en situation de provoquer l'exact contraire. J'avais déjà remarqué un tel schéma au dîner, qui se reproduirait les jours suivants quand j'étudierais le comportement sexuel du couple. Aujourd'hui, je peux affirmer que le mâle de l'espèce joue parfois à provoquer la femelle, en la taquinant à sa manière un peu sournoise, et quand il atteint son but, c'est-à-dire quand la femelle s'emporte enfin, il se charge de la calmer, par une caresse, un baiser sur le front, une phrase conciliante – à partir de cet instant précis, le capitaine est en retard, mon trésor, c'est toi qui avais raison. Je suis convaincue que lorsque Horst se met en tête d'énerver Leni, c'est uniquement pour l'amadouer ensuite. Qui sait s'il ne trouve pas là une façon de se sentir utile.

Il faut dire qu'il est encore bel homme, indiscutablement, ce dont il est assez conscient. Et même si j'ai du mal à croire que j'ai sauté le pas, c'est un aspect de la situation que j'ai eu l'idée d'exploiter.

Le capitaine a fini par se présenter vingt minutes après l'heure dite, avec un plateau de noix de coco en guise d'excuse. Nous nous sommes installés à la proue, Leni et moi d'un côté, Horst de l'autre. Le capitaine a zigzagué entre les hauts-fonds pour sortir de la barrière de corail, et nous avons pris le large. C'est à ce moment-là que l'idée m'est venue de profiter des circonstances ; j'ai lancé des œillades à Horst, comme ça, sans intention précise, juste pour voir sa réaction.

Pourtant, il faut croire que j'avais une intention depuis le début, même si j'essaie maintenant de me voiler la face, au vu du résultat. À force de côtoyer Leni, le réflexe d'autodisculpation finit peut-être par prendre le dessus.

La vérité, Leni – l'une des nombreuses vérités que je serais tentée de partager avec toi si mon détendeur ne m'en empêchait –, c'est que je m'étais mis en tête de séduire Horst, ou du moins de lui donner cette impression. Je voulais qu'il me voie le regarder, et que tu en sois témoin. Je voulais afficher mes trente-neuf ans contre tes cent ans, mes jambes nues croisées à quelques centimètres de ta main squelettique aux ongles vernis de rouge, et que Horst puisse nous comparer pour de bon et sente qu'il pouvait choisir.

Quand il a intercepté mon regard, il l'a soutenu un très long moment, à ce qu'il m'a semblé. Puis sa bouche s'est entrouverte en un sourire auquel j'ai répondu. J'avais atteint mon but, Leni était assise ici à quelques centimètres de moi, je flirtais avec son homme et il flirtait avec moi, il avait répondu à mon regard, il m'avait souri.

Les yeux toujours rivés sur lui, j'ai allongé les jambes et ma robe de plage est remontée sur ma cuisse. À ce moment-là, j'étais sûre d'être attirante, de même que j'étais sûre de l'intention de Horst quand il m'avait effleurée au dîner l'avant-veille. Cela pouvait donc se reproduire, il aurait suffi qu'il allonge les jambes à son tour. Un effleurement furtif, cette fois sous les yeux de Leni. Un de ces contacts qui, selon notre interprétation, peut signifier tout ou rien.

Ça ne doit pas être facile, ai-je dit à Horst.

Quoi donc ? s'est interposée Leni. Qu'est-ce qui ne doit pas être facile ?

De séjourner dans un endroit pareil. Pour Herr Horst, je veux dire. D'être ici et de ne pas pouvoir en profiter du tout. C'est dommage, non ?

Oh oui, a dit Horst. Vraiment dommage.

Il a laissé échapper un soupir, et j'ai haussé les épaules.

Mais je suis sûr, a-t-il ajouté, que d'autres occasions ne manqueront pas, à l'avenir.

C'est terrible, l'ambiguïté, pas vrai, Leni ? Cette manière de dire sans dire, de rester dans le vague, que tu as exploitée si souvent à ton avantage et qui se retourne à présent contre toi.

Que voulait dire Horst ? De quelles occasions parlait-il ? De quoi, pour le moment, ne pouvait-il pas profiter ? De ces fonds incroyables à portée de main et qui lui étaient pourtant temporairement inaccessibles, mais qu'une fois guéri il reviendrait explorer, ou bien d'une femme qui lui sourit, une femme qu'il pourrait convoiter, et qu'il convoite déjà, c'est certain ? Parlait-il de ce qui pouvait encore se passer ici à Gangehi entre lui et moi, dès que Leni aurait le dos tourné ? Ou bien s'agissait-il d'un regret plus général ? La déception de Horst pouvait englober les plongées et ma personne, tout ce à quoi les circonstances lui imposaient de renoncer. Quel dommage – *wie schade*. Et pourtant, avait-il conclu, d'autres occasions ne manqueraient pas à l'avenir.

Effrayer Leni. Tel était mon but – qu'elle ait des soupçons, fondés ou non, qu'importe. J'ignorais moi-même s'ils l'étaient, et je m'en moquais.

Leni a observé Horst pour essayer de comprendre, puis elle a posé son regard sur moi, assez longtemps pour que je saisisse son expression et m'en imprègne bien.

Un sentiment d'alerte avait dilaté ses yeux et les avait rendus un peu plus liquides. Ses pupilles remuaient, inquiètes, dans une sorte d'effroi prudent, cherchant à tout prix à faire la mise au point sur moi, comme si c'était une question de vie ou de mort. Elles exprimaient aussi cet étonnement enfantin que j'avais déjà perçu sous la surface le premier jour, et que je peux déceler derrière son masque quand on tombe sur un spécimen qui l'intéresse – ce sera le cas tout à l'heure quand une raie manta se matérialisera devant Leni, et qu'elle écarquillera les yeux d'émerveillement. Cet étonnement et ce sentiment d'alerte lui donnaient un air éperdu et complètement démuni.

J'ai baissé les yeux la première, tout en sentant les siens encore rivés sur moi.

Et maintenant ? me suis-je demandé.

Maintenant que Horst m'avait souri, que nous avions

échangé des bribes de phrases et des clins d'œil, que fallait-il faire ? Avait-il sérieusement flirté avec moi ? Au fond, ce sourire pouvait n'avoir contenu aucune malice, aucune complaisance, c'était peut-être un de ses sourires passe-partout, bons en toute occasion. Et ses mots, pris au pied de la lettre, que signifiaient-ils d'autre sinon qu'il regrettait d'être aux Maldives et de ne pas pouvoir plonger ?

Stigmatiser une centenaire, la toucher à l'endroit le plus sensible, son âge. Non, je n'avais pas ça en tête. Je voulais mettre Leni face à ses responsabilités, lui montrer que je connaissais son passé, en la regardant droit dans les yeux. C'était à elle, pas à moi, de baisser les yeux. Et pourtant je rougissais de honte, éprouvant pour elle un sentiment proche de la peine.

L'espace d'un instant, je me suis imaginée la rassurer, lui demander pardon, je m'étais comportée stupidement, cela ne se reproduirait plus. Voilà ce que je brûlais de lui dire, mais trop tard, elle s'était retournée.

Elle fixait un point indéterminé devant elle, au-delà de la proue. Je ne pouvais plus la voir de face, mais je la sentais encore affligée, avec son paréo à fleurs bleues et ses ongles rouge corail, une très vieille femme seule face à la mer.

Personne n'a soufflé mot pendant un moment. On n'entendait que le bourdonnement du moteur et le cri intermittent des sternes, pendant que le capitaine manœuvrait le timon en fixant l'horizon. La barque avançait lentement dans la brume, il n'y avait pas un souffle de vent. Comme toujours à cette heure matinale, le lagon était étale, lisse comme de la soie, sans la moindre ride ou ondulation. L'eau scintillait, de ce bleu cobalt dense et pâteux que les rayons du soleil, encore bas, ne perçaient qu'en surface. Même le bateau semblait peiner à s'y frayer un chemin, comme si la proue devait fendre sans relâche une substance gélatineuse qui s'agglutinait de nouveau en une masse compacte et impénétrable aussitôt après notre passage. Tout était si calme, à croire que, sous la surface, on ne pouvait plus rien trouver de vivant.

Pourtant, d'ici quelques minutes, nous allions plonger et constater de nos propres yeux le contraire, à supposer que Leni ait toujours envie de plonger avec moi.

Elle n'avait pas bougé d'un pouce, elle était restée là, les yeux rivés au-devant de la proue recourbée du *dhoni*, tandis que Horst, une main sur le front, se protégeait du soleil en regardant plus ou moins dans la même direction qu'elle. Il n'avait pas joué le jeu, j'en avais maintenant la certitude. Il s'était contenté de désamorcer ma tentative de séduction avec un sourire et quelques phrases de circonstance. Ou bien n'avait-il rien détecté, ni mes manœuvres ni la réaction de Leni. Je n'en percevais pas moins de l'hostilité dans son silence, ou du moins de l'amertume.

Quant à Leni, elle continuait malgré moi de me faire

pitié. Comment pouvais-je éprouver un tel sentiment pour elle ?

Je ne parvenais pas à me débarrasser de la sensation de m'en être prise à une créature sans défense, et qui, d'ailleurs, ne s'était pas défendue. Que cette créature soit Leni Riefenstahl, et que j'aie ressenti l'espace d'un instant le besoin de la rassurer, voilà une pensée qui me donnait un sentiment de culpabilité encore plus fort que ma tentative de lui faire du mal.

En plus de ça, j'étais persuadée que tous deux ne me feraient plus jamais confiance, comme le prouvait le silence dans lequel ils s'étaient enfermés depuis que j'avais tout fait dérailler. Nous ne plongerions plus ensemble, ni aujourd'hui ni jamais. Leni n'avait même pas enfilé sa combinaison, et par conséquent moi non plus. Je m'attendais à ce qu'ils intiment d'un moment à l'autre au capitaine de faire demi-tour, après quoi, une fois de retour à Gangehi, ils fileraient tout droit chez le directeur du resort pour se plaindre de moi et lui demander de me remplacer, pourquoi pas par un des jeunes du centre. Et peu importe s'il s'y connaissait ou non en biologie marine, il suffirait qu'il ait la pratique des fonds. Après tout, Leni voulait juste plonger, trouver enfin la paix, prendre ses photos sous-marines avec son compagnon sans être dérangée – voilà ce qui allait se passer.

Entre-temps nous avions viré à tribord, nous engageant dans l'un des canaux qui mènent à l'océan. Ni

Leni ni Horst n'y avaient opposé d'objection. À environ une centaine de mètres du récif extérieur, lorsque le capitaine a éteint les moteurs et jeté l'ancre, Leni s'est levée et a dit : Eh bien, j'ai l'impression que nous y sommes.

Oui, je crois que oui, a confirmé Horst.

Combien ça peut faire ici, vingt mètres ?

Puis, sans même attendre sa réponse : Donne-moi un coup de main avec ce machin, ma chère, tu veux bien ?

Ce machin était sa combinaison, et sa demande me stupéfiait, car d'ordinaire, c'était Horst qui s'en occupait. Je ne comprenais vraiment pas pourquoi elle me sollicitait. Voulait-elle lui faire payer ce qui venait de se passer ? Était-ce une forme de reproche ? Alors pourquoi Horst avait-il pris le masque de Leni comme si de rien n'était pour y vaporiser le liquide antibuée ?

J'ai aidé Leni à se glisser dans sa combinaison, à serrer autour de sa taille la ceinture lestée et à chausser ses palmes, puis je me suis équipée à mon tour, sans avoir la moindre idée de ce qui se passait.

Nous avons attaché à tour de rôle notre gilet stabilisateur et placé chacune dans notre dos une bouteille de quinze litres. Leni avait cette expression que prennent toujours les plongeurs quand ils se préparent, un air concentré et vaguement alarmé. Les gilets sont nos vessies natatoires et les bouteilles nos branchies ; nous devons endosser à chaque plongée ce qui constitue chez les poissons leur patrimoine génétique, et ce avec une attention aux moindres détails. Et malgré tout, on aura beau s'attacher soigneusement et bien serrer, cet attirail aura toujours un caractère instable, provisoire, et on devra s'assurer plusieurs fois que chaque étape a bien été exécutée, en s'examinant scrupuleusement les uns les autres.

Leni vérifiait mon équipement, je vérifiais le sien. Rien d'aussi intime ne s'était instauré jusqu'alors entre nous, pas même quand elle m'avait caressé la joue l'avant-veille. Bien sûr, le protocole veut qu'entre plongeurs on s'assiste mutuellement, on vérifie que tout est en ordre, mais j'avais l'impression que cet examen réciproque révélait aussi une forme de sororité, une volonté d'affirmer que nous étions du même côté, en tant que plongeuses et en tant que femmes. Ce qui était tout à fait absurde, parce que j'avais dragué son homme de manière flagrante, afin qu'elle s'en aperçoive et soit blessée.

Prête, ma chère ?

J'ai hoché la tête.

Très bien. Horst, le masque, *bitte*.

Pendant ce temps, Horst avait nettoyé le mien. Je l'ai remercié, et lui, évidemment, il m'a souri.

À ce moment-là, j'ai entendu un grand plouf derrière moi.

Leni avait plongé.

Un instant plus tard, nous étions à quinze mètres de profondeur. C'est mon impression, quand j'y repense. Je devais être tellement assommée que ma mémoire a effacé le plongeon, la descente, la compensation et tout ce qui s'est passé après que j'ai pris le masque des mains de Horst.

La plongée aussi ne m'a laissé que des images fragmentaires, bien qu'elle soit toute récente. Je me souviens que le courant était fort sur la barrière extérieure, battre des palmes s'est avéré inutile pendant un bon moment. Nous nous sommes laissé entraîner, Leni prenait une photo de temps à autre en s'accrochant aux coraux. C'est elle qui avait choisi la direction – en principe, à l'aller on va à contre-courant et au retour dans le sens du courant –, sans que je m'y oppose.

Quand nous avons fait demi-tour, nous n'avions même pas consommé un tiers de notre réserve d'air. J'imagine que c'est moi qui ai pris cette décision, je n'en suis plus sûre. J'ai dû me rendre compte qu'il était imprudent de continuer et j'ai dû faire un signe à Leni – on s'éloigne trop du bateau, faisons demi-tour, OK ?

Sans avoir perdu le contrôle, je n'en étais pas moins distraite, repensant au moment où elle m'avait demandé de l'aider à enfiler sa combinaison. Pourquoi moi ?

Je nous revoyais en train de vérifier en silence nos équipements respectifs, pendant que Horst lustrait les verres de nos masques.

Ce pouvait être une tactique, s'allier avec moi pour mieux me vaincre. Ou bien une sorte de manœuvre instinctive, un mécanisme automatique de défense.

Voulait-elle me faire comprendre qu'elle et Horst étaient déjà passés à autre chose, qu'ils étaient trop âgés pour se soucier de ce genre de bêtises ?

Quand on y réfléchit bien, ce n'était sûrement pas la première fois. Ils se sont connus en 1968, et à l'époque, d'autres femmes avaient pu avoir la même idée que moi, pour le plaisir de provoquer un homme attirant, pas encore trentenaire, qui s'était mis en couple avec une quasi-septuagénaire, et qui semblait amoureux comme un adolescent. Si Horst a des sentiments si forts aujourd'hui, ils devaient l'être encore plus aux premiers jours.

On sent entre eux une complicité éprouvée, celle de deux personnes qui ont pris des millions de photos ensemble avec des filtres rouges et magenta et tourné des heures et des heures de film sur les coraux ou les Noubas, du Soudan au Kenya, en passant par la Nouvelle-Guinée, jusqu'aux Maldives. Des gestes aguerris, des engrenages rodés au cours des années, des regards mis au point jour après jour, cette entente spéciale que je n'ai jamais vécue avec aucun homme – ni avec Axel quand j'étais à l'université, ni avec les autres plus tard –, mais seulement avec ma mère. Leni et Horst ont vieilli ensemble, malgré leur différence d'âge, et ils se soutiennent à présent mutuellement, malgré une apparence d'unilatéralité. C'est Horst qui aide Leni à monter dans le bateau ou lui offre son bras quand ils se promènent sur la langue de sable. Moi, depuis le comptoir du bar où je les observe s'éloigner vers l'horizon, je me sens si seule au monde que j'ai envie de pleurer.

Voilà peut-être ce que Leni avait l'intention de me faire comprendre sur le bateau. En supposant qu'elle se soit vraiment inquiétée, elle avait bel et bien repris ses esprits durant la navigation, récupéré son calme à mesure que nous approchions de notre site de plongée. Et si elle m'avait demandé de l'aider à mettre sa combinaison, c'est parce qu'elle savait qu'après tant d'années, elle et Horst étaient encore forts, unis et soudés par la même histoire, et que personne, encore moins une femme comme moi, ne pouvait imaginer mettre en question leur relation ; et donc, ma chère, veux-tu bien m'aider avec ce machin ?

En réalité, elle n'avait pas besoin de moi, contrairement à plus tard, sous l'eau, en revenant. Pendant que nous remontions à contre-courant vers la barque, Leni a d'abord semblé parfaitement capable de se débrouiller seule. Nageant tranquillement un mètre devant moi, elle ne s'est pas retournée une seule fois pour me regarder. Elle était trop forte, trop lointaine, même si quelques coups de palmes nous séparaient. Si je ne lui étais d'aucune utilité sous l'eau, comment imaginer pouvoir lui tirer les vers du nez à la surface ? Je ne saurais donc jamais pourquoi, des années plus tôt, sur le tournage de son film *Tiefland*, elle s'était comportée de cette manière, pourquoi elle avait prononcé les mots fatidiques. Je ne découvrirais jamais ce qui lui était passé par la tête à ce moment-là. Dans moins d'une semaine Horst et elle s'en iraient, et je resterais seule sur mon atoll, comme les naufragés de certains dessins humoristiques, qui attendent on ne sait trop quoi, assis à l'ombre d'un cocotier. En nageant dans le sillage de Leni, je me demandais si mon désir de draguer son homme ne cachait pas une autre intention. Pourquoi Leni, à cent ans, avait-elle un compagnon qui l'adorait et des projets à réaliser avec lui ? Qu'avais-je, moi ? Depuis combien de temps un homme ne m'avait-il pas regardée comme Horst regardait Leni ? Quels projets me resterait-il, une fois qu'ils seraient repartis en Allemagne ? Leni était insaisissable, et Horst avec elle – peut-être en raison de leur avenir commun, quand le mien semblait avoir été décidé une fois pour toutes sur le plateau d'un film financé par Hitler. Pour Leni, tout cela était de l'histoire ancienne, et elle pouvait maintenant nager avec bonheur dans le courant. Moi, quand j'essayais de séduire quelqu'un, mon corps et ma féminité n'avaient rien à y voir. Mais le nazisme, si.

Telles étaient mes pensées lorsque, sans raison apparente, Leni a cessé de donner des coups de palmes, a attendu que je la rejoigne et m'a tendu la main.

Je n'y arrive pas, m'a-t-elle signifié par gestes, le courant est trop fort.

J'ai fini par comprendre qu'avec Leni, le scénario est écrit d'avance. Soudain, elle fait un geste ou prononce une phrase à l'exact opposé de ce qui semblait établi une fois pour toutes. On a tout juste le temps de se convaincre de quelque chose qu'aussitôt elle vous contredit, et le jeu recommence.

Depuis ce moment, cette main ne me quitte plus, pas même la nuit quand je ferme les yeux : les veines bleues saillantes, les taches de vieillesse réparties comme sur une carte ancienne, les arêtes vives des os, leur consistance fragile et calcaire, les ongles qui virent au violet foncé à dix mètres de profondeur – prenant la belle couleur du grand bénitier gaufré, quand ses valves s'entrouvrent en un sourire tordu.

Je me souviens l'avoir attrapée comme si c'était ma dernière chance. Et par certains côtés, elle l'était. Leni avait encore besoin de moi, après tout, et moi d'elle. Sa main comme un grand bénitier gaufré, repêchée à quinze mètres de profondeur *im klaren Kristallhaus*, dans la claire maison de cristal.

Je me suis restabilisée et me suis remise à nager, entraînant Leni derrière moi au milieu du courant, presque sans effort.

tentative 2 : amours

À 12 ans
Sur la piste glacée de Nürnberger Strasse, à Berlin, elle demande de l'aide à un garçon pour lacer ses patins. Dès lors il la suit partout, pendant des mois et des mois.

À 15 ans
Elle se promène avec ses parents, quand un homme se retourne pour la regarder, puis un autre, et un autre encore. « Baisse les yeux, lui murmure son père, tout rouge, ne regarde pas les hommes de cette façon. »

À 18 ans
Après s'être fait opérer de calculs, se réveillant d'anesthésie, elle croit voir à son chevet Walter Lubowski, un jeune homme éperdument amoureux d'elle. Elle s'endort, convaincue d'avoir eu une hallucination, mais quand elle rouvre les yeux Walter est encore là, en train de murmurer son prénom – Leni, Leni.

À 19 ans
Une nuit, Walter reste pendant des heures sous son porche en pleine tempête de neige : elle l'entraîne chez elle *in extremis* pour qu'il ne meure pas de froid. Peu après, Walter s'ouvre les veines : elle attrape une serviette et bande ses poignets, lui sauvant la vie pour la deuxième fois dans la même nuit.

À 20 ans
Elle part en vacances avec une amie à Warnemünde, au bord de la mer du Nord, où on lui présente un homme d'allure aristocratique, Harry Sokal. Quelques jours après, sans autre préambule, Sokal la demande en mariage. Elle refuse, mais Sokal se s'avoue pas vaincu et lui propose d'être l'imprésario de ses spectacles de danse.

À 21 ans
Après avoir longuement insisté, elle parvient à convaincre Günther Rahn – un de ses plus fervents courtisans – de lui présenter le champion de tennis Otto Froitzheim. Otto et elle se rencontrent pour la première fois chez lui. Ils dansent un tango, puis Otto la pousse sur un divan, arrache ses vêtements et la possède avec une grande violence. « Tu peux aller te laver, maintenant, lui dit-il à la fin. Attends, tiens. Cet argent pourrait te servir, au cas où tu serais enceinte. »

À 21 ans
Quelques semaines plus tard, on lui remet un bouquet de fleurs avec un mot : *Pardonne-moi. Je t'aime. Je veux te voir. Ta lettre m'a bouleversé. Je ne savais pas que tu étais aussi merveilleuse. Ton Otto.*

À 22 ans
À Zurich, où elle a été engagée pour deux spectacles, elle dort dans sa chambre d'hôtel lorsqu'on frappe à sa porte en plein cœur de la nuit. C'est Harry Sokal, qui la prie de le laisser entrer. À son refus, Sokal se met à crier, à pleurer, à la supplier et menace même de se tuer. Mais elle a déjà filé en douce par une porte de secours.

À 23 ans
À Fribourg, en plein hiver, elle plonge dans les eaux glacées d'un fleuve pour sauver le réalisateur Arnold Fanck, qui s'y était jeté après l'avoir surprise dans les bras de l'acteur Luis Trenker.

À 24 ans
Durant le tournage de *La Montagne sacrée*, elle, Trenker et le cameraman Hans Schneeberger passent la nuit dans un refuge, où ils doivent partager un lit superposé. Trenker dort en bas, Schneeberger en haut, elle au milieu. Quand elle pense que Schneeberger s'est endormi, elle descend voir Trenker. Ils font l'amour,

après quoi Trenker s'endort. Alors elle monte voir Schneeberger.

À 27 ans
Elle s'échappe du tournage de *L'Enfer blanc du Piz Palü*, exaspérée par les billets doux et les lettres d'amour que le réalisateur du film, Arnold Fanck, lui laisse toutes les nuits sous son oreiller.

À 30 ans
Sur la plage de Horumersiel, un petit village de pêcheurs, elle est en compagnie d'Adolf Hitler, qu'elle a rencontré la veille. Ils se promènent en silence, quand soudain Hitler s'arrête et l'attire à lui. Ils se regardent dans les yeux, longuement. Puis Hitler desserre son étreinte, lève les bras au ciel et dit : « Je n'aurai pas le droit d'aimer une femme tant que je n'aurai pas accompli mon œuvre. »

À 32 ans
Elle est convoquée par Goebbels dans son bureau. Le ministre de la Propagande la pousse contre le mur, essaie de l'embrasser et de la peloter. Elle se sauve en écrasant avec son dos la sonnette des domestiques.

À 33 ans
Elle assiste à la première de *Madame Butterfly* sur la scène centrale d'un théâtre de Berlin. À sa droite se

trouve Goebbels, tandis que son épouse, Magda, est assise derrière eux. Lorsque les lumières s'éteignent et que l'orchestre attaque l'ouverture, elle sent une main glisser sous sa robe, lui toucher le genou et remonter le long de sa cuisse.

À 35 ans
Aux Jeux olympiques de Berlin, elle filme la course de décathlon. C'est Glenn Morris qui l'emporte, celui qui sera le futur Tarzan dans plusieurs films d'Hollywood. Après la remise des prix, elle va à sa rencontre pour lui serrer la main : il la prend dans ses bras, lui arrache son chemisier et l'embrasse sur les seins devant cent mille spectateurs.

À 35 ans
Après avoir soumis à l'analyse d'un graphologue la première lettre d'amour que lui a écrite Morris – écriture nerveuse et tarabiscotée, personnalité impulsive, tendances sadiques –, elle décide séance tenante de mettre fin à sa relation avec lui.

À 39 ans
À Krün, dans les Alpes allemandes, où elle tourne *Tiefland*, on frappe à la porte de sa chambre d'hôtel. Quand elle ouvre, Peter Jacob, le lieutenant de la Wehrmacht doublure du héros du film dans les scènes

à cheval, met son pied dans l'entrebâillement, entre dans la chambre, vainc sa résistance et la possède.

À 42 ans
Elle épouse Peter Jacob à la mairie de Kitzbühel, où le couple arrive dans un traîneau tiré par des chevaux blancs, sous la neige.

À 43 ans
Enfermée depuis des semaines dans la prison d'Innsbruck, elle supplie un surveillant de lui procurer du poison. Il se déclare disposé à l'aider, à la seule condition que la détenue, avant de se tuer, danse un tango avec lui dans sa cellule.

À 45 ans
Le jour où elle obtient le divorce d'avec Peter, elle tombe nez à nez avec lui à Fribourg. Il lui dit qu'il ne veut pas la perdre, qu'il n'a jamais cessé de l'aimer, que leur relation ne peut se terminer ainsi.

À 48 ans
À Rome, où elle cherche un producteur, elle rencontre le mécène Ernesto Gramazio, digne incarnation du mâle italien, selon ses dires. Quarante ans, silhouette imposante, épais cheveux noirs, grands yeux sombres, l'air d'un patricien romain dans un film d'Hollywood.

Dommage qu'il soit plus jeune que moi, pense-t-elle, dommage que je ne sois plus une jeune fille.

À 66 ans
Dans la perspective de sa quatrième expédition chez les Noubas, elle cherche un assistant opérateur qui sache aussi conduire une Land Rover. Elle fait ainsi la connaissance d'un jeune homme timide de vingt-six ans, qui présente bien, grand et élancé. Son visage aussi inspire confiance. Il n'a aucune idée de l'identité de la femme qui lui offre du travail ni de ses activités à l'époque du nazisme. Le nom de Leni Riefenstahl ne lui dit rien. Quant à lui, il s'appelle Horst, Horst Kettner.

À 68 ans
À Malindi, au Kenya, Horst et elle entendent parler de *snorkeling*, de plongée avec tuba, et décident de se joindre à un groupe de plongeurs. Tous deux sont fascinés par ce qu'ils voient : les poissons multicolores, les dessins si originaux formés par leurs écailles, les couleurs stupéfiantes des coraux. Les autres sont tous remontés sur l'embarcation, il ne manque qu'eux deux. Ils devraient rentrer, mais ils restent encore un peu pour observer les poissons de la barrière, nager au milieu des coraux, et finissent même par se prendre la main. Dommage qu'il soit plus jeune que moi, pense de nouveau Leni, dommage que je ne sois plus une jeune fille.

Murène étoilée

Sur un signe échangé, nous vidons nos poumons pour descendre dans une dépression où scintillent des néons bleus, ces poissons phosphorescents qui semblent rétroéclairés par des projecteurs LED, et des poissons-clowns qui surgissent des tentacules d'une anémone comme s'ils ouvraient un rideau, puis se replient aussitôt derrière dès que Leni s'approche. Ensuite, c'est une murène étoilée, bouche ouverte, avec deux crevettes orange qui nettoient ses dents de leurs petites pattes industrieuses, avec l'empressement de la faim, la hâte de l'inquiétude, voire la peur d'être englouties.

Simultanément, une unique respiration universelle remplit d'air nos poumons, soulève les branchies des poissons et fait trémuler les tentacules des anémones. Les vagues, quinze mètres au-dessus de nos têtes, ondulent de ce même souffle gigantesque qui engendre les courants océaniques aux abords de la barrière de corail.

Au même moment, dans l'eau, tu deviens encore plus consciente de ta respiration, ai-je tort, Leni ? Tu l'écoutes et elle finit par devenir une drogue, comme tu semblais vouloir le dire sur le bateau il y a une semaine, juste avant de te mettre à réciter Heine, *thalatta*, *thalatta*, etc.

Et si cette drogue venait soudain à manquer ?

Si quelqu'un t'en privait ou si toi-même, devenue dépendante, commençais à en vouloir davantage ? Pour cela, nul besoin d'un événement particulier, un seul dérapage suffit parmi tous ceux qui peuvent se produire au cours d'une plongée – par exemple une crise de panique.

Cela pourrait arriver en apercevant un banc de requins qui tourne en rond en contrebas, ou bien une murène aux aguets entre les rochers. Soudain, tu aurais l'impression d'être incapable de bouger, le bateau te paraîtrait trop éloigné, le courant trop impétueux pour pouvoir le rejoindre, les peurs se lieraient les unes aux autres et cette chaîne deviendrait paralysante – une forme de panique passive qui te viderait de l'intérieur, et te laisserait abandonnée au fond de la mer comme une épave.

Ou alors, tu pourrais soudain avoir l'impression que l'air te manque, que le détendeur est insuffisant. Tu regardes autour de toi, ce monde n'est vraiment pas le tien, cette tenue est trop insolite, la tuyauterie et les lanières auxquelles tu es raccordée ressemblent à des appendices étrangers à ton corps, mieux vaut t'en libérer, te détacher au plus vite de tout ce qui, selon toi, t'empêche de respirer. Tu retires ton masque, recraches ton détendeur, ouvres grand la bouche et engloutis une grande gorgée d'eau salée. Tout à l'heure tu avais faim d'air, et maintenant tu te noies, l'eau envahit tes poumons et tes mouvements deviennent de plus en plus convulsifs. Dans une dernière lueur de lucidité, tu regardes vers la surface pour remonter, dommage que tu aies décidé de ne garder bien attachée que ta ceinture de lestage. Elle t'entraîne vers le fond, du côté opposé à celui où tu as compris – trop tard – que se trouvait le salut, cet air que tu ne respireras jamais plus.

Sauf si j'interviens, Leni. S'il t'arrivait de perdre la tête, je saurais exactement comment agir, je suis là pour ça. Je m'approcherais de toi avec une extrême prudence – la panique active peut être fatale autant pour celui qui en est victime que pour ceux qui essaient de porter secours –, je me faufilerais derrière toi pour t'immobiliser, te faire sentir que je suis la plus forte. Et, toujours par-derrière, je glisserais le détendeur dans ta bouche après l'avoir vidé et resterais là, cramponnée à toi jusqu'à la réapparition de tes bulles.

Mais ça ne se passe pas toujours aussi bien, le sais-tu ? Parfois, les crises sont tellement violentes qu'on ne parvient pas à les stopper. Celui qui en est victime devient trop dangereux et à ce moment-là, il faut faire un choix. Il devient inutile de rester à deux sous l'eau, et absurde de se sacrifier pour celui qu'on ne peut plus sauver. Cela ne relève plus d'un choix, mais d'une nécessité. Il ne reste qu'à estimer le moment où le point de non-retour est atteint. Le problème n'est pas de savoir s'il faut abandonner, mais plutôt quand, et après combien de tentatives. Ou l'on est deux à être sauvés, mais rapidement, ou bien l'on abandonne l'autre à son destin.

Pendant que tu cadres les mâchoires grandes ouvertes de la murène à cinquante centimètres de toi, je me demande comment je me comporterais si notre sortie tournait mal, si la murène te mordait, plantant ses dents recourbées dans tes mains ou dans ton visage parce que tu t'es trop approchée. Je parie que tu ignores que cette espèce possède, en plus de celle que tu photographies, une deuxième paire de mâchoires cachée dans sa gorge et elle aussi dentée. Tu ne sais pas que lorsqu'elle attaque, la murène régurgite ces mâchoires pharyngiennes à la vitesse dont on fait sauter une lame de couteau, après quoi elle les gobe avec sa proie entière. Ce serait l'affaire d'un dixième de seconde, un bouillonnement rapide de sable et d'eau, puis la murène étoilée retournerait dans son habitat et les crevettes nettoyeuses reprendraient leur travail entre ses dents barbouillées de ton sang.

Tu pourrais aussi avoir une attaque de panique, sûrement active dans ton cas. Toi qui es une femme qui lutte, se débat, sait donner des coups de pied – tu as toujours réagi ainsi dans l'adversité –, tu ferais de même dans l'eau. Je me demande combien de temps je serais disposée à t'accorder, après combien de tentatives je jugerais avoir fait mon possible et remonterais à la surface en te laissant ici. Qu'éprouve-t-on, quand on aurait pu sauver quelqu'un et qu'on ne l'a pas fait ?

J'y ai souvent pensé, surtout depuis que tu as débarqué sur l'île et qu'une scène de ce genre est devenue possible. Pourtant, j'ai la sensation que ce serait un finale raté, qui ne réglerait rien, ne m'aiderait pas à te comprendre, l'exact opposé de mes intentions.

Leni est une plongeuse experte, bien plus que moi il faut dire. Quelqu'un comme elle ne fera jamais de crise, ni passive ni active. Cela ne lui est jamais arrivé, pas même devant Hitler. Si elle éclatait en sanglots devant lui, c'était par pure tactique féminine, pour obtenir ce qu'elle voulait, pas par faiblesse. Et dans les tribunaux qui l'ont jugée plus tard, elle n'a jamais vacillé si ce n'est par stratégie défensive. Jamais elle ne s'est effondrée, pas même face aux accusations les plus terribles. Non, Leni n'a peur de rien et je pense qu'étrangement, la murène étoilée le sait. Ce n'est pas un hasard si c'est elle qui a peur, elle a dû comprendre à qui elle a affaire. Ici, sur la barrière de corail, il est vital de savoir évaluer d'un coup d'œil la valeur de celui qu'on rencontre, et le poisson Leni est un adversaire qui ne recule pas, ne se laisse pas intimider par quelques dents, si acérées soient-elles.

La murène a fini par céder, elle congédie les crevettes et part se terrer dans une fente entre les rochers. Leni a obtenu ce qu'elle voulait, elle a pris ses photos et tourné le dos aussitôt à la murène, comme elle a toujours fait dans sa vie dès que les gens et les choses lui devenaient inutiles. Elle a utilisé puis jeté le réalisateur Arnold Fanck, l'acteur Luis Trenker, le producteur Harry Sokal, ses amis juifs et les dignitaires nazis, les Noubas africains et les Tsiganes autrichiens, les crevettes nettoyeuses et les murènes étoilées – allez, Martha, allons-y, emmène-moi voir ces fameuses raies mantas.

Il y a deux jours, elle s'est comportée de la même façon avec moi. Je l'avais prise par la main, traînée à contre-courant et ramenée saine et sauve sur le *dhoni*, mais Leni ne s'est pas sentie en devoir de me remercier. Elle m'a à peine adressé la parole sur le trajet du retour, assise à la proue avec Horst. Avec l'excuse de ranger mon équipement, je les observais à quelques mètres de distance. Ils parlaient à voix basse, mais je n'ai rien entendu à cause du moteur. À leurs gestes, j'ai cru comprendre que Leni se plaignait du courant, elle avait pris très peu de photos, cette sortie n'avait pas été aussi belle que la première, je ne l'avais pas amenée sur un bon site.

Comme à son habitude, Horst essayait d'aller dans son sens. À un moment, il a rallumé l'appareil photo et a convaincu Leni de regarder à nouveau ses clichés, ce qu'ils avaient fait dès notre remontée à bord. Il voulait sûrement lui montrer qu'elle avait tort, qu'elle avait fait un excellent travail malgré le courant ; certaines photos étaient exceptionnelles – regarde celle-ci, Leni. Horst faisait défiler les images sur l'écran, il en montrait une, zoomait sur les détails, et Leni faisait un geste de la main comme pour dire : ça ne vaut rien.

Ils n'ont pas parlé de moi, me semble-t-il. Leni m'avait complètement oubliée – ma tentative d'approche avec Horst avait glissé sur elle, au même titre que mon aide sous l'eau. Elle allait de l'avant, tournait facilement la page. Parfois, ses revirements d'humeur sont si soudains, à croire qu'elle n'est pas pourvue de mémoire à long terme, et vit dans une sorte d'éternel présent, comme on le pense des poissons. Or, la mémoire des poissons ne s'efface pas au bout de quelques secondes. Certaines espèces peuvent conserver des souvenirs pendant plusieurs mois, alors que les actions du poisson Leni ressemblent généralement à des réponses impulsives aux stimulations extérieures.

Par exemple, à ce moment-là, il était évident que

pour elle, seules les photos comptaient. Et, quoi qu'en ait dit Horst, celles-ci n'avaient rien d'extraordinaire.

Une fois débarqués sur l'île, ils m'ont quittée en me serrant la main avec politesse, mais sans chaleur excessive. Après tout, en un sens, je les avais déçus. Quand je les ai vus s'éloigner sur le ponton et disparaître au milieu de la végétation, je me suis dit qu'une fois encore, Leni me filait entre les doigts – nous étions sur un îlot de deux cents mètres de long et cent cinquante de large, et pourtant elle ne faisait que m'échapper.

Les environs étaient vides, les touristes devaient s'être barricadés dans leurs bungalows. Il était presque trois heures de l'après-midi, l'heure où la chaleur se solidifie dans le ciel, formant un voile de vapeur en suspension. Le plus étrange, c'est que cette chape n'atténue pas la lumière, qui devient encore plus crue et implacable. Ce phénomène est effrayant, car il est impossible à localiser, et semble se répandre partout, précipiter l'île dans une somnolence perlée, tout en l'enveloppant d'une brume scintillante.

Aucune excursion en barque ou sortie plongée n'était prévue. Je suis donc retournée moi aussi à mon bungalow où j'ai essayé de me reposer, mais en vain. La sachant à quelques dizaines de mètres de moi, je n'ai fait que penser à elle. Il me semblait impossible qu'elle soit arrivée trois jours plus tôt. J'avais l'impression d'avoir passé beaucoup plus de temps avec elle. Et ce temps-là, de l'avoir gaspillé.

Toutes les fois où je me sens déprimée, je finis par sortir d'un tiroir le cadeau que ma mère m'a offert pour mon diplôme de fin d'études, et j'imagine que je retourne dans le temps au jour où je l'ai reçu. C'est ce qu'il s'est passé il y a deux jours, alors que l'île était accablée par la canicule de l'après-midi ; enfermée dans mon bungalow, je me suis représentée dans la cour de l'université, en train de rouvrir le cadeau de ma mère.

C'est un aquarium en verre de Murano, sphérique et occupé par des poissons bariolés eux aussi de verre, d'où monte un sillage de bulles. Ils sont sûrement tropicaux, même si on ne peut les rattacher à aucune espèce existante, comme s'ils étaient le fruit de l'imagination d'un enfant. Sur le fond, un corail rouge et un buisson d'algues bleu-vert inclinées dans le sens du courant jaillissent d'une concrétion de galets ronds ressemblant curieusement à des œufs de Pâques colorés. Le sillage de bulles rend la scène encore plus figée, car elles n'exploseront jamais en surface, et les poissons, malgré leurs poses souples et dynamiques, resteront pour toujours immobilisés dans la fixité du verre.

Sur le moment, quand je l'avais déballé du papier bulle, je n'avais pu prononcer un mot. Je ne savais pas à quoi m'attendre de la part de ma mère, mais sûrement pas à un aquarium factice. Pour moi, c'était un objet sans vie, une caricature de ce que je pouvais voir de mes propres yeux chaque fois que je plongeais. Voilà ce que je me souviens d'avoir pensé sur le moment.

Quand je m'étais inscrite à l'université, quatre ans plus tôt, ma mère m'avait demandé pourquoi j'avais choisi biologie et pas histoire ou archéologie, j'aimais bien ces matières quand j'étais petite, non ? Alors je lui avais répondu de but en blanc que je voulais m'occuper de choses vivantes, pas de choses mortes.

Un instant plus tard, je m'étais rendu compte de la portée de mes paroles, mais il était trop tard pour revenir dessus. À l'époque, je connaissais déjà une partie de l'histoire de ma mère. Elle avait donc dû déceler dans ces mots une forme d'impatience de ma part, un désir de prendre mes distances. Il y aurait d'un côté moi et mes choses vivantes, et de l'autre, ma mère avec ses choses mortes : son père qui était forain avant la guerre, sa mère Juliana, ses deux frères Matthias et Willi, et sa sœur Agathe, qui avaient été engloutis par les camps, et même son mari, mon père, tombé malade juste après ma naissance et dont je ne gardais que de très vagues souvenirs. Sa silhouette allait s'effaçant, et un jour il n'en resterait plus rien, comme s'il n'avait jamais existé – voilà les choses mortes dont j'allais me détacher.

Aujourd'hui, je ne sais pas ce que je donnerais pour sentir à nouveau l'étreinte de ma mère, mon poing dans sa main, cette façon de nous tenir enlacées qui nous rendait spéciales et complices. Les appels qu'elle me lançait de loin et que j'étais seule à reconnaître me manquent. Tout comme ses regards chargés d'appréhension, leur consistance physique, d'une telle intensité que je les percevais même en lui tournant le dos – ils me manquent, ces signaux que ma mère m'envoyait pour que je sache que je n'étais pas seule au monde et que je pouvais toujours compter sur elle. Mais à l'époque, au moment de décider de mon avenir, j'avais hâte de me libérer de tout cela. Je ne voulais plus être prise par la main ni sentir en permanence ses yeux sur moi. Je ne voulais pas être localisable à distance comme elle l'avait été pour sa propre mère. Je voulais qu'une autre histoire commence, et je le lui avais dit résolument.

Blessée, elle s'était tout de suite efforcée de me sourire. Elle m'avait caressé la tête comme pour une bénédiction, un vœu pour les études que j'allais entreprendre et qu'elle soutiendrait en travaillant dur, comme toujours. Alors j'étais partie en courant, consciente que je n'oublierais jamais ce moment, et que je ne me pardonnerais jamais de lui avoir reproché le destin qui lui était échu. Celui où elle se trouvait du côté des morts et non pas des vivants, non pas de la biologie, mais de l'archéologie ou de l'histoire.

Quatre ans plus tard, j'étais là avec son cadeau à la main et l'occasion de me racheter. Quelques mots simples auraient pu suffire. Mais je m'étais tue, assez longtemps pour que ma mère devine mes pensées.

Ça ne te plaît pas, avait-elle dit, et j'avais tenté de la convaincre qu'elle se trompait, vraiment. Mais une fois de plus il était trop tard, de même que quatre ans plus tôt je l'avais renvoyée dans le royaume de ses choses mortes.

Depuis que ma mère n'est plus là, j'emporte son aquarium partout avec moi – il me fait sentir le poids, la culpabilité de faire partie des vivants, de ne pas en avoir assez dit ni fait pour elle. Alors, de temps à autre, un peu malgré moi, je vais le prendre dans un tiroir, puis je ferme les yeux et dis à haute voix : Il est magnifique, maman, c'est le cadeau le plus précieux que tu pouvais m'offrir. Alors elle me sourit et me serre dans ses bras. Je le savais, dit-elle, je le savais bien qu'il te plairait.

Ma mère m'a raconté son histoire par fragments, dans des versions de plus en plus détaillées au fur et à mesure que je grandissais et que j'étais censée pouvoir en supporter le choc ; quand on apprend à descendre avec les bouteilles, lors de la première plongée on descend à huit mètres, lors de la deuxième à douze, puis quinze, et progressivement, on s'adapte à l'état liquide. On compense avec une aisance accrue, on s'habitue à une pression de plus en plus élevée – voilà ce qui s'était passé pour moi au fil des ans ; ma mère m'avait entraînée à absorber des variantes narratives de plus en plus angoissantes de son histoire sans que mes tympans explosent en les écoutant.

J'avais huit ans lors de ma première plongée dans son passé. Ma mère m'avait mise au lit pour m'endormir avec mon histoire préférée, celle de Del et Beng. La dernière plongée remonte à mes trente-cinq ans. Ce jour-là, c'est elle qui était allongée dans un lit. J'entendais en arrière-plan le bip du moniteur cardiaque, tout en accueillant la version intégrale et définitive de son histoire, la dernière de toutes, celle qui révélait le sens de mon prénom. Ce jour-là, nous nous tenions la main à notre manière unique, mon poing dans le sien, comme à ma naissance, comme lorsque nous marchions dans la rue et qu'elle exerçait deux pressions rapides avec ses doigts ; ce signal qui n'était qu'à nous et que ma mère n'avait plus la force de me transmettre – c'est de cette façon que je me suis aperçue qu'elle était mourante, sans besoin d'un écran pour me l'annoncer.

Leni existe pour moi depuis ce moment-là. Elle est apparue dans ma vie au moment où ma mère s'en allait pour toujours. D'une certaine manière elles s'étaient relayées, toutes les deux, me suis-je dit avec horreur dans mon bungalow. Car je sais ce qu'il s'est passé entre elles il y a soixante-deux ans. À cette époque, ma mère et Leni Riefenstahl s'étaient aussi relayées, et la suite de l'histoire découlait de là, y compris mon prénom et ma présence depuis trois ans et sept mois sur un atoll au milieu de l'océan.

Restée seule au monde, je me suis demandé comment j'allais supporter l'absence de ma mère et le poids de l'histoire qu'elle m'avait racontée. Je ne comprenais pas pourquoi elle avait attendu le dernier moment pour me la faire connaître. Jamais je ne saurais si elle attendait quelque chose de moi, et si oui, quoi exactement.

Mais surtout, pourquoi m'avait-elle donné ce prénom-là – le prénom de l'ennemie ? Pourquoi me l'avait-elle infligé ? Pour se souvenir à chaque instant du mal qu'on lui avait fait, pour ne jamais le perdre de vue, ou bien était-ce une manière de s'en débarrasser ? Chaque fois qu'elle m'appelait par mon prénom, peut-être que ces deux syllabes perdaient un peu de leur charge de souffrance et qu'à force de les prononcer, il n'en resterait tôt ou tard plus aucune trace. Ma mère y était-elle parvenue ? En combien de temps ? Quand donc le prénom Martha était-il devenu tout simplement celui de sa fille ?

La vanité pouvait aussi entrer en jeu dans ce choix : avoir joué dans un film avait dû être la grande aventure de sa vie, qu'elle n'allait plus jamais revivre. En effet, aussitôt après la fin du tournage, elle avait vécu une expérience effroyable ; dès lors, les deux moments majeurs de sa vie, le plus lumineux et le plus sombre, s'étaient enchaînés sans transition – mon prénom était-il destiné à garder la mémoire de ces événements ?

Chez certaines espèces – orques, rorquals, éléphants –, la disparition de la matriarche peut avoir des conséquences désastreuses sur le reste du banc. Le savais-tu, Leni ? Sans elle les petits se sentent perdus, brusquement ils sont incapables de partir en quête de nourriture, car ils ont perdu la seule dépositaire d'informations cruciales pour leur survie. Chez les orques, par exemple, c'est toujours la matriarche qui détermine les directions à prendre, car elle seule connaît les itinéraires.

Je me souviens qu'une nuit, retournant entre mes mains mon aquarium et l'observant sous divers angles, je me suis demandé si ce cadeau n'était pas un indice. À travers lui, ma mère n'avait-elle pas voulu m'indiquer un moyen de ne pas succomber ? Rester dans une bulle, se concentrer exclusivement sur les poissons multicolores, les coraux, les algues, les coquillages, les méduses, les étoiles de mer ; voilà qui pouvait être une solution, un antidote au poison qu'elle-même m'avait inoculé en m'appelant Martha – mon avenir contenu dans un aquarium. En fin de compte, c'était presque une boule de cristal.

C'est ainsi que, quelques mois après sa mort, apprenant qu'on recrutait un biologiste sur une île des Maldives, j'ai envoyé mon CV spontanément, passé l'entretien et la période d'essai, puis je suis entrée dans l'aquarium pour de bon.

Maintenant, ici, c'est chez moi, me suis-je dit en débarquant à Kuredu, l'île où je me trouvais avant Gangehi. Et depuis que ma mère est morte, ma famille, c'est moi. Je m'étais dit qu'à la limite, ma famille serait composée de poissons, puisque je passerais la plus grande partie de mon temps avec eux, les faisant découvrir aux touristes deux fois par jour, le matin en bouteilles et l'après-midi avec tuba. Les années ont passé, une, puis deux, puis trois. Les touristes séjournaient sur l'île une semaine, rarement plus, les jeunes du centre de plongée restaient là provisoirement, alors que je ne quittais pas les lieux, comme les poissons de la barrière de corail ; nous représentions les uniques formes de vie non transitoires, destinées à nouer ce genre de relations interspécifiques que j'avais étudié pour ma thèse de doctorat.

Sur la barrière de corail de Kuredu, à quelques mètres de la rive, j'ai vu le même poisson-clown presque tous les jours pendant trois ans. J'ai toujours été fascinée par sa territorialité, sa décision irrévocable de ne jamais s'éloigner de l'actinie dont il est à la fois locataire et propriétaire. Le poisson-clown n'abandonne jamais son anémone, car là se trouve sa place dans le monde. Dès lors, il est prêt à tout pour la défendre. Étonnant de la part d'un être aussi minuscule et flamboyant. Chaque fois qu'un humain ou qu'un poisson s'approche trop de son anémone, il l'affronte résolument, avec un air de défi, agitant ses nageoires ventrales et haletant bruyamment comme s'il disait : ici c'est chez moi, compris ?

Quand je le rencontrais, après ces quelques escarmouches, j'avais toujours la sensation que l'océan autour de moi avait rapetissé. Le poisson-clown m'apparaissait plus grand que ses dimensions réelles, car son courage était si admirable, ses couleurs si vives, sa forme si accomplie, et son frétillement tellement précis au milieu de ces tentacules qui semblaient gonflés à l'hélium.

Je ne prétendais pas posséder le même courage que lui, né dans son anémone. Celle-ci recélait son histoire, alors que j'avais fui la mienne, je m'en rendais compte. Et pourtant, rien ne me semblait plus évident que me réveiller avec le grondement de l'océan dans les oreilles, faire de la plongée en bouteilles le matin, de la plongée libre l'après-midi, aller me coucher avec le grondement de l'océan dans les oreilles. Et recommencer le lendemain, et tous les jours suivants.

Je vivais sur une île où le temps n'était qu'une succession de moussons et de saisons sèches, une alternance de marées basses et hautes, la répétition des phases lunaires, en somme rien de compliqué ni de stratifié ; aux Maldives, rien n'existe hormis ce temps naturel qui suit son propre rythme et ignore tout de la chronologie historique – le nazisme n'y a jamais été présent, jusqu'à ce que Leni l'apporte.

Évidemment, je connaissais ses photos sous-marines. Au cours de ces trois années, j'ai suivi ses déplacements autant que cela m'était possible depuis un atoll. J'ai lu son autobiographie, je me suis fait envoyer les livres qui lui sont consacrés, et je l'ai surveillée sur Internet dans l'espoir – et en même temps la crainte – que, tôt ou tard, mon dernier lien avec l'Histoire se dissolve. Un jour, la nouvelle de sa mort me parviendrait, et alors je n'aurais vraiment plus rien à partager avec mon passé, ou disons plutôt avec celui de ma mère.

Mais le temps passait, Leni vivait toujours, et semblait même rajeunir. Elle continuait de voyager en Afrique et de plonger en Nouvelle-Guinée, dans la mer Rouge, en Australie – partout sauf aux Maldives, où elle s'était pourtant déjà rendue plusieurs fois avant mon arrivée.

Au fil des mois, à mesure qu'elle persistait dans son existence et filait droit vers le cap des cent ans, en excellente forme, je sentais refluer de mon corps cette sérénité désaxée et marginale que je m'étais composée à l'abri de la barrière de corail, comme si le prolongement de sa vie vidait la mienne de sens. Je m'agrippais au même rocher alors qu'elle bourlinguait de par le monde, et devenait peu à peu une légende vivante.

Le 22 août 2002, il y a sept mois environ, alors que la mousson estivale sévissait à Kuredu, son film *Impressions sous-marines* a été projeté pour la première fois à Berlin. Le retour très attendu de Leni Riefenstahl sur grand écran. La date n'avait pas été choisie au hasard. Leni fêtait ses cent ans ce jour-là, et elle est attachée à ce genre de célébrations. Elle y a toujours veillé, comme lorsqu'elle a exigé que *Les Dieux du stade* sorte le 20 avril 1938, certes deux bonnes années après la fin des Jeux olympiques, mais pour le quarante-neuvième anniversaire d'Hitler.

À Berlin, bien peu s'en sont souvenus. Ainsi, la première d'*Impressions sous-marines* a été applaudie par la majorité du public, qui semble avoir admiré en toute innocence ces poissons multicolores. En revanche, en Autriche, les Sinté et les Roms qui avaient été enfermés dans le camp de concentration de Maxglan en 1941 n'ont pas vraiment apprécié le film. Ils ne se sont pas laissé distraire par les beaux poissons colorés. C'est d'ailleurs à cette époque-là qu'ils ont poursuivi Leni en justice, affirmant qu'elle les avait utilisés pour le tournage de *Tiefland* puis abandonnés à leur destin de déportés. Ils ont affirmé qu'ils agissaient également au nom de ceux qui n'avaient pas survécu – ayant trouvé la mort durant le voyage ou dans les chambres à gaz. D'après Horst, cette accusation a beaucoup perturbé Leni. Elle ne savait pas que ses Tsiganes allaient être assassinés dans les camps d'extermination, a-t-il soutenu, à l'époque elle ignorait tout de leur existence. Sans compter qu'elle avait d'excellentes relations avec les Tsiganes de Maxglan, personne ne les a jamais mieux traités qu'elle. De toute évidence, ses ennemis étaient en train d'utiliser les Tsiganes de *Tiefland* dans le but de gâcher son centième anniversaire et d'assombrir la sortie de son nouveau film.

À Kuredu, il pleuvait sans trêve depuis une semaine. La pluie faisait partie de ce que j'appréciais aux Maldives, j'aimais son odeur et la disparition subite de toutes les couleurs. Pourtant, en trois ans, je n'avais pas vécu un pire jour que celui-ci, où j'avais eu vent des tonnerres d'applaudissements en hommage à *Impressions sous-marines*, des nouvelles accusations contre Leni et des déclarations de Horst qui avaient suivi. Non seulement Leni ne mourait toujours pas, non seulement elle venait d'avoir cent ans et les avait fêtés avec la sortie d'un film sur des poissons que je voyais tous les jours, non seulement elle avait envahi mon univers sous-marin, mais elle niait, toujours et encore, fût-ce par l'intermédiaire de Horst, avoir fait subir aux Tsiganes de Maxglan ce qu'elle avait pourtant accompli sans équivoque.

De mon côté, j'étais sur un atoll, impuissante. Je ne

souhaitais pas intervenir, j'essayais juste de résister, de repousser les assauts de l'Histoire pour défendre ma petite place dans le monde, comme le poisson-clown. Voilà pourquoi, à la fin de cette journée pluvieuse, j'ai décidé de ne plus jamais m'occuper de Leni, de cesser toute recherche à son sujet sur Internet même si elle devait vivre encore cent ans ; cette affaire ne me regardait plus, elle m'était complètement étrangère. Je ferais comme si elle n'avait jamais existé et me consacrerais à vivre ma vie en resserrant encore davantage le filet de protection autour de moi.

À Kuredu, pour lutter contre l'érosion, les Maldiviens construisaient justement à cette période une barrière brise-lames du côté de l'île le plus exposé aux grandes marées. Je me comporterais de même : je défendrais ma place en intensifiant mes efforts pour parer aux chocs extérieurs, et ne permettrais plus à Leni d'envahir mon espace avec ses satanés films, sous-marins ou terrestres.

Pendant un certain temps, les filtres que je m'étais imposés ont fonctionné, et les brise-lames aussi, apparemment. La météo s'améliorait, la plage regagnait du terrain et les touristes débarquaient de nouveau sur l'île après la parenthèse de la mousson estivale. Le matin, on plongeait au large, l'après-midi on faisait du *snorkeling* sur la barrière de corail, et le soir je restais dans mon bungalow pour lire un roman ou un article en ligne sur les spécimens que j'avais observés durant mes excursions quotidiennes. Au fond, il avait suffi d'exclure Leni de mon rayon de recherche pour rompre le dernier lien qui me rattachait à l'Histoire. Dans la mesure où elle s'entêtait à vivre, j'avais été bien obligée de prendre les devants.

J'imaginais que la situation perdurerait ainsi. Au fond, Leni ne pourrait survivre encore longtemps, elle finirait bien par mourir, emportant dans la tombe ses silences et ses mensonges. Alors je serais enfin libre, libre de penser à ma mère, libre de la pleurer et de ressentir le manque d'elle, sans le poids de ce sentiment et de l'ombre de la femme qui, des années plus tôt, avait détruit sa vie par étourderie, ou pire, par caprice.

Mais un soir, à la fin du mois de décembre 2002, je suis tombée sur un article au sujet de la crinoïde, *Crinoidea Miller*, un invertébré apparu sur Terre il y a deux cents millions d'années, une espèce de fossile vivant. La fin de l'article était illustrée par une photo, portant la légende *Leni Riefenstahl, 2002*. Elle avait donc pris cette photo quelques mois plus tôt, à la veille de ses cent ans. Quand je m'en suis rendu compte, spontanément, j'ai eu envie de lire le texte dans son intégralité.

« La vieillesse peut embellir », commençait l'article, un incipit dramatique auquel je n'avais pas accordé d'importance sur le moment, mais que je ressassais à présent pour élucider son sens et trouver à qui il se référait. « C'est le cas des crinoïdes, ces très anciens invertébrés marins dont l'extraordinaire variété de formes plonge ses racines dans le passé le plus ancien. » J'ai relu l'article, et chaque phrase sonnait tellement différemment de la première fois ! Tout devenait allusif, riche en sous-entendus et renvois cachés – « créature fascinante et photogénique », « elle occupe de très vastes zones géographiques », « elle est capable de s'amputer toute seule », « certaines espèces peuvent être toxiques ».

Ensuite, je n'ai pu m'empêcher de cliquer sur l'un des articles associés, et c'est alors que j'ai appris la nouvelle : « Leni Riefenstahl part pour sa dernière aventure au milieu des coraux, et cette fois la destination sera Gangehi, un îlot au nord-ouest de l'atoll d'Ari. » L'auteur de ce deuxième article se demandait si elle prendrait d'autres photos sensationnelles comme celle du lis de mer, si c'était vraiment son dernier voyage aux Maldives, ses dernières plongées. Probablement. Ici, j'ai stoppé ma lecture.

Voulais-je vraiment ignorer l'évidence ?

Pendant trois ans, j'avais fui ma propre histoire, et elle venait à présent me débusquer au bout du monde, à quelques dizaines de milles nautiques près, soit la distance entre Kuredu et Gangehi, entre l'atoll de Lhaviyani et celui d'Ari. Mon histoire m'avait rattrapée par les cheveux, et forcée à la regarder droit dans les yeux.

C'était la dernière occasion, l'article l'énonçait clairement. En le relisant, j'avais la sensation qu'il ne se référait pas tant à Leni qu'à moi. Pouvais-je franchement ignorer ce signe ?

Je savais que le village de Gangehi appartient à la même chaîne qui gère celui de Kuredu. Je savais qu'il venait d'être rénové, les bungalows donnant sur la plage avaient été retapés et d'autres avaient été construits directement sur pilotis. Selon toute probabilité, c'était dans l'un de ces derniers que Leni et Horst, de retour après la première de leur film *Impressions sous-marines*, s'installeraient. Je savais aussi qu'un centre de plongée y était implanté, mais à ma connaissance aucun biologiste n'y avait encore été embauché. Or c'était un prérequis devenu essentiel aux Maldives, surtout sur une île qui devait se relancer après la fermeture pour travaux de son resort. Tout concordait, même les timings de relance touristique de Gangehi. Les éléments s'encastraient de manière si spontanée que je ne suis même pas sûre d'avoir décidé moi-même des étapes suivantes.

Bien sûr, j'avais rédigé ma demande de transfert, et insisté sur ma combativité ininterrompue à Kuredu pour obtenir cette mutation. Après trois ans de service, je considérais que je l'avais méritée. Et on me l'a accordée. Mais alors que je m'occupais de la partie administrative et me préparais à l'idée de quitter l'île sur laquelle j'avais vécu si longtemps, j'avais la sensation de plus en plus prégnante qu'une force supérieure me dirigeait, à laquelle il aurait été vain de m'opposer.

Mon histoire remontait à tellement loin, à l'année 1941, qu'elle n'avait pas épuisé son élan, bien au contraire.

Cette histoire réunissait ma mère à seize ans, cernée de fil barbelé, et le conte de Del et Beng qu'elle me racontait quand j'étais petite. Elle m'englobait aussi, moi qui l'aimais de toutes mes forces, mais ne pouvais m'empêcher de lui dire que je m'inscrirais à Bologne pour m'occuper de choses vivantes et pas de choses mortes ; elle englobait le remords qui m'accompagne depuis ce jour, et enfin mon prénom – le prénom que j'ai prononcé il y a une semaine, après avoir passé une nuit blanche, devant le miroir de la salle de bain de la réception pour me donner du courage, et que j'ai répété jusqu'à me convaincre que j'étais à la hauteur de mon devoir. J'allais plonger avec Leni, lui montrer les poissons pour qu'elle puisse prendre ses précieuses photos, je la conduirais où nagent les raies mantas. Nous serions dans mon univers. Oui, j'étais capable d'accomplir tout cela. Je m'en sentais l'obligation, je le devais à ma mère autant qu'à moi-même. Alors je suis sortie de la salle de bain, j'ai traversé une passerelle, rejoint la plate-forme flottante et j'ai lâché d'une seule traite : Martha, enchantée de vous rencontrer, bienvenue à Gangehi, Frau Riefenstahl.

Poisson-perroquet

Nous voilà donc à une profondeur de… combien ? Dix-neuf mètres, indique ma montre. Pas l'ombre d'une raie manta géante. Il nous reste peu de temps, Leni.

Cent trente bars sur mon manomètre. Temps restant : un peu plus de quarante minutes, dont nous aurons besoin en grande partie pour revenir en toute sécurité sur l'embarcation. Les bouteilles ne devront pas être vides quand nous monterons à bord. Il faut toujours garder une réserve d'air au cas où. Mais toi, Leni, tu le sais déjà, puisque tu as commencé à plonger alors que je n'étais encore qu'une enfant. Tu disposes de ces connaissances, mais j'ai besoin de me confirmer à moi-même que le temps nous est compté.

Attends, lui dis-je en la touchant à l'épaule – encore une fois, j'ai l'impression de passer mon temps à lui attraper la main, la retenir par le bras, éviter qu'elle me file entre les doigts.

Tu entends, Leni ?

Quoi donc ?

Je fais le geste de me toucher l'oreille, mais elle regarde autour d'elle sans rien voir ni rien entendre.

Pourtant le bruit est tout proche, curieusement familier, comme si quelqu'un grignotait un cracker juste à côté de nous. L'eau dilue les distances, tout ce qui bouge dans un rayon de plusieurs centaines de mètres nous semble proche, ce qui pourrait expliquer pourquoi, dans l'eau, je ne peux m'empêcher de te tutoyer.

Il n'est pas dit que le poisson soit à proximité, j'avais juste besoin d'une excuse pour t'arrêter, et éviter que tu m'échappes une fois de plus – tu entends ?

Je voudrais dire à Leni : tu entends les voix de ces enfants qui t'appelaient tante Leni, et les sabots d'un cheval qui piétinent la terre, tes cris d'encouragement à la jeune fille qui le pousse au galop, filmée selon trois angles différents, toi qui lui as dit à la fin de la prise qu'elle s'en est bien tirée, que la scène est si réussie qu'elle a mérité une récompense – tu t'en souviens, Leni ?

Mais Leni s'est retournée, elle a identifié la source sonore et ne s'occupe plus de moi. Elle a déjà empoigné son Reflex et vise maintenant le sujet de sa prochaine photo.

Avec son bleu exubérant, on dirait une portion de mer des Maldives condensée à la hâte sous forme de poisson, selon des assemblages approximatifs : un front bombé à l'aspect métallique ; un renfoncement sur le nez, conséquence d'une série de collisions ; des tavelures plus sombres autour des yeux, comme des taches de vieillesse ; une bouche candide et coriace, aux lèvres maquillées d'auburn, ouvertes en un sourire incohérent ; le regard désolé de n'avoir pu faire mieux.

Le poisson-perroquet bleu, lui, a le droit de toucher le corail, c'est vital pour lui. Il l'agresse à coups de museau rapides et répétés, le brise en quête de sa partie nourrissante, ce qui produit ce son que nous venons d'entendre. Puis, une fois rassasié, il s'éloigne. Leni poursuit sa route et je la suis.

Sur l'embarcation, je pourrai lui expliquer que ce poisson n'a pas d'estomac, que tout ce qu'il avale traverse directement son intestin avant d'être expulsé en quelques secondes. Voilà l'explication de ces petites nuées de poussière que nous traversons à présent. Pareil à un avion à réaction, le poisson-perroquet nage en laissant derrière lui un sillon évanescent, de minuscules particules de calcaire que les courants transporteront jusqu'à la rive, sur la plage où Leni et Horst aiment se promener au soleil couchant – ce phénomène existe depuis des millions d'années, ici et dans tous les autres îlots des Maldives.

Que cela te plaise ou non, Leni, le sable du paradis terrestre n'est rien d'autre que de l'excrément de poisson.

Avec ton regard si aiguisé, es-tu à ce point incapable de le percevoir ?

Ouvrir enfin les yeux, voilà ce qui manque à la plus grande réalisatrice de tous les temps : observer la réalité avec attention, découvrir puis restituer aux autres le sentiment des choses, comme devraient le faire tous ceux qui ont le sens du travail bien fait, moi la première.

En est-elle même capable ? Il est possible qu'en clamant son innocence, elle ne fasse pas semblant, et que ses yeux n'aient jamais été capables de perforer la couche la plus superficielle de la réalité, dans l'Allemagne nazie comme en Afrique, sur les sommets alpins comme sur un atoll. Les Maldives non plus, elle n'y a jamais rien compris.

Ce paradis, cette collection de cartes postales naïves et de visions éblouissantes comme des photos surexposées, ce décor de palmiers inclinés à quarante-cinq degrés au bord de l'océan, avec les sternes qui prennent leur envol en concordance parfaite avec le soleil couchant, les hérons qui scrutent l'horizon, songeurs, en équilibre sur leurs immenses pattes, les poissons qui bondissent hors de l'eau, les marées qui dévoilent puis recouvrent la plage, les langues de sable mouvantes qui, jour après jour, s'enrichissent de nouvelles anses, monticules et lagons intérieurs – tout cela dissimule sous la surface une force bouleversante, un bouillonnement de vie insolent et presque obscène.

Perçois-tu tout cela, Leni ? Comprends-tu dans quel lieu nous nous sommes retrouvées, toi et moi ?

La végétation de l'île, qui doit te paraître si langoureuse et photogénique, est le résultat d'une lutte féroce entre espèces qui jouent des coudes dans l'espace étriqué qui leur est accordé, envahissent le territoire des autres et se lancent à la verticale en quête de lumière. L'eau même, d'apparence si cristalline sur tes photos, semble parfois disparaître tant elle est limpide et étale. Sa densité semble palpable, sa consistance presque huileuse, toute chargée qu'elle est d'organismes unicellulaires revêtus de gaines visqueuses. La température crée ce bouillon primordial saturé de zooplancton et de phytoplancton, surtout en cette période où la chaleur est la plus intense. Le plancton prolifère jusqu'à se glisser dans les oreilles et les infecter, ou pénétrer dans le corps des femmes comme s'il voulait à tout prix les féconder. Ici, aux Maldives, l'Histoire est absente. Tout est biologie, une biologie qui déchaîne sa terrible force expressive avec une imagination redoutable.

Voilà ce que je voudrais lui dire si seulement elle s'en souciait, or quand j'aborde certains sujets avec elle – la véritable nature de ces îles, l'origine des coraux, pourquoi certains poissons sont colorés et d'autres non –, Leni prend un air distrait et fait semblant d'écouter par pure politesse. De toute évidence, elle pense à autre chose, et elle ne tarde pas à m'interrompre pour passer à son thème favori : elle-même. Une semaine en sa compagnie m'a largement suffi pour comprendre que si les poissons l'intéressent, c'est seulement en tant que sujets de ses photos. Elle veut savoir où, quand et comment les trouver, sa curiosité ne semble pas outrepasser ces considérations logistiques.

Tout ce qui lui importe, c'est de pouvoir montrer à Horst dans un peu plus d'une demi-heure le butin de notre dernière plongée, le vol des raies mantas géantes si nous parvenons à les dénicher, et une parade de poissons dotés des prothèses les plus variées – tubulures, crêtes, bosses, double menton, cornes, trompettes, voiles, traînes, pinces, tenailles, tentacules, antennes, rubans, ventouses –, un ensemble de détails nets, de particularités anatomiques que Leni sait parfaitement mettre au point, même si elle ne connaît pas leur fonction, leur origine évolutive, leur raison d'être. Ces éléments ne la passionnent pas le moins du monde, ne la concernent pas. Elle ne pense qu'à prendre des photos qui susciteront l'enthousiasme et les compliments de Horst, son premier admirateur.

Des poissons affectés de prognathisme, aux lèvres proéminentes, à l'air boudeur, circonspect, soupçonneux, stupéfait ou rêveur, des poissons aux yeux globuleux qui semblent estomaqués par leur propre apparence – ici j'ai utilisé la macro, dira Leni ; je vois, dira Horst, je vois.

Des poissons accoutrés comme des mannequins haute couture, dont on se demande comment ils font pour rester sérieux en défilant ; des poissons pointillistes, abstraits, ou si radicalement cubistes que l'on confond leur recto et leur verso. On nage autour d'eux en quête de leur queue et de leur tête, de leurs yeux véritables et de ceux en trompe l'œil. C'est une stratégie sous-marine, ces poissons sont trop extravagants pour être mangés, trop peu crédibles en tant que proies. D'ailleurs, de nombreux prédateurs donnent eux aussi l'impression d'être trop énigmatiques, trop tarabiscotés et fastueux pour être pris au sérieux. En un mot, proies et prédateurs semblent faits non pas pour susciter la crainte ou l'appétit, mais l'émerveillement.

Et Leni tombe dans le panneau.

À cent ans, son regard est encore animé par une stupeur infantile sincère, qui constitue à la fois sa force et son talon d'Achille.

Elle s'extasie à présent devant une crevette-mante paon – *Odontodactylus scyllarus* –, un crustacé vraiment remarquable, à la livrée multicolore et aux mouvements rapides, qui rendent folles ses proies. La crevette les éblouit de ses petites pattes aux couleurs changeantes, puis les roue littéralement de coups de poing jusqu'à briser leur carapace ou leur coquille. Ses pattes ravisseuses décochent des coups à la vitesse de vingt-trois mètres par seconde, une force suffisante pour briser les parois d'un aquarium. En théorie, cette crevette si bien attifée et toute bariolée pourrait donc tranquillement briser le verre du masque de Leni, si celle-ci s'en approchait trop, comme elle l'a fait avec la murène.

Je l'ai pourtant bien prévenue avant chaque plongée : il vaut mieux respecter une certaine distance de sécurité même avec des poissons qui nous semblent les plus dociles, et surtout avec eux d'ailleurs, car ils pourraient bien cacher des piquants, des dards, des extrémités urticantes ou venimeuses. On ne peut se fier à personne dans l'océan. À force de répéter ces recommandations, j'en avais oublié le sens. Lorsque Leni est dans les parages, certaines phrases ont tendance à se transformer en insinuations et les discours les plus pacifiques à devenir menaçants – la prudence est de mise, il ne faut jamais baisser la garde, pas même face à ceux qu'on juge les moins dangereux. Pas même face à moi.

Cette crevette, qui ne dépasse pas les sept centimètres, est donc incapable de briser le verre du masque de Leni à coups de patte : elle se limitera à rester sur ses gardes, en utilisant son système visuel, tout aussi insolite.

Hissés au sommet de deux antennes, les yeux de l'*Odontodactylus* s'animent dès que Leni approche. Ils roulent à cent quatre-vingts degrés comme des périscopes, vers la droite et vers la gauche, aux aguets, inspectant le territoire en quête de potentiels ennemis, puis ils interceptent enfin Leni. À tort ou à raison, ils la jugent aussitôt inoffensive.

Ils l'ignorent, se remettent à pivoter, s'agitent avec inquiétude, cadrant de nouvelles portions de la barrière de corail jusqu'à ce que, tout à coup – je n'avais jamais rien vu de pareil après tant d'années de plongée –, ils se fixent l'un l'autre, longuement, comme pour se dire : et maintenant ?

Tandis que les yeux de la crevette se scrutent mutuellement avec perplexité sans se reconnaître, comme si la présence de Leni les avait précipités dans une confusion absolue, dans cet instant de désarroi total je dois admettre que le spécimen le plus intéressant n'est pas devant moi, mais à mes côtés. C'est ma compagne de plongée, en combinaison bleu clair bordée de jaune, appareil photo Reflex dans ses mains aux ongles rouge corail, masque ovale couvrant ses yeux au léger strabisme et son nez aquilin, cheveux blond platine mus par le courant. Elle peut rivaliser en longévité avec les tortues et certains coraux, elle qui a escaladé jeune fille les glaciers à mains nues et plongé dans les abysses à l'âge de cent ans.

Leni a toujours été une contradiction vivante, un casse-tête, un mystère inaccessible pour quiconque a essayé de l'élucider. Plus on essaie de la comprendre, et plus on a du mal à la saisir. Ni son véritable habitat, ni le rythme de vieillissement de ses cellules, ni son type de système nerveux central ne sont encore clairement identifiés. On ne sait toujours pas si elle est capable ou non d'éprouver de la compassion, on ignore comment fonctionne sa mémoire à court et à long terme, on ne connaît pas précisément ses comportements en amour et ses habitudes sexuelles.

On n'a toujours pas découvert ce qui la pousse encore à bourlinguer infatigablement d'un pays à l'autre et à plonger dans les profondeurs, quelle force lui permet de s'accrocher à la vie avec autant d'opiniâtreté – et cette histoire dure depuis plus d'un siècle, depuis qu'une petite fille a ouvert ses yeux asymétriques sur le monde. Même ses parents ne l'ont jamais comprise. Personne n'y est encore parvenu : le poisson Leni continue d'échapper à toute tentative de classification, y compris les miennes.

tentative 3 : volte-face

→ « Mes mémoires ? Devoir me remémorer mes années malheureuses ? Jamais. »
← « À présent, j'étais sûre d'une chose : il fallait que j'écrive mes mémoires. »

→ « Pendant un certain temps, je me suis dit qu'il serait beau de devenir nonne. La réclusion des couvents, la paix de leurs jardins me fascinaient. »
← « Il y avait la séquence où je traversais une crevasse sur une échelle en bois suspendue dans le vide qui servait de pont entre les deux parois rocheuses. Audacieuse bien que mon cœur batte la chamade, je posai un pied sur le premier barreau, prenant tous les risques. »

→ « Hitler me lança un regard étonné. "Quand vous aurez quelques années de plus et connaîtrez la vie, vous pourrez peut-être comprendre mes idées. – Mais vos idées se nourrissent aussi de préjugés raciaux,

répliquai-je. – Si vous étiez indienne ou juive, vous ne seriez pas ici à parler avec moi. Comment pourrais-je travailler avec quelqu'un qui discrimine tant les hommes ?" »
← « Ces critiques juifs, que peuvent-ils comprendre à notre mentalité ? Ils n'ont aucun droit de critiquer notre travail. »

→ « "Suivez-moi, s'il vous plaît, dit Brückner, le Führer désire vous voir." Je sentis mon sang se figer dans mes veines. Je ne voulais pas rencontrer Hitler. »
← « Hitler se tourna vers moi, me prit la main et dit : "Je vous remercie d'être venue." Je ne pus parler, tant j'étais émue. »

→ « À présent que le Führer avait conquis le pouvoir, je ne voulais plus le revoir. »
← « Je reçus un appel de la chancellerie du Reich : le Führer voulait me voir le lendemain à quatre heures de l'après-midi. Le lendemain, j'arrivai à l'heure dite à la chancellerie. »

→ « "Mon Führer, je ne peux pas accepter cette mission… Je n'ai jamais assisté au congrès d'un parti et je ne sais pas ce qu'il s'y passe ; de plus, je ne sais absolument pas comment réaliser un documentaire." »
← « Je parvins à dénicher deux opérateurs. Pour la pellicule et le reste du matériel, je m'adressai à Agfa.

Puis je téléphonai à mon père, lui demandant de mettre à ma disposition mon frère ainsi que l'argent nécessaire pour couvrir les premières dépenses. »

→ « Hitler se leva d'un bond et ordonna à Goebbels : "Mlle Riefenstahl tournera également un film sur le premier congrès. – Je ne peux pas le faire ! Je ne pourrai jamais ! criai-je, désespérée. Je ne connais rien à ce sujet ; je n'arrive même pas à distinguer les SA des SS." »
← « Ce film sera la confirmation du triomphe obtenu par le mouvement national-socialiste. C'est avec une immense joie que j'ai accepté le grand honneur de réaliser ce film, qui sera la glorification du Parti, et en même temps du peuple allemand. »

→ « Avec Hitler, je n'échangeai que quelques mots : je voulais prendre mes distances avec lui. »
← « Des applaudissements commencèrent à se lever, des applaudissements qui se transformèrent en ovation à la fin du film. Lorsque Hitler me félicita en m'offrant un bouquet de lilas, je m'évanouis. »

→ « "Votre *Triomphe de la volonté* est un chef-d'œuvre, un véritable film sans trame… Ne pourriez-vous pas réaliser quelque chose de semblable pour les Jeux olympiques ? – Impossible", répondis-je. »
← « On avait attribué à Jesse Owens le couloir inté-

rieur. Le starter, vêtu de blanc, vérifia que les athlètes étaient prêts. D'un rapide regard, je m'assurai que les opérateurs étaient à leurs places : nous ne pouvions pas nous permettre de manquer une course aussi importante. »

→ « La guerre : une pensée épouvantable, terrible, inconcevable. Comment pouvais-je me rendre utile ? Je pensais suivre un cours pour infirmières. »
← « Je louai un petit chalet dans les environs de Kitzbühel, où personne n'allait me déranger. »

→ « Je n'ai jamais fait de mal à personne. J'ai même aidé, dans la mesure du possible. »
← « Mon frère Heinz était tombé en Russie, déchiqueté par l'explosion d'une grenade. Aujourd'hui encore, je n'arrive pas à me pardonner de ne pas avoir demandé à Hitler d'intervenir en sa faveur. »

→ « Quand Hitler, devant la chancellerie du Reich désormais détruite, peu avant la défaite macabre de l'Allemagne, décora certains enfants allemands de la croix de fer, en les appelant "valeureux soldats", je ne pus que le détester. »
← « "Hitler est mort ! Il est mort !" Ce que je craignais était arrivé. Je me jetai sur le lit et pleurai toute la nuit. »

→ « De nombreux Tsiganes sont morts dans les camps de concentration. »
← « Nous les avons presque tous revus, après la guerre. »

→ « Je me rappelle encore la merveilleuse sensation de liberté que j'éprouvai loin du monde, au milieu des nuages, lorsque je montai pour la première fois au sommet d'une montagne. S'ensuivirent des ascensions de plus en plus difficiles et chaque fois, après avoir craint de ne pas arriver en haut, j'aspirais déjà à un défi sur une nouvelle paroi. »
← « Quelle sensation magnifique de pouvoir bouger comme un poisson ! En vibrant totalement face à la beauté des couleurs et des formes, et de la vie qui pullule autour des coraux, j'oubliais tous mes soucis. C'était un monde de conte de fées, que je désirais immensément conserver en images. »

→ « Je veux voir, voilà tout. C'est cela, ma vie. Je veux voir. »
← « La réalité ne m'intéresse pas. »

Raie manta géante

En quelle année *Jardins de corail* est-il sorti, Leni ? En 1978 ou 1979 ? Un album de quatre-vingt-seize photos sous-marines – extraordinaires, je l'avoue –, prises pour la plupart avec un Reflex étanche. C'était peut-être en 1978, qu'importe : on y découvre soudain que non seulement tu es devenue une plongeuse hors pair, mais aussi que tu as déjà exploré les fonds marins d'une grande partie du monde. Honduras, îles Vierges britanniques, Kenya, Soudan, Bahamas. Qu'est-ce qui fait courir Leni Riefenstahl ? se demandent les spécialistes. Îles Turques-et-Caïques, Tanzanie, Grenadines, Grand Cayman, Maldives. Quelle force mystérieuse la pousse ? Que fuit-elle ?

Certains évoquent une nouvelle étape de son infatigable quête de beauté formelle. D'autres s'interrogent : pourquoi Leni Riefenstahl, qui toute sa vie a donné l'impression de flotter au milieu des événements et des vicissitudes humaines, a-t-elle plongé dans les abysses à quatre-vingts ans ? Peut-être y a-t-elle enfin trouvé ce qu'elle cherchait, une réserve inépuisable de formes abstraites, un paysage de science-fiction, dénué de gravité, léger, déresponsabilisant – un endroit où elle se sent à son aise. Mais alors, pourquoi ne ralentit-elle pas le rythme ? Que cherche-t-elle encore ?

Pour préparer son deuxième album, elle visite à nouveau les Maldives, puis pousse jusqu'en Papouasie-Nouvelle-Guinée. C'est loin, mais cela en vaut la peine. Les photos sont encore plus époustouflantes, les sites de plus en plus reculés et exotiques. Sa technique sous-marine frise la perfection. Les filtres, rouges ou magenta, rendent plus nets les contours, tandis que les cadrages rapprochés excluent le contexte, la vision d'ensemble, et rendent les sujets de ses photos si énigmatiques qu'ils n'ont même plus l'air d'être vivants. Ils ne ressemblent plus qu'à des formes – volutes, ramifications, arabesques, transitions chromatiques, motifs répliqués à l'infini. De la biologie élevée au rang d'esthétique, dans le style Riefenstahl le plus pur.

Pour ce qui est des titres, elle ne s'est pas beaucoup améliorée. Cette fois, elle a intitulé son livre *Merveilles sous-marines*. Année de publication, 1990. J'en suis sûre, car mon premier voyage aux Maldives remonte aussi à cette époque. Nous aurions pu nous rencontrer à ce moment-là. Sans le savoir, je la poursuivais déjà il y a treize ans. Et moi aussi, j'avais mon album sous-marin.

Je me l'étais procuré aux Maldives, et j'avais hâte

de le montrer à ma mère. J'y avais disposé les photos soigneusement, alternant celles des poissons et des coraux. Sur sa couverture, une tortue nageait entre deux eaux. La présence de l'eau était laissée à l'imagination de l'observateur, on aurait dit que la tortue volait. Si je l'avais choisie, c'est parce que les tortues marines m'ont toujours fait penser à ma mère, avec leurs mouvements lents et compassés – ma mère aussi se déplaçait de cette façon dans la maison, avec une sorte de prudence silencieuse. Elles étaient vulnérables et cuirassées. Exposées à toutes sortes de dangers, mais capables de se défendre, de s'endurcir puis de repartir. Elles portaient leur histoire gravée sur leur peau, et recélaient qui sait combien d'expériences. Enfin, elles étaient très vieilles, vieilles comme le monde.

Je me souviens que ce jour-là, ma mère s'est assise sur le divan, a chaussé ses lunettes de lecture, a ouvert l'album et s'est mise à le feuilleter, d'abord lentement, puis de plus en plus vite, au point que je l'ai soupçonnée de trouver mes photos ennuyeuses. Pourquoi allait-elle si vite ? Et pourquoi ne me posait-elle aucune question ?

S'attendait-elle à un autre genre de photos ? Je venais de m'apercevoir que pas une seule n'avait été prise sur la terre ferme ni dans le ciel, à bord de l'hydravion qui m'avait amenée à destination. L'album pouvait donner l'idée que le pays où j'avais séjourné durant trois semaines était entièrement submergé, une sorte d'Atlantide où les seuls vestiges d'architecture étaient des coraux, et les uniques êtres vivants des poissons. J'avais pu me rendre aux Maldives grâce à une bourse de recherche et j'y avais nagé avec des spécimens que j'avais fréquentés jusqu'alors uniquement à travers les photos des manuels universitaires. À présent ces photos étaient les miennes, et je peux t'assurer, Leni, qu'elles étaient belles. Pas autant que les tiennes, mais j'en étais fière.

Après avoir feuilleté l'album, ma mère l'a refermé. J'étais convaincue qu'il ne l'avait pas intéressée. Je me demandais si elle était encore offensée par ce que je lui avais dit sept ans plus tôt – que je voulais m'occuper de choses vivantes et non pas mortes. Peut-être ne m'en voulait-elle pas vraiment à moi, mais à la biologie, cette matière qui s'était immiscée entre son histoire et la mienne, et avait fini par y creuser un sillon.

Or, la biologie n'avait rien creusé du tout, ai-je réalisé aussitôt après. Quand je lui montrais mon livret avec une belle note fraîchement inscrite, après chaque examen, c'était elle la plus heureuse de nous deux. Petite, je croyais que notre lien était spécial comme nos mains serrées, que nous vivions une forme d'amour qu'aucune mère et sa fille n'avaient jamais expérimentée. Je ne sais pas si beaucoup d'autres filles pensent la même chose. Ma seule certitude, c'est qu'aujourd'hui encore, même si elle n'est plus là, ma mère n'a jamais cessé de me donner la vie.

Alors pourquoi ne s'intéressait-elle pas à mon album ? Pourquoi ne lui avait-elle jeté qu'un coup d'œil discret ?

J'allais le reprendre quand elle s'est exclamée, oh, attends, que fais-tu ? Elle l'a rouvert à la première page et a recommencé du début, en s'arrêtant cette fois sur chacune des photos. Elle me posait des questions sur les coraux, les méduses et les poissons, m'interrogeant sur leur nom, leur alimentation, leurs formes et couleurs. Les noms scientifiques la fascinaient plus que tout – *Torpedo marmorata*, *Manta birostris*, *Abudefduf sexfasciatus*. Je les lui énumérais, elle essayait de les répéter, sans jamais y parvenir. Quel endroit étrange, disait-elle, puis elle tournait les pages, me demandait le nom latin de chaque espèce – *Antennarius maculatus*, *Platax pinnatus*, *Caranx ignobilis* – et éclatait de rire chaque fois qu'elle essayait de reproduire ces sons, incompréhensibles pour elle jusqu'à ce que je lui en révèle le sens. Par exemple, elle disait *sfasciatus* au lieu de *sexfasciatus*, et elle riait. Ce rire profond qu'avait ma mère était une sorte de raz-de-marée qui secouait tout son corps et finissait par me renverser aussi.

Sex-fasciatus, ça veut dire qu'il a six rayures, tu vois ? Et elle les comptait, comme quand elle comptait mes côtes pour me chatouiller quand j'étais petite.

Face aux êtres à l'air le plus menaçant, elle redevenait sérieuse. Elle voulait savoir s'ils étaient dangereux, s'ils m'avaient piquée, mordue, empoisonnée ou donné une secousse électrique, si j'avais été prudente dans l'eau comme elle me l'avait recommandé avant mon départ ou au téléphone. Et elle était pleine d'appréhension, comme si je pouvais être encore en danger, assise là avec elle sur le canapé. Voilà pourquoi elle avait été si expéditive la première fois, ai-je fini par comprendre. Elle avait d'abord fait son état des lieux, une sorte de contrôle rétroactif pour vérifier que je n'avais couru aucun risque aux Maldives.

Je l'ai rassurée, lui expliquant que j'avais été prudente, que je n'avais été attaquée que par un banc de poissons nettoyeurs. À ce moment-là, elle m'a regardée, de nouveau alarmée. Un jour où je me baignais dans l'eau peu profonde près de la barrière de corail, lui ai-je raconté, ces petits poissons épineux et bleu vif s'étaient approchés de moi – tu aurais dû les voir, maman, tous ensemble ils formaient une sorte de petite galaxie en expansion, une nébuleuse phosphorescente ; ils m'ont entourée et se sont mis à me mordiller les jambes, les bras, le dos, partout. Ils avaient dû me prendre pour un gros poisson de la barrière et m'ont nettoyée de la tête aux pieds.

Je lui ai cité leur dénomination scientifique, *Labroides dimidiatus*, ajoutant que les labres sont les seuls poissons à avoir passé l'épreuve du miroir. En laboratoire, placés face à une surface réfléchissante, ils se regardent et se reconnaissent. Les labres ont conscience d'eux-mêmes. Les raies mantas aussi, peut-être, ai-je dit à ma mère, mais ce n'est pas sûr. Dans tous les cas, aux Maldives j'avais nagé avec les deux espèces.

Celui-là, a-t-elle dit en indiquant une photo. C'est mon préféré. Ce jaune et noir, en forme de flèche pointue. Il a l'air de savoir ce qu'il veut, de suivre sa route. Et qu'est-ce qu'il est drôle, avec toutes ces rayures. Et sa nageoire, on dirait qu'il l'a oubliée, qu'elle ne lui appartient plus tellement elle est longue, comme toi quand tu perds tes écharpes et tes foulards.

Elle a tourné la page et elle l'a vu de face, cette fois. Bon sang, a-t-elle dit, vu comme ça il ressemble à une divinité de la jungle, celles qui sont toujours dans une rage noire.

C'est bien, maman.

Pourquoi c'est bien ?

Parce que ce poisson est une idole mauresque. On l'a appelé comme ça parce qu'on dirait un totem, un masque africain, comme tu l'as dit. Tu as des talents de classification, tu sais ? Il faut travailler encore un peu ton latin, mais pour l'esprit d'observation, je dirais qu'on y est.

Toi aussi tu faisais cette tête, quand tu étais petite, et ça t'arrive encore. Quand tu dors, surtout. Tu as un de ces airs grincheux. D'ailleurs tu n'as pas un pyjama à rayures ?

Oui, mais pas jaunes et noires.

Et tu perds tes écharpes dans la rue. Voyez-vous ça, ma petite fille est un poisson, un poisson des Maldives.

Elle s'est remise à feuilleter l'album et a fini par me regarder, toute fière d'elle, car elle avait plus ou moins appris les noms latins des poissons. Elle était surtout fière de moi qui avais étudié les poissons à l'université puis avais nagé avec eux. Pour les rencontrer, j'étais allée à l'autre bout du monde dans ce pays submergé, je faisais ce que j'aimais le plus au monde, et elle était fière de moi, bien sûr qu'elle l'était.

Elle a posé l'album sur le canapé et m'a prise dans ses bras – viens ici, ma petite, mon idole mauresque, ma petite *Carapax ignobilis*, ma *Torpedine sfasciata* –, et là c'est moi qui ai éclaté de rire. Je riais dans ses bras, avec l'envie de pleurer, en pensant à toute la force que ma mère avait gardée en elle malgré ce qu'elle avait enduré, pendant la guerre et après.

Ils étaient tous morts, et il lui avait fallu des années pour l'accepter, pour se convaincre que ce n'était pas sa faute si elle était la seule survivante. Elle avait rencontré mon père et était tombée amoureuse de lui. Elle voulait devenir mère. Les médecins lui répétaient qu'elle ne pouvait pas, que son corps avait été trop abîmé, mais elle ne s'était pas avouée vaincue. Elle croyait que si elle avait été épargnée, c'était justement pour pouvoir mettre un enfant au monde – elle sentait que ce serait une fille, elle en était sûre, et à trente-huit ans, alors que personne ne s'y attendait sauf elle, elle était tombée enceinte. Mon Dieu, s'était-elle dit huit mois et demi plus tard, il nous en a fallu du temps, pas vrai, Martha ? Mais on y est arrivées, et c'est une grande victoire, tu sais ? Bien sûr que tu le sais, sinon tu ne serais pas née comme ça, le poing levé.

Mon père était tombé malade peu de temps après ma naissance, puis il était mort, la laissant seule avec moi, cette enfant attendue pendant si longtemps. On peut dire que j'ai de la chance, dans la vie, me disait-elle parfois. Elle soulignait ainsi à quel point les malheurs ne lui avaient jamais laissé de trêve, même en temps de paix. Pourtant elle ne s'en plaignait pas, et savait en plaisanter.

Une trajectoire descendante, sans accroc ni incident, hein ? Puis elle pointait son index sur moi et expliquait qu'elle avait tout supporté dans la vie, mais qu'une fille comme moi, c'était vraiment le pompon – et alors nous éclations de rire, comme si souvent.

Tu sais, Leni, je crois que ce qui me manque le plus, c'est la façon qu'avait ma mère de ne pas accepter de me voir triste ou mélancolique, surtout si elle avait l'impression que c'était à cause d'elle – elle s'efforçait alors de me faire rire, et y parvenait toujours. Un instant après je me demandais : est-il possible qu'elle ait autant de force ? D'où lui vient-elle ?

Elle devait cacher un noyau pur et intact que ses tourments n'avaient pas pu entamer, ni les plus récents ni les plus anciens, ce qui m'apparaissait déjà alors comme un miracle, et à plus forte raison depuis que je connais toute l'histoire.

Après ce soir-là, nous parcourerions encore l'album des poissons, elle répéterait que je ressemblais à une idole mauresque, elle continuerait de m'appeler *Torpedine sfasciata*, *Carapax ignobilis* ou bien *Martha birostris* – une fusion entre mon nom et celui des raies mantas géantes.

Elle souffrait encore beaucoup, visiblement. Il me suffisait d'intercepter certaines de ses expressions hébétées quand elle ne se savait pas observée. Elle dormait pelotonnée sur le côté, s'agitait dans son sommeil. Si, pour une raison ou une autre, je ne lui répondais pas au téléphone, elle imaginait tout de suite le pire. Parfois, il lui arrivait de se laisser aller en ma présence. Elle avait de brusques silences, des absences, des regards de pure terreur. On aurait dit alors qu'elle plongeait dans des lieux qui m'étaient inaccessibles, et quand elle en émergeait, elle semblait si désolée que je me sentais impuissante – et souvent je ne faisais rien. Si j'avais su la prendre dans mes bras ou lui dire des mots réconfortants, j'aurais peut-être aggravé son malaise. Ma mère avait l'air honteuse de ces passages à vide, comme si je l'avais prise en flagrant délit. À moins que cette explication ne me permette d'alléger ma conscience aujourd'hui.

Qu'en penses-tu, Leni ? Existe-t-il un fond de vérité dans tout ce que je dis ? Est-ce que ce ne sont que des excuses, toi qui es une faiseuse d'excuses assez douée ? Je sais pertinemment que tu as déjà rencontré quelqu'un en difficulté et que tu n'as pas bougé le petit doigt pour l'aider. Mais t'es-tu déjà trouvée de l'autre côté ? Du côté de celui qui cherche à tout prix à cacher sa fragilité et sa vulnérabilité, et a honte quand il y échoue ? As-tu déjà vécu cette expérience ?

Tu as fini par nous tourner le dos, à la crevette-mante et à moi, et tu t'es remise à donner des coups de palmes. Je confirme que tu ne sais pas rester en place, que tu n'es jamais rassasiée.

Je lui touche l'épaule et lui dis :

Attends, arrête-toi un moment.

Tu as vu, Leni ?

Elle hoche la tête, puis se tourne vers l'endroit que je lui désigne, les voit enfin et s'immobilise. Elle a cessé de battre des palmes et même de respirer.

Six ou sept raies mantas gigantesques sont couchées sur le fond. Des femelles adultes, à en juger par leurs dimensions – plus considérables que chez les mâles –, ainsi que par la présence, entre elles, de petits que je n'avais pas remarqués de prime abord. Nous nous approchons prudemment, remontant de trois ou quatre mètres afin de les regarder de haut sans les déranger. Les raies mantas savourent ce moment de pure béatitude où des centaines de labres nettoyeurs essaiment autour d'elles.

Sur le bateau, j'ai annoncé à Leni qu'aujourd'hui, ce serait notre dernière sortie. Il était prévu que nous plongions dans une *cleaning station*, ce qui, pour une fois, semble avoir suscité sa curiosité. Je lui ai expliqué qu'à cette heure-ci du matin, les raies mantas nagent jusqu'à un site où elles savent qu'un banc de poissons nettoyeurs impatients de se mettre au travail les attend. De leur côté, on dirait qu'elles ne connaissent pas la hâte.

Elles battent des ailes avec une sorte de solennité consciente, comme si elles avaient une musique à l'arrière-plan, et avancent en corrigeant de temps à autre leur trajectoire par de petites girations bien calibrées, aussitôt suivies de contre-girations qui les replacent parallèlement à l'horizon marin, toutes concentrées dans ce vol dense et discret, qui les amène toujours à destination à l'heure exacte. Alors, elles arrêtent simplement de nager – comme l'a fait Leni quand elle les a aperçues –, et, inertes, planent sur le fond, où elles se posent, légères, semblables à de gigantesques feuilles.

Leni prend quelques photos en surplomb, puis me passe le Reflex avant de me faire comprendre qu'elle a l'intention de descendre. Elle veut approcher les raies mantas et désire que j'immortalise ce moment. Elle doit déjà imaginer la photo imprimée dans un journal allemand ou une revue scientifique, elle nageant avec les raies mantas et leur caressant le dos, pourquoi pas avec une légende mentionnant « La doyenne des plongeuses en activité » ou « À cent ans au fond de la mer », « Leni Riefenstahl danse avec les raies mantas ». Au final, ce n'est pas à elles que reviendra le rôle d'héroïnes, elles ne seront que de simples figurantes dont la présence servira à mettre en valeur la star : si les océans regorgent de raies mantas, il n'existe qu'une seule réalisatrice sous-marine centenaire au monde. Leni est en train de forger sa propre légende, et de lui apporter sa touche finale. Dans la première partie de sa vie, elle a tourné quelques-uns des chefs-d'œuvre du cinéma, dans la seconde elle s'est consacrée corps et âme à réaliser une sorte d'autobiographie unique et ininterrompue.

Je me souviens de ce qui lui est arrivé il y a deux ou trois ans, au cours de son dernier voyage en Afrique. Pour l'occasion, elle s'était fait accompagner du réalisateur Ray Müller qui, aux côtés de Horst, tournait un documentaire sur elle. Dans le village de Kadugli, au Soudan, Leni a pu serrer à nouveau ses Noubas dans ses bras, ou plutôt les enfants et petits-enfants des Noubas qu'elle avait photographiés au milieu des années 1960. Elle a demandé des nouvelles de ses vieux amis au chef de tribu, et quand on lui a annoncé que ceux-ci étaient morts, elle a éclaté en sanglots, certaine que Müller la filmait. Une scène touchante, la démonstration que Leni aimait ses Noubas, de même que sur le plateau de *Tiefland* elle avait aimé ses Tsiganes, à rebours des affirmations des intéressés. À présent, chacun pourrait constater de ses propres yeux combien ses détracteurs se trompaient lorsqu'ils l'accusaient d'être inhumaine, insensible au destin d'autrui et horriblement centrée sur elle-même.

Mais Müller ne filmait pas. Il s'était accordé une petite pause. Alors, Leni est passée en un instant du désespoir le plus total à une colère incontrôlable – comment avait-il pu, lui, Müller, manquer un moment aussi dramatique, quel réalisateur était-il ?

À ce moment-là, comme toujours dans ces occasions, Horst est intervenu. Il a d'abord empêché Leni d'agresser Müller physiquement, puis il est parvenu à la calmer sous les yeux ébahis, j'imagine, des Noubas.

Dans un élan de magnanimité, Leni a fini par pardonner à Müller, lui offrant l'occasion de racheter séance tenante son inqualifiable erreur. Sous l'œil de la caméra, elle s'est approchée des chefs de tribu, et, impassible, leur a redemandé ce qu'étaient devenus ses vieux amis. Elle a écouté leur réponse et a éclaté en sanglots, comme si la scène précédente ne s'était jamais produite, pendant que les Noubas, de plus en plus interloqués, se regardaient sans comprendre.

Moi aussi j'ai apporté ma petite contribution à la légende. J'ai pris quelques photos d'elle s'approchant des raies mantas, mais c'est tout. Nous avons mis trop de temps à dénicher la *cleaning station*, les raies mantas doivent être ici depuis un bon bout de temps. Avant même que Leni ne les rejoigne, elles se soulèvent du fond l'une après l'autre, et prennent leur envol en se débarrassant des poissons nettoyeurs – ce sera tout pour aujourd'hui. La collaboration entre ces deux espèces reprendra demain, à la même heure, dans une *cleaning station* encore inconnue.

Leni se met aussitôt à les suivre et moi je suis Leni, tout en sachant que cette poursuite est inutile ; malgré leur apparente décontraction, ce sont des nageuses formidables, en quatre ou cinq coups d'ailes elles sont déjà loin. Mais Leni n'en démord pas. Ni elle ni moi ne sommes parvenues à prendre de photo acceptable, et maintenant c'est trop tard, demain Horst et elle monteront à bord de l'hydravion qui les emportera loin d'ici pour toujours.

Son dernier voyage aux Maldives, disait cet article en ligne, les dernières plongées, les dernières photos.

Leni sait bien que le temps est compté, et peut-être, comme moi, ne s'imagine-t-elle pas au-delà de ce seuil. Dans l'eau, le temps passe à sa manière, tranquille et invasif, avec un grondement ininterrompu au-dehors et un gargouillement de bulles sous la surface. Le manomètre indique quatre-vingt-dix bars, soit trente minutes environ. Cette mesure est purement hypothétique, le temps restant dépendra de la profondeur et surtout des efforts que nous déciderons d'accomplir. Plus nous accélérons et plus nous consommons d'air, plus nous poursuivons les raies mantas, et moins de temps il nous reste.

Elles ne sont plus que des ombres évanescentes, à peine plus sombres que la masse d'eau avec laquelle elles se confondront bientôt entièrement. Malgré tout, Leni insiste pour les suivre. Mais voilà, elles ont disparu, elles pourraient avoir changé de direction et nous ne le saurons jamais, ce qui rend notre tentative de les rejoindre de plus en plus insensée. Nous avançons à l'aveuglette. Leni ne s'avoue toujours pas vaincue, elle nage avec obstination, et je finis malgré moi par la prendre en pitié. Elle m'a déjà fait une peine infinie sur le bateau avec Horst, et une fois de plus j'ai de la peine pour elle, et pour moi qui la suis avec encore moins d'espoir qu'elle n'en a en suivant ces poissons.

Je ne la comprendrai donc jamais. Demain, je regarderai l'hydravion décoller et retournerai dans mon bungalow tapissé de chronologies, de schémas et de classifications sans avoir compris le poisson Leni.

Pourtant, comprendre un poisson est assez simple, il suffit de poser une série de questions très élémentaires à son sujet. Son squelette est-il en os ou en cartilage ? Combien de fentes branchiales a-t-il de chaque côté, une seule ou cinq ? Se trouvent-elles en position latérale ou centrale ? Et même pas besoin de prendre la peine de choisir les bonnes questions, les taxonomistes les ont déterminées une fois pour toutes dans des tableaux de référencement qui, à chaque niveau, du plus général au plus particulier, du genre à l'espèce, présentent deux choix binaires dénommés par les spécialistes « clés dichotomiques », ou par le nom encore plus séduisant – mais à mon avis un peu trompeur – de « dilemmes ». À la différence de nos dilemmes humains, ceux des poissons ne sont pas bien difficiles à résoudre : ou ils sont A ou ils sont B, ou ils sont B1 ou ils sont B2 ; s'ils ont cinq branchies d'un côté ce sont des Elasmobranchii, s'ils les ont sur le ventre ce sont des poissons rajiformes et ainsi de suite, de caractère en caractère, d'alternative en alternative.

Quand un poisson a deux appendices aux commissures de sa bouche, qu'il tient ouverts quand il mange pour y acheminer le plancton, alors qu'il les enroule pendant la nage de manière à ce que les spécimens qui l'observent frontalement les voient comme deux cornes acérées, c'est forcément une *Manta birostris*, une raie manta géante. Et elle aura beau nous fuir, Leni et moi saurons quand même qui elle est, comment elle se comporte, quelles sont ses habitudes alimentaires et sexuelles. Pour ma part, je sais aussi que sa vitesse maximale lui permet de bondir à presque trois mètres hors de l'eau. Malgré tout, nous ne parviendrons pas à la rejoindre et ne la reverrons jamais.

Leni, elle, ne peut être réduite à une définition ni ramenée à un genre, et encore moins à une espèce.

Les clés de classification ne s'accordent pas avec elle, elles n'entrent pas dans la serrure et n'ouvrent aucune porte. Le poisson Leni est un exemplaire unique, et encore, ce n'est pas le mot juste, puisque sa vie ne peut pas servir d'exemple. Quant à ses caractères, ils divergent tellement entre eux qu'il est impossible de ne pas tomber dans la contradiction quand on essaie de les déterminer.

Elle a été une grande danseuse sans l'être, elle était dotée d'un talent extraordinaire sans avoir aucun penchant pour la discipline. Tantôt elle est belle, tantôt elle ne l'est plus du tout – cela dépend de qui la regarde, de l'angle de prise de vue, ou de la lumière –, elle a parfois un beau visage, pur et grave, d'autres fois elle est aussi charmante qu'un svastika.

Les hommes sont brutaux avec elles, ils la projettent sur les lits, lui arrachent ses vêtements, la traitent de putain et aussitôt après lui envoient des fleurs, la demandent en mariage, menacent de se tuer, se taillent les veines, se jettent à ses pieds ou dans un fleuve en plein cœur de l'hiver.

C'est une actrice merveilleuse, mais sur l'écran elle ne vaut rien, elle n'est même pas photogénique, et en plus elle louche. En réalité, non elle ne louche pas, elle a le strabisme de Vénus, ce que les Allemands appellent *Silberblick*, regard argenté, un nom bien mystérieux.

C'est une nazie convaincue et pourtant elle n'a jamais été nazie. Elle n'a jamais pris la carte du Parti, mais elle a tourné trois films sur ses assemblées glaçantes, dont l'un est un chef-d'œuvre. Goebbels l'idôlatrait tout en la plaquant contre les murs. Elle était la maîtresse d'Hitler, mais sans l'être vraiment, Hitler devait accomplir sa mission et ne pouvait se permettre d'aimer aucune femme, pas même Leni, qui n'était que sa cinéaste, la réalisatrice du régime. Elle était jalouse de son indépendance, elle souriait au Führer et aussitôt après elle filmait l'époustouflant Noir Jesse Owens.

Elle aimait, elle adorait les enfants noubas, ainsi que les Tsiganes de Maxglan, surtout les petits Reinhardt et Winter, et quand ils s'enfuyaient du plateau elle ordonnait aux SS de les pourchasser. Elle exigeait qu'on s'excuse à genoux devant elle, et se faisait appeler tante Leni. Elle avait une immense affection pour ces enfants, et ne pouvait deviner qu'ils allaient être assassinés. S'ils ne s'agenouillaient pas, elle disait : Alors, retour au camp.

Son comportement allait au-delà de la simple gentillesse. Personne n'a traité les Tsiganes mieux que Leni. Dans les scènes à cheval, elle se faisait doubler par une jeune femme de vingt-trois ans sa cadette, qu'elle aimait beaucoup aussi. Elle l'encourageait, la dirigeait comme si elle était une actrice célèbre, lui donnait des conseils et la complimentait quand elle regardait droit devant elle et non pas la caméra, ou quand elle se lançait au galop sur un magnifique cheval bai sombre. À la fin, tante Leni lui a donné une récompense parce qu'elle avait bien joué, et la jeune fille a pu choisir laquelle – à ce moment-là, Leni s'arrête.

Elle a dû se rendre compte qu'il est inutile d'insister. Les raies mantas ont maintenant disparu Dieu sait où.

On rentre, Leni ?

Mais elle me fait signe d'attendre et de regarder en contrebas, droit devant nous, à douze heures.

Incroyable.

Voilà donc où elles étaient.

Juste devant nous.

Certaines sont en train de remonter à la surface, qu'elles effleurent parfois de la tête ou du bout d'une aile, d'autres ont déjà perçu notre présence et se remettent à nager. Quelle que soit la direction qu'elles ont prise, elles s'éloignent à nouveau. Cette fois Leni ne bouge pas et reste à l'horizontale, comme si elle savait quelque chose qui m'échappe. Elle reprend son Reflex, me l'arrachant presque des mains.

Les voilà redevenues invisibles, toutes sauf une. Bientôt elle aussi disparaîtra, à sa manière unique, par une sorte de longue dissolution dans le bleu. La raie manta s'incline du côté droit, puis du gauche, et, un instant avant de s'évanouir pour toujours, elle dessine au compas un virage à cent quatre-vingts degrés, long et aérien, qui la ramène à son point de départ, comme si elle avait changé d'avis.

À dix mètres de nous, pas plus, nous la voyons avancer dans notre direction avec son indolence habituelle.

Chez les raies mantas, même les revirements adviennent sans hâte, avec des mouvements harmonieux et géométriques. Leni et moi restons immobiles, comme il est de mise en présence du miracle, de l'extraordinaire qui s'offre à vous gratuitement, sans qu'on ait rien fait pour le mériter – je me suis contentée de suivre Leni, elle seule a cru en la possibilité que ce miracle advienne, et il a fini par advenir.

Le dos revêtu d'une membrane noire à l'aspect presque métallique, le ventre blanc et charnu où s'ouvrent de chaque côté cinq branchies qui ressemblent à de grandes côtes, la raie manta nage en nous visant de sa bouche en tenailles. En retour, Leni la vise avec son objectif, prête à le déclencher le moment venu. Non, pas encore, il faut que la raie manta se rapproche encore. La voici presque sur nous, comme si elle n'avait aucune intention de changer de trajectoire. On dirait qu'elle veut nous éperonner avec son double bec. Elle accélère jusqu'à ce que, une seconde avant l'impact, elle coule en un bref piqué, pour passer en contrebas de nous à moins de cinquante centimètres, se révélant dans toute sa longueur, sa majestueuse ampleur et ouverture ailée.

Sa livrée, qui de loin semblait noire, est en réalité d'un gris-brun, si brillant et étincelant que Leni ne peut s'empêcher de le toucher à mesure que la silhouette de la raie manta passe sous nos yeux, d'abord en s'élargissant au niveau des ailes, puis en s'effilant peu à peu vers le bas où elle culmine en une minuscule queue pointue – un corps globalement incongru, mais capable d'exprimer une élégance sans pareille, une grâce qui vous fait venir les larmes aux yeux.

Leni avait raison, il fallait insister. On ne sait jamais, avec ces poissons. On a beau connaître leurs habitudes, les avoir étudiés et classifiés avec soin, ils restent des animaux, des êtres doués de conscience – les biologistes comportementaux l'admettent à présent –, et donc des individus uniques et imprévisibles comme nous les humains, comme moi et surtout comme Leni.

Encore un de ses virages fluides et la raie manta, inclinée à quarante-cinq degrés, se rapproche de nous, cette fois sur la gauche. Leni la regarde et je suis certaine que la raie manta la regarde aussi. Je parierais qu'elles se comprennent mystérieusement.

Si Leni et la raie manta se sont comprises, alors je pourrais peut-être comprendre Leni dans le laps de temps qui nous reste – vingt-cinq minutes, peut-être un peu plus, si nous respirons doucement. Tôt ou tard, nous nous retrouverons à la surface les yeux dans les yeux, et il suffira d'un regard pour que je la comprenne enfin et qu'elle sache à son tour qui je suis.

Poisson-lion

Il était une fois Del et Beng, qui vivaient ensemble comme des frères, au temps où le monde n'était que de l'eau.

Ma mère me racontait cette histoire quand j'étais petite avant de m'endormir, et j'y croyais, Leni. J'étais convaincue qu'elle était véridique, et elle m'apparaît encore plus vraie maintenant, dans ce monde aquatique.

Il était donc une fois Del et Beng. Un jour, Del dit à Beng : Plonge, tu trouveras peut-être un peu de terre tout au fond.

Beng plonge. Il nage jusqu'au fond et remplit ses poings de terre, mais alors qu'il remonte à la surface, l'eau emporte la terre, et il remonte les mains vides. Alors que fait Del ?

Que fait Del ? demandais-je à ma mère, même si je le savais très bien.

Il prend un bâtonnet pointu et gratte la terre restée sous les ongles de Beng, qui étaient très longs, racontait ma mère, tout en prenant ma main dans la sienne et en me caressant les doigts.

À force de gratter, il en tire un tas grand comme ça, et avec ce tas de terre, que fait Del ?

Oui, qu'est-ce qu'il fait ?

Il fait un lit, voilà ce qu'il fait.

Un lit bien moelleux, ajoutais-je.

Puis Del s'allonge dessus, ferme les yeux et s'endort aussitôt.

Et Beng ? demandais-je.

Beng, naturellement, n'est pas content du tout. Comment ça, pense Beng, lui qui n'a rien fait il reste là sur ce lit moelleux et moi qui ai fait tant d'efforts je me retrouve debout ?

Alors il attrape Del par une jambe et tire de toutes ses forces pour le faire tomber du lit. Mais dès qu'il se met à tirer, la terre se met à croître, Beng tire sur la jambe de Del et la terre se répand dans toutes les directions, et peu après Del se réveille.

Toute cette terre que tu as faite, dit-il à Beng, il y en a trop, il faut la tasser.

Je m'en occupe, dit Beng, et il entreprend de sauter dessus.

Il saute, et à la fin la terre, qui était toute plate, se replie en un point, s'incurve en un autre, se plie en montagnes et s'affaisse en vallées. Mais Beng n'est toujours pas satisfait, alors depuis la cime de la plus haute montagne, il détache une poignée de terre et en fait un humain, comme toi et moi, avec la bouche, les yeux, le nez, et tout le reste.

C'est vraiment beau, lui dit Del, et maintenant ?

Je ne sais pas, répond Beng.

Si tu me le donnes, je peux le rendre vivant.

Si tu le rends vivant, promet Beng, je te l'offre.

Répète ça trois fois.

Je te l'offre, je te l'offre, je te l'offre, mais rends-le vivant.

Del trace des signes sur la peau de l'homme, lui ouvre la bouche, souffle dedans, et lui donne vie. L'homme de terre est donc devenu vivant. Car nous tous sommes faits de terre, disait ma mère.

Le pauvre, disais-je, car je savais qu'à ce moment de l'histoire Beng prononçait ces mots-là, qu'est-ce qu'il va devenir sans personne à ses côtés ?

Très juste, dit Del, faisons-lui une compagne. Del retire une côte à l'homme, et fait apparaître la femme. Voilà pourquoi nous avons une côte en plus, disait ma mère, le signe est encore là, il suffit de compter.

Elle relevait ma veste de pyjama et partait du bas, une, deux, trois côtes, mais elle n'arrivait jamais à toutes les compter parce qu'elle me chatouillait, je riais aux larmes et la suppliais d'arrêter – s'il te plaît, s'il te plaît, je t'en prie –, elle arrêtait, mais recommençait aussitôt, quatre, cinq, six, sept côtes. Une nuit, comme elle n'arrêtait pas, j'ai effleuré son avant-bras gauche et, les yeux encore humides, lui ai demandé : Ce sont ceux-là, les signes ?

Ma mère portait une combinaison qui laissait ses bras et ses jambes découverts. Naturellement, ce n'était pas la première fois que je voyais son tatouage, je passais souvent mon doigt dessus en écoutant l'histoire de la naissance du monde. Pourtant, c'est cette nuit-là qu'il m'est venu à l'esprit d'associer le dessin de Del sur la peau de l'homme et le tatouage sur le bras de ma mère, un Z bleuâtre flanqué de quatre chiffres de la même couleur – ce sont ceux-là les chiffres, maman ?

Alors elle a arrêté les chatouilles pour de bon, elle ne souriait plus, du moins pas comme avant.

Je me rendais bien compte que je n'avais pas dit ce qu'il fallait. Tant que je riais encore à cause des chatouilles, ma mère pouvait penser que je voulais me moquer d'elle. Je suis donc redevenue sérieuse et me suis dépêchée d'ajouter que j'aimais son tatouage, et que j'en voulais un moi aussi, là sur le bras, au même endroit que le sien.

J'ignore comment elle a trouvé la force de me faire son récit. Cela m'échappe. Je me souviens de son expression quand elle me racontait l'histoire de Del et Beng, des inflexions de sa voix, de chacun de ses gestes. Je connais encore par cœur la fable de la création du monde, mais j'ai oublié les mots précis qu'elle a choisis pour m'expliquer que non, il ne s'agissait pas des signes tracés par Del, et que je n'aurais jamais rien de semblable sur le bras ni ailleurs. Bien des années plus tôt, on l'avait emmenée dans un endroit où on faisait ce genre de tatouages, à elle et à tous ses semblables, a dit ma mère.

J'avais huit ans, c'était l'été 1972, l'été où j'ai découvert qui je suis. Une *Zigeunerin*, une Tsigane comme ma mère, même si je n'avais pas son tatouage – Z-6571 – et n'en aurais jamais un identique.

Du temps devait encore s'écouler avant que je connaisse le reste de l'histoire : comment s'appelait l'endroit où on l'avait tatouée, qui l'avait emmenée et pourquoi, qui étaient les autres *Zigeuner* présents avec elle. De même, c'est seulement bien des années plus tard que j'entendrais parler pour la première fois de Leni Riefenstahl et de son film situé en Espagne, mais tourné à Krün, en Haute-Bavière, et qui avait exigé des figurants de type méridional, hommes, femmes et surtout enfants qu'on pouvait prendre pour des Espagnols. Comme évidemment il était très difficile d'en dénicher là-bas, où on ne trouvait que des enfants blonds au teint rosé qui n'auraient jamais pu passer pour des Espagnols, Leni était désespérée. Son film ne pourrait pas être tourné, adieu figurants et scènes de foule. Mais c'était sans compter le camp spécial destiné aux Sinté et aux Roms situé aux portes de Salzbourg. Leni est allée les voir et a trouvé qu'ils ressemblaient bien à des Espagnols – un sacré coup de chance, ce camp de concentration.

Je sais maintenant qu'à l'été 1972, alors que je découvrais qui je suis, Leni était à Munich pour photographier les Jeux olympiques, avec un Leicaflex et un seul assistant, Horst Kettner, à sa disposition. Son reportage devait être publié dans le numéro d'octobre du *Sunday Times Magazine*, dont l'image de couverture, accompagnée du titre LENI RIEFENSTAHL'S SECOND OLYMPICS, serait un collage de deux photos : celle de dessus montrant un sauteur à la perche pendant les Jeux de Munich en 1972, celle du dessous un sauteur à la perche durant les Jeux de Berlin en 1936 ; deux photos incroyablement ressemblantes. Trente-six ans d'écart et aucune différence appréciable, comme si le temps n'était pas passé et que Leni en était restée à ses premiers Jeux olympiques, ceux où elle avait propulsé les athlètes dans le royaume du mythe, où les plongeurs voltigeaient dans les airs sans jamais retomber dans l'eau, où les lanceurs de disque pivotaient sur leur axe en incarnant les sculptures de l'Antiquité, et où les marathoniens, poursuivis par leur ombre, semblaient poussés au but par le désir impossible de lui échapper. Une beauté à couper le souffle, que Leni a retenté de saisir à Munich, y parvenant le temps d'un seul cliché, après quoi le temps s'est remis à filer. On ne peut l'arrêter pour toujours, la piscine réclame les corps des plongeurs et il ne reste plus qu'à les suivre en train de couler à pic.

À la fin des Jeux olympiques, Horst et elle sont partis pour le Kenya, un peu au nord de Mombasa, où se trouvait une école de plongée allemande. Ils ont logé à l'hôtel Turtle Bay, où Leni s'est enregistrée sous le nom d'Helene Jacob, qu'elle avait utilisé pour les Jeux de Munich afin de passer inaperçue. Pour ceux de Berlin, trente-six ans plus tôt, on ne voyait qu'elle. Un jour, Glenn Morris avait même arraché son chemisier et embrassé ses seins devant cent mille spectateurs.

Pourtant, à Munich puis à la réception du Turtle Bay, Leni n'avait pas réellement menti. Helene était le prénom que lui avaient donné ses parents et qui avait été aussitôt abrégé en Leni ; Jacob était le nom de famille de Peter, son ex-mari. Helene Jacob était donc son nom sans l'être. En se présentant ainsi elle disait la vérité, tout en mentant.

En revanche, sur le formulaire d'admission à l'examen de plongée, Leni a menti sur sa date de naissance en mentionnant « 1922 » au lieu de « 1902 ». Elle s'est donné vingt ans de moins, et l'instructeur n'y a vu que du feu. Il avait en face de lui une femme dans une forme éclatante accompagnée d'un fiancé qui, d'après la fiche remplie par Horst, était beaucoup plus jeune qu'elle. Mais l'instructeur ne pouvait pas imaginer à quel point.

Toujours est-il que sa carrière de plongeuse a commencé sous les mêmes auspices que sa carrière de danseuse – je te promets que je ne monterai jamais sur une scène, papa –, c'est-à-dire par un nouveau mensonge.

Horst a réussi facilement l'examen en pleine mer. Deux jours après, quand cela a été le tour de Leni, l'océan était agité, mais pas assez pour que l'instructeur annule la sortie. Après avoir rejoint le large sur une petite embarcation ballottée par les vagues, et alors que Leni scrutait les eaux turbulentes où elle allait devoir plonger, l'instructeur a jeté l'ancre et déclaré qu'il l'attendrait là, en indiquant l'endroit où l'ancre venait de couler. Après quoi il a disparu dans l'eau.

Cinq minutes plus tard, Leni a pris son courage à deux mains et a plongé à son tour, mais dans l'impact la ceinture lestée a glissé de sa taille. C'est Horst qui est allé les récupérer à dix mètres de profondeur, afin que Leni puisse refaire une tentative. Elle a inspiré un grand coup, remis son détendeur dans sa bouche, et plongé de nouveau.

La visibilité était mauvaise, on n'y voyait pas à deux mètres, et malgré tout Leni est parvenue à identifier le sommet de l'ancre. À ce moment-là, elle devait descendre là où elle espérait trouver l'instructeur, en avançant presque à l'aveuglette et en plein courant, qui était très fort à cet endroit-là. Et elle a encore réussi.

L'instructeur l'a prise par la main et conduite jusqu'à

la barrière de corail. Là, s'accrochant aux coraux, elle a répété tous les exercices appris à la piscine les jours précédents : faire s'écouler l'eau du masque, faire semblant de perdre le détendeur et le rattraper sans se retourner, puis une rapide répétition des gestes, la respiration à deux et la remontée d'urgence.

Le soir, alors qu'une petite fête était organisée à l'occasion de la remise des brevets, Leni a enfin révélé, à la stupeur générale, sa véritable date de naissance. Comme pour son nom, elle s'était camouflée avec un certain raffinement, se limitant à échanger deux chiffres, elle qui était née non pas le 2 août 1922 comme elle l'avait mentionné dans le questionnaire, mais le 22 août 1902 – lion, *ja*, je suis un poisson-lion, dut-elle plaisanter, pensant peut-être alors à la crinière mortelle du *Pterois volitans*, treize piques sur la nageoire dorsale et trois autres sur la nageoire anale, toutes très venimeuses, un poisson magnifique et inapprochable.

Quelqu'un, par exemple l'instructeur lui-même, ne la croyant pas complètement, a pu lui demander d'apporter une preuve d'identité. Dans ce cas, Leni, alias Helene Jacob, a bien dû se garder d'obtempérer, pour garder intacte sa couverture. Et, au risque de mettre Horst dans l'embarras, elle l'avait peut-être entraîné dans ce mensonge – Horst, dis-le-lui, toi, que j'ai soixante-dix ans – en lui donnant une de ses chiquenaudes sur le bras. On peut imaginer que ce signe caractéristique de sa gestuelle est né à ce moment-là, au Kenya, à la fin de l'été 1972, alors que j'étais une enfant de huit ans ignorant encore l'existence de Leni.

J'aurais voulu raconter tout cela à Leni avant-hier soir, tandis que des raies aigles et des requins à pointe blanche passaient sous nos pieds – une vie nocturne intense, un va-et-vient marqué par un tapage aquatique, sauts, plongeons, éclaboussures, clapotis, et en arrière-plan le grondement permanent de l'océan, le bruit du temps. Nous étions assises en bordure de la véranda, moi par terre et Leni dans un transat. Horst était parti dormir, et en nous souhaitant bonne nuit, il avait éteint toutes les lumières à l'exception d'un petit lampion qui éclairait l'eau à nos pieds, une petite flaque de mer à peine luminescente. Leni et moi nous étions retrouvées toutes seules et presque dans le noir deux mètres au-dessus de la lagune de Gangehi – viens donc avec nous, ma chère, allons bavarder un peu sur la véranda.

Durant la plongée, elle m'avait certes tendu la main, je la lui avais serrée et nous avions nagé enlacées l'une à l'autre au milieu du courant, mais je ne savais pas quel sens y donner. Cette main tendue de Leni était certainement un appel au secours sans implications supplémentaires, m'étais-je dit sur le chemin du retour. Mais alors, pourquoi suis-je ensuite invitée non seulement à dîner comme les autres soirs, mais aussi sur la véranda où je n'ai encore jamais mis les pieds ?

J'avais la sensation d'être essoufflée en permanence, de toujours saisir les choses – y compris la main de Leni – avec un instant de retard. Je m'efforçais de déchiffrer ses gestes, qui se démentaient constamment les uns les autres, faussant toutes mes interprétations.

Sais-tu comment nous nous sommes connus, Horst et moi ? m'a demandé Leni sur sa véranda.

Non, ai-je menti, comment ?

Juste avant un de mes voyages en Afrique, j'avais besoin d'un cameraman, et lui d'un travail. Quand je l'ai vu la première fois, il ne m'a pas fait grande impression, sur le moment. J'avais besoin d'un type éveillé, alors que lui m'avait l'air… comment dire… un peu empoté, voilà. Sais-tu pourquoi ? C'était parce que je lui plaisais.

Leni avait soixante-six ans à ce moment-là, et Horst vingt-six.

C'est au cours du voyage que j'allais découvrir que je lui plaisais, dans une tente à Tadoro, sur le territoire des Noubas. En tout cas il savait se servir d'une caméra, alors je l'ai embauché. Disons plutôt que je lui ai dit que ce serait une période d'essai, et il a accepté. On dirait qu'il a réussi l'essai, qu'en penses-tu, ma chère ?

J'ai acquiescé, mais il faisait sombre, et Leni ne

devait pas m'avoir vue. Alors j'ai dit oui, je crois bien qu'il l'a réussi.

Leni me lançait-elle là une pique ? Une allusion à ce que j'avais fait sur le bateau, quand je m'étais employée à séduire Horst ?

On en rit encore, lui et moi.

Rire de quoi ?

Il m'arrive de lui dire : Horst, souviens-toi que tu es encore à l'essai. Ou bien c'est lui qui me demande : Leni, quand est-ce qu'il se termine, ce sacré essai ? Jamais, lui dis-je, tu es à l'essai pour toujours, mon très cher Horst.

Après, vous êtes partis ? lui ai-je demandé.

Trois jours après, ma chère. Tu aurais dû voir la Land Rover, tellement chargée qu'il n'y avait plus de place pour une épingle, on y entrait à peine. Le navire devait lever l'ancre depuis Gênes à sept heures du matin, et à minuit nous étions encore à Munich. Nous n'avions pas fermé l'œil depuis vingt-quatre heures et il s'est mis à neiger. Sur la route, Horst me priait de lui parler encore et encore, moi aussi je mourais de sommeil, et pourtant j'ai réussi, je lui ai parlé toute la nuit pour qu'il reste éveillé, même si je ne me souviens plus de quoi.

J'ai essayé de m'imaginer la scène : un jeune homme de vingt-six ans et une femme de soixante-six, à bord d'une Land Rover bondée, lancés à toute vitesse sur une route glacée au cœur de la nuit.

Nous avons fait une seule pause à Bolzano, un café puis de nouveau en piste. Nous sommes arrivés à Gênes *in extremis*, le bateau était sur le point de larguer les amarres, il s'appelait… Bon sang, comment s'appelait le bateau ? Horst ?

Horst, bien sûr, ne pouvait pas lui répondre. Il était parti dormir depuis un bon moment, mais Leni semblait à ce point sûre de l'avoir toujours à portée de voix, qu'elle avait dû oublier.

Cynthia, aurais-je voulu lui dire, le bateau que vous avez pris à Gênes en septembre 1968 s'appelait le *Cynthia*. Horst souffrait du mal de mer et il est resté dans la cabine pendant toute la traversée jusqu'au Caire. Du Caire, vous avez rejoint Assouan, et à Assouan, vous avez pris un autre bateau, une petite embarcation destinée au transport des oranges sur laquelle vous êtes parvenus à embarquer la Land Rover, on ne sait trop comment. Au bout de trois jours, le Soudan était en vue. Vous n'aviez aucun visa pour y entrer, on aurait pu vous arrêter à la douane, et d'ailleurs un officier en uniforme a intimé à Horst de faire halte peu avant que vous ne la franchissiez. Puis il t'a demandé de baisser la fenêtre, et il a alors prononcé en claquant des talons : *welcome back*, Frau Riefenstahl.

Une vie aventureuse, romantique, riche en histoires qui vous tiennent en haleine, même si on en connaît la fin. Je sais tout de ta vie, me disais-je sur la véranda, du moins tout ce que tu as voulu raconter et que d'autres ont péniblement reconstitué pour tenter de combler tes silences. Pas tant sur Hitler et sur le nazisme, au sujet desquels, au fond, tu ne rechignes pas à parler, que sur la phase centrale de la guerre, l'été 1941. Ce moment où un groupe de Tsiganes a été extrait du camp de Maxglan et emmené sur ton plateau, une trentaine de Sinté et de Roms dont quinze enfants et une jeune fille de seize ans, Anna Krems.

Je n'oublierai jamais la première fois que je les ai vus, a dit Leni, ce qui m'a coupé le souffle. C'était donc elle qui finissait par aborder le sujet, sans que j'aie eu besoin de lui poser des questions.

Entre les hommes, les femmes et les enfants, ils devaient être mille, peut-être deux mille, ils circulaient sur un grand espace ouvert, entouré d'arbres.

Je ne comprenais pas, je ne me souvenais pas qu'il y avait des arbres à Maxglan, pour moi ce n'étaient que des baraquements, des tourelles de garde et du fil barbelé.

Je n'avais jamais assisté à rien de tel, a continué Leni. Les corps noirs peints de cette manière si bizarre, parés de colliers de perles, blanches pour les hommes, rouges pour les femmes, et pour le reste, nus. On aurait dit des créatures d'une autre planète.

Les Noubas, mais bien sûr, elle me parlait des Noubas.

Je me souviens des pointes des lances qui s'agitaient contre le soleil couchant, des cercles s'étaient formés et, au milieu de chaque cercle, deux lutteurs merveilleusement peints se battaient.

Malheureusement, les Sinté ne forment pas de cercles, ai-je pensé, ils n'agitent pas de lances et ne luttent pas entre eux. Ils n'ont pas de dessins bizarres sur le corps et ne se promènent pas non plus à moitié nus, à moins qu'on les enferme dans un camp de concentration où on les tatoue d'un Z sur le bras et où ils ne pourront porter rien d'autre que des haillons. Et s'ils sont amenés à être des figurants dans un film aussi important que *Tiefland*, eh bien il faudra qu'ils se changent. Il était hors de question que tu prennes des personnes dans cet état, avais-tu murmuré à l'un des SS du camp.

J'aurais voulu que tu me parles de tout cela, mais tu as insisté sur la lutte des Noubas, le roulement des tambours, les voix de plus en plus aiguës des femmes, les cris de la foule autour des lutteurs. J'avais l'impression de vivre un rêve, as-tu dit, ou une réalité enchantée – tous ces mots insipides que tu utilises d'ordinaire pour les plongées.

Après tout, qu'espérais-je, comment pouvais-je penser que tu allais me parler de *Tiefland* ? Tu t'éloignes toujours de ce film, tu n'en parles presque jamais, alors que si on t'interroge à son sujet, tu évoques volontiers *Le Triomphe de la volonté* qui est beaucoup plus compromettant ; par exemple, ce réalisateur, Ray Müller, qui voulait tourner un documentaire sur toi, y est finalement parvenu, même si en le regardant on a plutôt l'impression que c'est toi qui l'as dirigé.

Ray Müller t'a ramenée à Nuremberg, où tu avais filmé soixante ans plus tôt l'avion d'Hitler qui déchire les nuées et projette son ombre sur les toits de la ville, puis le Führer qui fend la foule en liesse à bord d'une Mercedes décapotable, les mères et les enfants qui le saluent le bras levé, un chat sous un svastika qui se tourne d'un seul coup vers la caméra, exprès au moment où passe Hitler, grâce à ton montage – et ce doit être le plus terrifiant de ton film, ce coup de pur et authentique génie déployé aux dépens d'une innocente créature.

Et les drapeaux, les insignes, les aigles royaux, les baïonnettes des soldats et les pelles brandies par cinquante-deux mille jeunes travailleurs allemands, avec leurs mouvements parfaitement synchronisés, comme dictés par un seul cerveau – le tien, celui d'Hitler ou les deux vôtres ensemble –, sans compter la fameuse scène où des jeunes gens s'interrogent les uns les autres – D'où viens-tu, camarade ? De Frise. Et toi, camarade ? De Bavière. Et toi ? De Poméranie, de Silésie, du Danube, du Rhin. Tout cela, tu allais l'évoquer paisiblement avec Ray Müller. Toutefois, lorsqu'il t'a interrogée à ce sujet, il était midi, le soleil de Nuremberg était au zénith, ce qui t'incommodait. Tu as donc stoppé l'interview, poussé Müller en lui attrapant le bras, et tu lui as crié que c'était entièrement sa faute si la prise avait été interrompue. Tu aurais été très heureuse de t'entretenir de cette chose (c'est-à-dire du nazisme), vraiment, tu en avais même envie, mais pas avec cette lumière de merde, bon sang.

Tu as continué de malmener Müller pendant un bon moment, accrochée à son bras avec tes ongles déjà vernis de rouge corail, puis il a suffi que la scène soit tournée en intérieur, dans ta petite salle de montage éclairée par une lumière douce et délicate, pour que vous puissiez reprendre calmement la conversation sur *Le Triomphe de la volonté* et sur la technique monstrueuse qui l'a rendu possible. Un chef-d'œuvre d'une poésie sinistre, a dit quelqu'un, un film si magnétique que Mick Jagger l'a vu quinze fois – moins que moi, en tous cas.

Impossible de s'arrêter, son visionnage est envoûtant, on le regarde encore et encore même si on sait qu'il ne faut pas, qu'il ne vaudrait mieux pas. Pourtant, on reste là, devant l'écran – Et toi, camarade ? De la Forêt-Noire. Et toi ? De la mer du Nord, du Kaiserstuhl, de Dresde, de Königsberg, *ein Volk, ein Führer, ein Reich*, un seul peuple, un seul chef, un seul empire. On voit les nouveaux svastikas surgir d'un fondu au noir comme d'une obscure vision nocturne, les silhouettes sombres des soldats, une forêt de bras levés dans la fumée et les lueurs de centaines de flambeaux dont l'un éclaire le visage tendu jusqu'au spasme d'un officier des SA filmé en train de déglutir, conscient de l'énormité de ce qui advient sous ses yeux, sous les yeux du monde entier. Sauf les tiens, Leni.

Dans le documentaire, tu expliques que c'est une question de montage, une image se fond dans la suivante, ou bien on passe d'une certaine tonalité de gris à une gradation plus sombre – comme ce soir-là sur la véranda, où de temps à autre le gris sableux de la lagune s'épaississait sous nos yeux en une masse presque noire, adoptant tour à tour les contours d'une raie, d'un requin ou d'un aigle de mer, puis le poisson passait et la lagune retrouvait son gris naturel.

Il est très important que le flux soit continu, dis-tu à Ray Müller, le film doit être une espèce de construction ininterrompue, dont le résultat dépend du réalisateur, de sa façon de tourner les images puis de les associer en salle de montage. Le film est entre ses mains, continues-tu, en faisant défiler à la moviola les photogrammes d'Hitler qui se détache contre un ciel partiellement nuageux, caresse une petite fille dans les bras de sa mère, ou harangue cent mille hommes alignés en colonnes parfaites sur la grand-place de Nuremberg, les saluant le bras levé, les englobant tous d'un seul regard, lui-même toujours cadré en contre-plongée et la foule toujours en plongée. D'ailleurs, expliques-tu avec une lucidité absolue à Müller, après avoir réaffirmé à plusieurs reprises ton ignorance en matière de politique, il n'y a que deux sujets dans le film : Hitler et son peuple.

Lorsque trois immenses étendards verticaux apparaissent ensuite sur l'écran, tes yeux s'illuminent. Tu les montres à Müller en souriant, car sur la hampe de l'un de ces étendards, tu avais fait installer un petit ascenseur avec une caméra qui montait et descendait entre les svastikas, et l'effet était vraiment remarquable, ajoutes-tu en souriant toujours.

Müller te fait remarquer à juste titre que c'est justement ce genre d'images qui ont attiré sur toi l'accusation d'avoir séduit le peuple, de lui avoir inoculé le nazisme à travers les premiers plans, les travellings et les mouvements de caméra.

Et toi, tu lui réponds que ceux qui le pensent ne sont que des idiots, lui compris, sans contredit. Mais Ray Müller, qui a osé poser la question, ne s'avoue pas pour autant vaincu.

Pourtant, hasarde-t-il, un réalisateur n'est-il pas responsable des images qu'il crée ?

Ce n'est pas moi qui ai créé ces images, réponds-tu en contredisant tes paroles précédentes, je me suis contentée de les filmer. La politique ne m'intéressait absolument pas, finirez-vous par le comprendre, oui ou non ?

Je voulais dire que…

Responsable. Ne me faites pas rire, Herr Müller – et tu lui éclates de rire au nez, un rire mauvais et monté de toutes pièces –, de quoi serais-je responsable, dites-moi ? Si on me l'avait demandé, j'aurais fait exactement le même film à Moscou, à Pékin, ou aux États-Unis. Le fait est que c'est Hitler qui me l'a commandé : est-ce ma faute ? Je voulais juste tourner un beau film ; que le sujet soit le congrès d'un parti ou bien les fruits et légumes ne faisait aucune différence pour moi.

Maintenant que je te connais, que je t'ai vue de près et touchée de mes mains, que j'ai respiré l'odeur de ta crème pour le visage et que je connais le vrai son de ta voix, quand je te revois associer dans la même phrase les fruits, les légumes et le parti d'Hitler, je me dis que c'est bien là le problème. Pas tant les marches militaires, les discours d'Hitler et des dignitaires en grande tenue, les croix gammées qui voltigent dans le ciel de Nuremberg, que ton incapacité à les voir pour ce qu'ils sont sur l'écran. Tu n'en saisis pas l'épouvantable portée, car ce qui t'impressionne, ce n'est pas la croix gammée, mais ce stupide ascenseur qui monte à côté d'elle.

Je me demande alors si tout le nœud du problème n'est pas là. Cette question me hantait aussi sur la véranda quand tu continuais de me parler de « tes » Noubas – le moment précis où tu te les es appropriés m'avait échappé, mais le fait est que dans le récit de ce soir-là, les Noubas de Tadoro, à peine quelques heures après ta première rencontre avec eux, t'appartenaient déjà de droit. Or, cinq ou six ans plus tard, quand tu as décidé de revenir chez eux avec ton jeune assistant à l'essai Horst Kettner, tu les as trouvés un peu trop civilisés à ton goût. Ils n'étaient plus aussi primitifs, quel dommage, les enfants allaient à l'école, les femmes ne se promenaient plus toutes nues, huilées des pieds à la tête, les hommes combattaient avec moins d'élan, les vieux prenaient des médicaments s'ils tombaient malades, et même les funérailles, autrefois si colorées et pittoresques, étaient devenues de pénibles processions où les gens avaient un air que tu trouvais inexplicablement triste. Alors vous n'avez pas eu d'autre choix, Horst et toi, que de descendre un peu plus au sud, dans le territoire de Kau, où vous avez été accueillis par une tribu encore épargnée par la civilisation : les femmes dansaient nues avec des gestes sensuels et séduisants, entièrement peintes en ocre, jaune et rouge vif ; les hommes s'affrontaient avec l'élégance d'animaux prédateurs puis se donnaient de sacrées raclées, alors tu as sorti ton Leicaflex, tu as pris la première d'une interminable séquence de photographies plus belles les unes que les autres. Et soudain, c'est là qu'ils sont devenus « tes » Noubas.

Et les autres ? Les Noubas de Tadoro, les enfants qui, en te revoyant, couraient vers toi en criant *Leni basso, Leni basso*, et que tu prenais dans tes bras en disant que oui, tu étais revenue, parce que tu les aimais, *Leni buna Nuba*. Ces enfants, les as-tu oubliés ? As-tu repensé à eux, ne serait-ce qu'une seule fois ?

Si tu les as oubliés, alors ta vie entière, toute ta

vision du monde peut se résumer à cela, Leni : la technique pour elle-même, la recherche de la beauté à n'importe quel prix, mais une beauté désintéressée de son propre contenu, pure et totalement dénuée de sens, par exemple la beauté de deux lutteurs noubas recouverts de merveilleux dessins tribaux dont tu ignoreras le sens à jamais, ou celle des étoiles de mer qui, sur tes photos, ne ressemblent plus à des étoiles de mer, celle des plongeurs qui prennent leur envol l'un après l'autre dans le ciel des *Dieux du stade*, et les enfants de Maxglan, leurs visages bruns, leurs têtes bouclées, leurs regards à la fois craintifs et malicieux capturés par ta caméra sans que tu te sois demandé une seule fois qui ils étaient, ces enfants, ou cette jeune fille montée à cheval à ta place et lancée au galop, ni ce que voulait dire « camp de transition » – de transition vers où ?

Tes images seules t'intéressent, le reste ne compte pas et t'est complètement indifférent. Voilà en quoi tu es nazie, Leni, en cent ans d'existence tu ne t'es pas interrogée une seule fois sur la différence entre un enfant vivant et un enfant mort, entre l'acte de le sauver ou celui de l'envoyer dans la chambre à gaz. Tu n'es même pas capable de saisir la différence entre un pied de salade et le nazisme.

Aujourd'hui, vous sentez-vous fière du *Triomphe de la volonté* ? te demande Müller dans le documentaire.

Fière ? Comment pourrais-je l'être ? Durant l'après-guerre, ce film m'a apporté un tas d'ennuis, il m'a gâché la vie, par conséquent non seulement je n'en suis pas fière, Herr Müller, mais je peux vous dire en toute franchise que je suis profondément malheureuse de l'avoir tourné.

Et un instant après : regardez, c'est une de mes scènes préférées.

Vous voyez, ici, dis-tu à Müller, comme les drapeaux apparaissent compacts ? Pour obtenir cet effet, j'ai utilisé un objectif télescopique. Et ici, par contre, on a un plan depuis l'ascenseur – un mouvement de caméra vertigineux accompagné de ta main laissée libre par la moviola, comme si tu dirigeais un orchestre pendant un crescendo. Le plan se déplace vers la droite en secondant la marche des soldats qui parcourent le périmètre de la place dans le sens contraire des aiguilles d'une montre, puis se déplace vers la gauche pour suivre une autre formation qui avance en sens inverse, et ces deux points de vue forment ensemble un cercle parfait, dis-tu avec un sourire à nouveau sincère. Comme dans un ballet, les deux groupes avancent dans des directions contraires jusqu'à ce qu'ils se retrouvent l'un en face de l'autre, se mêlent, et à ce moment-là la densité des drapeaux redouble.

Le tout au rythme de la musique, fais-tu remarquer

à Müller. J'ai réalisé cela en phase de montage, vous n'avez pas idée du travail que ça m'a demandé, mais il en valait la peine. Voilà, regardez ici, ces autres soldats avec les tambours. Ils descendent les escaliers au rythme de la musique, voyez-vous ? Synchronisés au millième de seconde près – *eins, zwei, drei, vier*, un, deux, trois, quatre –, et au bout de quelques instants tu te mets à battre le tempo des mains et des pieds, tu t'amuses vraiment à présent – *eins, zwei, drei, vier* –, tu t'amuses au point d'oublier combien tu as été malheureuse et l'es encore, d'être l'autrice du film le plus authentiquement nazi qui ait jamais été réalisé. Puis tu te tournes vers Ray Müller et t'exclames : tout ceci n'est-il pas merveilleux ?

tentative 4 : camarades

BALBO, ITALO
As de l'aviation italienne, gouverneur de Libye. Il se propose d'aider Leni pour son projet sur Penthésilée, la reine des Amazones, en mettant à sa disposition mille chevaux blancs, montés par des guerriers libyens, pour les scènes de bataille. Dans le film – qui n'a jamais été réalisé –, Leni s'imagine elle-même nue sur un cheval, cheveux au vent, se jetant dans la mêlée lance en avant.

BORMANN, MARTIN
Secrétaire personnel du Führer, chef de la chancellerie du parti national-socialiste des travailleurs allemands (NSDAP). En 1943, alors que le Reich est engagé dans son plus gros effort de guerre, Leni s'adresse à lui pour obtenir l'autorisation de transférer le tournage de *Tiefland* en Espagne – autorisation immédiatement accordée.

DIELS, RUDOLF
Chef de la Gestapo, pupille de Göring. En 1933, il met Leni en garde contre les machinations ourdies à son encontre par certains dignitaires du Parti, jaloux des missions importantes qu'Hitler lui a confiées. Tandis que Diels lui offre la protection de la Gestapo en dégustant du vin, Leni l'observe : c'était « vraiment un bel homme, encore jeune : il aurait pu être le héros dans un western américain ».

GOEBBELS, JOSEPH
Arrive en second après Hitler par le nombre de citations dans les *Mémoires* de Leni. Quand il n'est pas occupé à la plaquer contre les murs, il entrave son travail de toutes les manières possibles – une fois, il menace même de la faire tomber dans les escaliers. Nulle trace de tout cela dans les journaux du ministre de la Propagande, qui se montre au contraire plus que bienveillant à l'égard de Leni (« très sympathique, intelligente, agréable »), de son œuvre (« on reste électrisé par sa puissance »), de son idéologie (« nous l'enthousiasmons »), de ses représentations de danse au profit des dignitaires (« une souple gazelle »). Goebbels ne lui fait qu'un seul reproche, avoir flirté sans pudeur avec Göring au cours d'une fête.

GÖRING, HERMANN
Second d'Hitler, ministre du Reich, *Feldmarschall* de la Luftwaffe. Durant le tournage des *Dieux du stade*,

Leni occupe avec ses caméras une place au premier rang dans la tribune d'honneur, sans savoir qu'elle est réservée à Göring. À l'arrivée de ce dernier, un scandale survient : les cameramen paniquent, Leni éclate en sanglots. C'est alors que Göring lève la main pour imposer le silence et lui dit : « Allons, mademoiselle, ne pleurez pas. Vous verrez que, malgré ma taille, on me trouvera bien une autre place. »

HESS, RUDOLF
Dauphin d'Hitler, vice-Führer du Parti. À Nuremberg, en 1933, il qualifie avec mépris Leni de « petite actrice ». L'année suivante, toujours à Nuremberg, Leni filme Hess en train d'appeler Hitler sur scène ; mais comme la pellicule prend feu, la scène est tournée une seconde fois dans un studio vide. Hess se met au garde-à-vous et invite Hitler (qui est absent) sur scène. Leni pense que la scène jouée rend mieux que l'originale : sous sa direction, Hess s'est révélé un excellent acteur.

HIMMLER, HEINRICH
Chef des SS, inventeur de la solution finale à la question juive. En 1939, il rencontre Leni sur le front polonais – une photo les montre ensemble, souriants et en uniforme. Peu de temps après, Leni sera témoin du massacre de Końskie, où une quarantaine de Juifs seront assassinés par les soldats de la 10e armée.

HITLER, ADOLF
Leni assiste pour la première fois à l'un de ses congrès en 1932, au Sportpalast de Berlin, et réagit ainsi : « Je vis la surface terrestre s'étendre devant mes yeux comme un hémisphère sans limite ; puis, soudain, cette calotte s'ouvrit en deux, déversant contre le ciel un jet d'eau si impétueux que le sol en trembla. » Pour déchaîner semblable vision en elle, il a suffi à Hitler de monter sur scène et de prononcer les mots : « Peuple allemand ».

MENGELE, JOSEF
Médecin du camp de Tsiganes d'Auschwitz-Birkenau, puis du camp principal. Certains des enfants sur lesquels il mène ses expérimentations ont été utilisés comme figurants dans *Tiefland*. Mengele les laisse l'appeler « oncle », comme Leni se faisait appeler « tante ».

MUSSOLINI, BENITO
En 1936, il reçoit Leni au palais de Venise. Il lui demande d'abord de tourner un documentaire sur l'assainissement des marais Pontins, mais elle est occupée aux préparatifs des *Dieux du stade*. Puis il lui confie un message : « Dites au Führer que je crois en sa mission. » De retour de Rome, Leni transmet le message à Hitler. Il envahit la Rhénanie.

Reichenau, Walter von

Général de la Wehrmacht, commandant de la 10e armée. En 1939, il accueille Leni dans son quartier général à Końskie. « Elle était belle et audacieuse, se souvient-il, un peu comme une partisane élégante qui aurait acheté son équipage rue de Rivoli. »

Speer, Albert

Architecte d'Hitler, ministre de l'Armement. Il s'occupe de la scénographie des congrès du Parti et des cérémonies olympiques, que Leni immortalise dans ses documentaires. Ayant en commun la vénération pour leur chef et la recherche de la beauté, ils restent amis jusqu'après la guerre. En 1934, Speer l'entend se plaindre que certains membres des SA lui gâchent le tournage du *Triomphe de la volonté*, car ils sont « dodus ». En 1939, en présence de Leni, Speer montre à Hitler la plastique du nouveau Berlin. « Quels arbres pourrions-nous planter ? demande le Führer. – Ceux que j'ai vus sur les Champs-Élysées, s'immisce Leni, je crois que ce sont des platanes. » Hitler : « Qu'en dites-vous, Speer ? » Speer : « Cela me convient. » Hitler : « Alors va pour les platanes. » À peine un an plus tard, Hitler et Speer défilent sur les Champs-Élysées. Leni envoie un télégramme de félicitations.

Requin-corail

En voilà un autre, là-bas, a dit Leni sur la véranda.

Ils apprennent, Frau Riefenstahl.

À faire quoi ?

Je lui ai expliqué que la nuit, les bébés requins-corail viennent explorer la lagune. Ils s'entraînent ainsi à saisir les signaux, à se glisser dans les brèches entre coraux et à dénicher leurs proies.

Voilà pourquoi leur museau est aussi aplati, est-ce que vous voyez ? Pour entrer dans les terriers sans y rester coincé.

Après quoi j'ai essayé de faire allusion à l'histoire des « dilemmes », ces questions posées par les taxonomistes au sujet des poissons pour identifier les espèces.

Intéressant, a coupé court Leni, puis elle s'est mise à chercher quelque chose dans son sac. Elle se fichait complètement des clés dichotomiques et des requins-corail, même si c'étaient des bébés. Leur vue ne lui procurait aucune joie particulière, contrairement à ce qu'elle ressentait au contact des enfants Reinhardt et Winter, si tant est que l'affirmation du commandant des SS Anton Böhmer, responsable du camp de Maxglan, soit vraie. Quant aux dilemmes, chaque fois qu'elle en a rencontré au cours de sa longue vie, il semblerait qu'elle ne les ait tout simplement pas perçus ni remarqués, et qu'elle ait fait comme si de rien n'était. Dois-je me servir des Tsiganes ou ne pas m'en servir ? Est-il juste ou non de les renvoyer dans le camp de concentration à la fin du tournage ? D'ailleurs, que se passe-t-il au juste, dans ces camps ?

Aucun de ces doutes et dilemmes n'a jamais dû lui effleurer l'esprit, même si un jour, face à une jeune fille de Maxglan sollicitant son aide, elle en a inventé un à son intention, comme ça, sans raison particulière, par pur caprice, semble-t-il – comme la reine cruelle de certains contes, qui contraint les condamnés à mort à résoudre une devinette, après quoi, s'ils réussissent, elle les oblige à choisir un seul vœu, comme décider qui sera sauvé d'une chambre à gaz et qui ne le sera pas.

Pendant ce temps, Leni avait terminé son récit sur les Noubas et semblait un peu contrariée. Était-ce parce que je n'avais fait aucun commentaire ni partagé son enthousiasme, et qu'elle avait remarqué ma distraction ? Je m'étais demandé si elle n'avait pas réussi à capter la nature de mes pensées, vu son air plus prudent. Et si le poisson Leni était comme les orques ? Si elle avait la même faculté qu'elles, observée par de nombreux spécialistes, de deviner les pensées des humains ? On connaît des orques qui ont escorté hors d'un épais banc de brouillard des bateaux qui n'en seraient jamais sortis autrement. Ou de dresseurs qui, au bord de l'aquarium, essaient de juguler leurs pensées, craignant que les orques ne les interceptent. Le poisson Leni a-t-il aussi ce don ?

Sûrement pas, me suis-je dit sur la véranda. Si les orques parviennent à lire les états d'âme voire les intentions de ceux qui les côtoient, c'est parce qu'elles éprouvent de l'empathie. Si un dresseur est heureux, l'orque à qui il apprend un nouveau jeu l'est aussi. Mais s'il est triste, l'orque le perçoit aussitôt et se montre moins disponible pour jouer avec lui. Les chercheurs appellent ce phénomène « contagion émotionnelle », et le poisson Leni en semble largement dépourvue. Les orques aident un navire en difficulté, ce qui retarde le moment où elles pourront aller chasser ou nager librement dans les vagues. De cette façon, leur cerveau sécrète une certaine quantité d'ocytocine qui leur fait ressentir de la gratification. Les orques ont fait du bien et se sentent bien, même si elles ne sauront jamais pourquoi.

Chez Leni, ce mécanisme semble dysfonctionner. Il a dû se gripper il y a très longtemps ou n'a jamais été actif. Il est certain qu'il ne l'était pas lorsque Rosa Winter a refusé de lui présenter ses excuses à genoux et a donc été renvoyée dans le camp de concentration. Il ne l'était pas non plus lorsque Josef Reinhardt lui a demandé d'intercéder pour que lui et sa famille, dont neuf membres participaient à *Tiefland* en qualité de figurants, soient renvoyés chez eux à la fin du tournage plutôt que dans le camp. Leni n'a éprouvé aucune joie particulière à l'égard des enfants Reinhardt et Winter, aucune contagion émotionnelle, aucune empathie pour ces petits Tsiganes, bien qu'elle-même ait interprété un rôle de Tsigane dans le film – la belle et audacieuse Marta. Là encore, comme tant d'autres fois, son cerveau a été absolument incapable de sécréter de l'ocytocine.

Le mal ne serait-il donc que cela ? L'effet d'un dysfonctionnement biologique ? Un mécanisme moléculaire qui se grippe, un défaut de connexion, une défectuosité dans la transmission de données d'une cellule à l'autre ? Qu'en dis-tu, Leni ?

Viens, ma chère, as-tu dit sur la véranda, approche-toi, assieds-toi à côté de moi.

Je me suis approchée de Frau Leni au point de sentir sa chaleur, et j'ai pris une des photos qu'elle venait de sortir de son sac à main et me tendait.

Je les ai toujours avec moi, pour les regarder de temps en temps. Pas toutes, bien sûr, a-t-elle dit en riant. Celle-ci doit remonter à 1923 à peu près, j'ai oublié quel spectacle c'était, peut-être *La Danse au bord de la mer*, mais je n'en mettrais pas ma main au feu. Elle te plaît ?

Oui, ai-je menti, beaucoup.

Le nez crochu, les bras maigres, deux grosses pattes puissantes, l'une étendue et l'autre repliée à quatre-vingt-dix degrés. Plus qu'une danse au bord de la mer, on aurait dit le rituel nuptial maladroit d'un gros oiseau.

Puis elle m'en a passé une autre de la même période, où elle était très belle, une main à la Michel-Ange, de merveilleux pieds cambrés, de fines chevilles et des jambes d'ivoire, celles qui rendaient les hommes fous et les femmes jalouses.

Celle-là, c'est ma préférée, je crois. J'avais vingt-sept ans, la photo a été prise sur le plateau de *L'Enfer blanc du Piz Palü*, l'un de mes films de montagne.

Sur sa photo préférée, Leni regardait face caméra avec une détermination rapace, la fente des yeux résolue, sans arrière-pensées, son fameux strabisme de Vénus ou regard d'argent souligné par de longs sourcils eux aussi irréguliers, le nez pointu dressé vers moi d'une façon à mon avis ouvertement menaçante, puis une bouche sensuelle en forme de petit cœur, assez incongrue – encore plus inquiétante que tout le reste.

Tu sais, quand j'étais petite, ces yeux faisaient mon désespoir, a dit Leni en devinant pour une fois le cours de mes pensées. Même ma mère qui m'a mise au monde ne les aimait pas, c'est te dire. Un jour, mon père m'a raconté qu'en me prenant dans ses bras après l'accouchement, elle avait éclaté en sanglots.

Ma mère non, voulais-je lui dire. Après ma naissance, ma mère m'a bercée dans ses bras, a serré mon poing dans sa main et murmuré mon prénom à mon oreille, selon la tradition de notre peuple.

Il paraît qu'elle n'arrivait pas à s'arrêter, elle me regardait et pleurait à chaudes larmes, a continué Leni. J'étais déjà une jeune fille lorsque mon père m'a raconté cette histoire, autrement cela m'aurait encore plus blessée. Heureusement, à l'époque je jouais déjà, et les cameramen juraient leurs grands dieux que ce regard était parfait pour le cinéma. Au début je n'y croyais pas, puis je me suis dit qu'ils devaient avoir raison. Le cinéma est plat, en deux dimensions, et pour le traverser il faut un élément fort, tu comprends ?

Oui, je le pense aussi.

Tiens, regarde celle-ci, et dis-moi si je ne te rappelle pas quelqu'un.

J'ai regardé la photo, ou plutôt j'ai fait semblant, parce que je la connaissais bien. Et je connaissais aussi la réponse à sa question. Alors ?

On la voit derrière la caméra, caméra qui occupe à elle seule presque la moitié de la photo, couvrant son bras droit et une partie de son buste. Elle porte un chandail blanc à côtes, elle est assise ou peut-être agenouillée, et l'objectif la surplombe d'environ cinquante centimètres. Derrière elle, hors champ, on devine la façade d'une église avec trois statues de saints dans l'ombre d'autant de niches, de même que ses sourcils font de l'ombre à ses yeux, donnant à son regard un air encore plus déterminé que d'habitude. Il devait être midi, le soleil au zénith, un passage délicat du film. Leni a la bouche entrouverte et la main gauche levée en un geste qui lui donne une expression inspirée, presque mystique, bien plus que celle des saints qu'on entrevoit au fond. On dirait qu'elle admoneste quelqu'un, qu'elle lui communique un ordre divin. Elle devait avoir stoppé les prises pour dire quelque chose d'important aux acteurs principaux de cette scène, elle n'aurait jamais pris une pose si solennelle pour de simples figurants.

Alors ?

Je ne sais pas, lui ai-je répondu, mais en réalité, je savais très bien où elle voulait en venir.

Comment ça ? Regarde mieux.

Quel film était-ce ?

Pardon ?

Quel était le film que vous tourniez ?

Quelle importance ? Concentre-toi plutôt sur la photo. Pas sur un détail physique. Davantage sur l'expression, le regard, la silhouette dans son ensemble. N'en as-tu vraiment aucune idée ?

Anna Krems.

C'est à elle que je pense en regardant cette photo.

Ma mère. À Maxglan, n'est-ce pas pour cette raison que tu l'as choisie ? Escortée par deux SS, un de chaque côté, tu marchais tranquillement entre eux, en pantalon, avec un porte-documents à la main. Et si quelqu'un attirait ton attention, tu t'arrêtais et cadrais son visage entre ton pouce et ton index, comme dans un viseur. Un beau jour, c'est ma mère que tu as vue dans ce viseur. Grande, élancée, physique nerveux, traits résolus. Une vague ressemblance, certes, mais qui a dû te sembler suffisante sur le moment pour que cette Tsigane devienne ta doublure. Il suffisait de l'imaginer avec un costume de scène à la place des haillons qu'elle portait.

Tu n'y arrives vraiment pas, ma chère ?

Alors je lui ai dit ce qu'elle voulait entendre depuis le début.

Mais oui, voilà, c'est pour ça que je voulais te la montrer, parce que de temps en temps, tu fais la même tête que moi sur cette photo.

Quand, par exemple ?

Par exemple maintenant.

Vraiment ? Je ne m'en suis pas rendu compte.

Eh bien moi si, et je peux t'assurer, ma chère, que je m'y connais en expressions de femmes.

Sur ces mots, elle s'est mise à rire, tandis que je restais sérieuse et silencieuse.

Je saurais aussi comment te filmer, avec quelle lumière. Il te faudrait un éclairage en surplomb, légèrement latéral, celui que j'utilisais pour moi. Et pas besoin que la lumière soit trop intense, tu as une très belle peau, peu de rides, quasiment rien en réalité. Alors que pour Marlene Dietrich, il fallait un gros projecteur puissant, sans quoi on n'aurait pas eu ce visage émacié et ces fossettes. Tu sais, en réalité, elle n'était pas aussi mince que cela.

Et elle éclate encore de rire.

En tout cas, je crois bien que c'était sur le tournage des *Dieux du stade*. Fais-moi voir un peu.

Je lui ai rendu la photo, c'était à son tour de mentir, de faire semblant de l'examiner attentivement.

Oui, c'était sûrement *Les Dieux du stade*.

Et alors pourquoi y as-tu les cheveux noirs, sale menteuse ? À Berlin, en 1936, quand tu tournais *Les Dieux du stade*, tu traversais la piste avec ton abondante chevelure rousse serrée dans un foulard aux couleurs vives. Et quand le Führer arrivait, tu lui adressais un sourire en direction de la tribune d'honneur. À Berlin, on ne voyait que toi et tes cheveux rouge Titien – comme tu les qualifies dans ton autobiographie. Alors que sur cette photo-ci, tes cheveux sont noirs, comme l'objectif de la caméra, noirs comme les ombres qui pèsent sur les saints et celles qui obscurcissent tes yeux, si noirs et lustrés qu'ils reflètent la lumière du soleil. Tu les avais teints pour le jour où tu allais te retrouver non pas derrière la caméra, mais devant, quand tu jouerais le rôle de la Tsigane Marta, revêtant le costume de scène dont tu allais habiller Anna Krems plus tard. Elle, en revanche, n'aurait pas besoin de se teindre les cheveux ni de jouer la Tsigane, puisqu'elle en était une.

On ne peut pas dire que tu sois une grande bavarde.

Leni semblait bien déçue à présent, voire vexée. Comment cela ? Elle venait juste de me comparer à elle quand elle était dans la fleur de l'âge, au sommet de la gloire, et je ne montrais aucun enthousiasme ?

Il y a quelques années, à Hollywood, ils s'étaient mis en tête de tourner un film sur elle avec Jodie Foster, et Leni avait exigé de la rencontrer. Puis elle s'était opposée au film, prétendant que Jodie Foster ne lui convenait pas comme interprète, car elle ne lui ressemblait pas beaucoup, et n'était pas assez belle. Elle aurait préféré une actrice physiquement à sa hauteur, Sharon Stone, par exemple. Et moi, j'osais ne manifester aucun signe de reconnaissance ?

Excusez-moi, Frau Leni. Mais en général je préfère écouter.

Moi aussi, a dit Leni, et elle avait l'air vraiment convaincue. Moi aussi je préfère écouter, alors tu pourrais me raconter quelque chose, qu'en dis-tu ? Je ne sais presque rien de toi.

Que voulez-vous savoir ?

Ce n'est pas un interrogatoire, a ri Leni. Je voudrais juste en savoir un peu plus sur toi, depuis combien de temps tu vis ici, comment c'est de vivre dans un endroit pareil, ce que tu fais quand il pleut, ce que tu veux.

Ici, quand il pleut – lui ai-je dit, même si ce n'est pas exactement de la pluie que j'aurais voulu parler –, c'est encore plus beau.

Vraiment ? Les couleurs ne sont-elles pas affadies ?

C'est justement ça qui me plaît, que les couleurs disparaissent toutes d'un coup. On se rend compte de leur exubérance quand elles ne sont plus là. Et puis, avec la pluie, une odeur particulière surgit, que je ne saurais pas décrire.

Eh bien, essaie, m'a encouragée Leni.

Dans cette odeur il y en a tant d'autres, comme le sel figé sur les rochers, et l'odeur sèche du sable, l'humidité de la terre et des feuilles, l'odeur du bois, celui des bungalows, des meubles et des passerelles. Dans l'ensemble, c'est une odeur de petites choses circonscrites.

Comme cette île, non ?

Oui, c'est vrai, comme l'île, qui est pourtant en plein milieu de l'océan.

Depuis que je suis ici, a observé Leni, il n'est pas tombé une seule goutte de pluie. Mon Dieu, cela vaut sûrement mieux pour les plongées, mais j'aimerais que demain ou après-demain, il pleuve. Pas beaucoup, de façon à pouvoir sortir quand même. Juste ce qu'il faut pour parvenir à sentir l'odeur de l'île, maintenant que tu m'en as parlé.

Elle est sûrement toujours là, lui ai-je dit. Mais moi je ne la sens que quand il pleut. Cela doit la rendre plus intense.

Ou alors, ma chère, on y prête attention parce qu'on voit tout en noir et blanc quand il pleut.

C'est possible, oui.

Et après, que se passe-t-il ?

Après quoi ?

Quand le soleil revient. Attends, laisse-moi deviner. Tu enfiles ta combinaison, et tu emmènes les gens là-bas, au milieu des poissons, puisque les couleurs sont revenues. Je me trompe ?

Leni avait rangé les photos et nous bavardions à présent comme deux vieilles amies. Elle voulait que je lui parle de moi, n'importe quoi. Alors j'avais commencé par la pluie, mais je sentais que je ne m'en contenterais pas.

D'ailleurs, a repris Leni, noir et blanc, c'est vite dit. Tu n'as pas idée du nombre de tonalités qu'il y a, dans ce qu'on appelle le noir et le blanc, comme dans l'odeur que tu m'as décrite. Dans mes films de montagne, par exemple – je dis « mes » parce que je jouais dedans et les dirigeais aussi un peu, avant même de devenir réalisatrice, je veux dire –, bref, dans ces films, entre le blanc éblouissant du glacier et le noir le plus absolu des crevasses, il y avait mille et une nuances. Les images avaient, comment dire, une qualité picturale, voilà, quelque chose qui a disparu en partie avec la couleur.

Trop tard, me suis-je dit.

Maintenant, Leni s'était lancée dans une de ses logorrhées, et je ne pourrais plus l'arrêter avant un bon moment. Encore une attitude typique des égocentriques, de ces gens qui vous disent « je veux tout savoir de toi », puis vous laissent la parole, mais pour une minute ou deux tout au plus, avant de reprendre sur le seul thème qui leur tienne vraiment à cœur.

Je voudrais en savoir un peu plus sur toi, ma chère.

Et je lui avais parlé de la pluie.

Tandis que Leni énumérait les qualités du noir et blanc, je repensais à Ray Müller, à la façon dont il était écrasé par Leni dans son propre documentaire, aux questions incommodantes qu'il lui avait posées, mais dont elle s'était toujours affranchie avec une désinvolture extrême. Elle changeait de sujet ou l'inondait d'exposés sur la technique cinématographique, terrain sur lequel elle se sent le plus sûre, car elle le pense neutre. Or, la technique a beau être neutre, celle de Leni l'est à un point tel que je l'aurais fait comparaître devant le tribunal de dénazification précisément pour ce chef d'accusation-là : quelque chose comme « indifférence à la signification de ses propres images ».

Pour la faire condamner, il aurait fallu qu'un tel crime existe, car les juges de Villingen puis ceux de Fribourg n'auraient pu la taxer de nazie d'aucune autre manière.

Quant aux événements de Maxglan, ils n'étaient ressortis que bien des années après les tribunaux de dénazification. À mon avis, Leni, Maxglan n'a rien à voir avec le nazisme. Tes agissements à l'égard de ceux qui y avaient été déportés entrent dans un schéma comportemental que je suis incapable de qualifier, une catégorie encore pire que le nazisme, si tant est que ce soit possible.

Je ne suis pas raciste, affirmes-tu dans le documentaire, je ne l'ai jamais été. Et pour le prouver, tu utilises un argument encore très en vogue aujourd'hui parmi ceux qui, pour se défendre de l'accusation d'homophobie, affirment avoir de nombreux amis gays. Tu racontes ainsi à Müller l'affection qui te liait à Jesse Owens, la relation merveilleuse que tu as instaurée avec tes Noubas, les innombrables Juifs que tu as continué de fréquenter même après la proclamation des lois de Nuremberg. Tout cela est vrai, Leni, véridique et documenté, de même qu'une fois, bien avant la promulgation des lois raciales, tu as pris à part l'un de tes amis juifs pour lui dire : il faut absolument que tu lises ce livre. Et ce livre, c'était *Mein Kampf*.

Est-ce de l'antisémitisme ? Du racisme ? À mon avis, il s'agit plutôt d'une sorte de stupidité sélective, une maladie qui a fait de toi, dès ton enfance, un génie pour tes centres d'intérêt, et une idiote pour tout le reste – ce qui ne justifie évidemment pas tes actes, car cette maladie, tu te l'es inoculée toute seule.

Cependant, dans la liste d'amis non aryens que tu fournis pour te donner bonne conscience, comme par hasard les Sinté de Maxglan ne sont jamais cités : et notamment ces enfants que tu as pourtant traités avec tant d'amour et qui t'appelaient tante Leni, et cette jeune fille qui s'en était si bien tirée à cheval qu'elle avait mérité une récompense.

Il est donc tout à fait compréhensible que Ray Müller n'ait jamais essayé de te demander de comptes sur *Tiefland*. Il y a encore quelques jours, vois-tu, son autocensure et son comportement défaitiste me faisaient enrager, il n'avait pas été capable de te mettre dos au mur et je lui en voulais. Mais depuis cette soirée passée avec toi sur la véranda, je commence à le comprendre, et je sais à présent exactement ce qu'il a dû ressentir. J'ai expérimenté la même frustration que lui, et je suis sûre qu'il ne pouvait pas obtenir beaucoup plus que ce qu'elle a consenti à lui donner. Avec toi, Leni, on ressent la même chose que lorsqu'on est emporté par le courant. Il paraît impossible qu'une entité invisible soit si impétueuse qu'elle empêche de s'y opposer. Et pourtant, il en est ainsi – la vérité, c'est que les gens comme Ray Müller n'ont aucun espoir avec toi, ils sont trop gentils et trop faibles. N'oublions pas que tu as su remettre Goebbels à sa place chaque fois qu'il a essayé de tenter sa chance avec toi, et tu as même tenu tête à Hitler à plusieurs reprises. À Nuremberg, tu lui disais où regarder et il t'obéissait, tu étais la seule dans toute l'Allemagne à pouvoir te vanter de lui donner des ordres. Dès lors, quel espoir des personnes comme Müller ou moi-même peuvent-elles nourrir ? me demandais-je sur la véranda.

Müller devait pressentir qu'elle ne lui aurait pas dit un mot sur les figurants de *Tiefland*, ce qui prouve une fois de plus que cet épisode est un véritable trou noir. Leni, tu peux essayer de justifier tout le reste comme tu l'as fait devant le tribunal de dénazification – je n'ai jamais pris la carte du Parti, je ne pouvais pas refuser de tourner *Le Triomphe de la volonté*, ce n'était pas un film de propagande –, et il t'arrive même d'aller pêcher des arguments convaincants en apparence – tu es une réalisatrice douée et tu travailles pour Hitler ? Alors tu es une nazie ; tu travailles pour Staline ? Alors tu es un génie. Mais avec les Sinté de Maxglan, ces syllogismes ne fonctionnent pas, Leni. Il n'existe aucune explication logique ou excuse plausible pour ce que tu leur as fait. Alors, au lieu d'essayer de te disculper, tu préfères nier, contourner le sujet et passer à autre chose.

Ou alors, me suis-je dit sur la véranda, c'est tout simplement parce que *Le Triomphe de la volonté* est un chef-d'œuvre que tu en parles – du moment que les conditions de lumière sont favorables, naturellement ; tandis que *Tiefland*, de ton propre aveu, n'est pas terrible. L'histoire est plutôt simplette, la mise en scène faible, et toi pas à ta place dans le rôle de la Tsigane Marta. En résumé, *Tiefland* n'est pas une réussite, et on sait bien que tu ne supportes pas les créations ratées. Tu préfères les ignorer, avec ton aveuglement sélectif qui t'empêche de les voir, surtout si tu en es à l'origine.

Il est tellement dommage que *Tiefland* soit un mauvais film. Quand j'y pense, j'en ai les larmes aux yeux.

Bien des aspects de cette histoire sont terrifiants, brutaux, inhumains et pires que nazis, car ce que tu as fait à ma mère a détruit sa vie et par conséquent la mienne. Ça me met dans une colère qui me provoque des lancées douloureuses et suffocantes au ventre. Mais rien ne me rend plus triste que la pensée d'Anna Krems, des enfants Reinhardt et Winter et de tous les autres figurants de Maxglan jouant dans un film qui allait se révéler aussi insignifiant. D'autant plus que, comme par hasard, aussitôt après la fin de la guerre, les scènes convoquant ces figurants devaient presque toutes disparaître dans le néant. Rien n'est resté des Sinté enfermés à Maxglan, leurs scènes ont été éliminées au montage final, de même qu'ils l'ont été dans les camps d'extermination.

Ma mère et son peuple n'ont même pas eu droit à cette consolation, aurais-je voulu dire à Leni, la consolation de la beauté.

Je m'appelle Martha, comme la danseuse tsigane que tu interprétais dans *Tiefland*, et donc comme l'héroïne d'un film horrible par de nombreux aspects – et j'ai exactement le même âge que toi à l'époque, trente-neuf ans, tiens, le même âge que ma mère quand elle m'a mise au monde.

Et alors, qu'est-ce qui t'arrive ? m'a demandé Leni sur la véranda.

Je pleurais, elle s'en était rendu compte avant moi.

Qu'est-ce qui ne va pas ?

Rien, ai-je dit, rien, ça va passer.

Dis-le-lui, Martha, allez, qu'est-ce que tu attends ? Ne rate pas cette occasion unique. Elle et toi au milieu de l'océan, comme si vous étiez seules au monde, comme dans le conte de Del et Beng.

Pourquoi tu ne me racontes pas, hein ?

C'est vrai ça, pourquoi ? J'aurais pu commencer par le tout début, par la voix de ma mère qui, il y a bien des années de cela, me raconte l'histoire de Beng pétrissant un tas de terre, puis de Del soufflant dedans pour lui donner vie, afin que l'homme et la femme de terre deviennent vivants, car nous sommes tous faits de terre, disait Anna Krems. Alors, Leni, pourquoi Maxglan ? Pourquoi Auschwitz ? Pourquoi as-tu accordé à Anna une récompense si cruelle ? Pourquoi l'as-tu obligée à choisir ?

Je voudrais pouvoir revenir en arrière, à ce soir-là. Je voudrais me retrouver là, sur la véranda, plutôt qu'à quinze mètres de profondeur où le silence est imposé. L'occasion m'a été donnée et je l'ai gâchée, j'étais là à sécher mes larmes et à renifler, et alors, face à mon silence, Leni a repris la parole.

Ça m'arrive à moi aussi, tu sais ?

Quoi donc ?

De me sentir si triste, sans savoir pourquoi.

Mais moi je savais pourquoi, je le savais très bien, seulement je n'arrivais pas à le lui dire. Et moins j'y parvenais, plus je m'énervais et continuais de pleurer devant elle.

Toi tu es encore jeune, et tu es si belle. Tu sais, à un moment, ce matin, quand on était sur le bateau, je t'ai regardée. À vrai dire, je crois que je t'ai fixée pendant un bon moment, tu l'as peut-être remarqué.

Non, ai-je menti, je ne m'en suis pas aperçue.

Cet air désolé, de créature sans défense. Ce sentiment d'alerte dans les yeux. Bien sûr que j'avais remarqué son regard, et Leni s'en vengerait sûrement. Si ce n'est que je m'étais déjà sabotée toute seule.

Je t'observais et je me disais : regarde quelle force, quelle énergie sont encore là, prêtes à bondir de ce corps – et cette vie en elle, surtout. Puis je t'ai demandé de m'aider à mettre ma combinaison. Pendant la navigation, je m'étais tellement concentrée sur toi que j'avais oublié de me préparer. Si je t'ai sollicitée, c'était une excuse, je voulais rester encore un moment à tes côtés. Il y a en toi quelque chose de beau et d'authentique, tu comprends ? C'est ce que j'ai perçu sur le bateau. Dommage que je n'aie pas eu le courage de te le demander.

Quoi, Frau Leni ? Que vouliez-vous me demander ?

Une photo.

Vous vouliez que je vous prenne en photo ?

Mais non, a souri Leni, c'est moi qui voulais te prendre en photo. J'aurais voulu fixer ce moment, cet instant où j'ai compris que j'ai eu de la chance de venir sur cette île, et de te rencontrer.

Elle avait eu de la chance de me rencontrer, parce que j'étais encore si jeune, du moins par rapport à elle, et que j'étais si belle. D'ailleurs je lui ressemblais, non ? Et j'avais en moi quelque chose de tout aussi beau, et d'authentique. J'ai pensé à Horst endormi à quelques mètres de nous, derrière la vitre de la porte-fenêtre. Sur le bateau, j'avais essayé de le séduire pour faire peur à Leni, mais je n'avais rien compris du tout. Je n'avais pas compris qu'à ce moment-là, c'était elle qui cherchait à me séduire.

Dans quelques jours, je rentrerai chez moi, à Munich, et je serai heureuse d'avoir fait mes dernières plongées avec toi. Je le suis déjà maintenant, tu sais ? Martha, la fille des poissons. À propos, regarde qui est là.

C'était un autre bébé requin blanc, qui traversait lentement le cône de lumière du lampadaire, petit, mais déjà sûr de lui, parfaitement conscient d'être un requin.

Nous sommes restées à le regarder jusqu'à ce qu'il disparaisse dans l'obscurité de la lagune, et à ce moment-là, je me suis rendue à l'évidence. Je ne lui dirais rien, l'instant avait passé, de même que celui où Leni aurait voulu me photographier. Elle n'avait pas trouvé le courage et moi non plus.

Pourtant, le manque de courage n'expliquait pas tout. Si je m'étais tue, c'était parce que je n'avais pas su retenir mes larmes. Pour rien au monde je ne lui aurais parlé de Maxglan ni d'Anna Krems dans cet état. Je ne me le serais jamais pardonné.

Mon silence cachait peut-être autre chose, dont je commençais seulement à soupçonner la présence. Juste au moment où Leni me disait qu'elle avait eu de la chance de me rencontrer, qu'elle voyait en moi de la beauté et de l'authenticité, n'avait-elle pas senti, vu qui j'étais ? Elle était même sur le point de me photographier. Non, elle ne pouvait pas savoir. Voilà pourquoi que je n'allais pas parler : pour garder sur elle l'avantage de mon secret, ne pas consumer mon énergie à le révéler, alors que ma mère me l'avait confié il y a des années sur son lit de mort.

Leni Riefenstahl s'est blessée sur le tournage de Tiefland*, et m'a choisie comme doublure pour une scène à cheval.*

Voilà l'énergie que Leni avait perçue sur le bateau quand elle m'avait regardée, captivée. Pour ma part, j'avais encore besoin de cette énergie pour lui sourire, lui assurer que maintenant que nous avions parlé je me sentais mieux, *danke*, Frau Leni, je ne sais pas ce qui m'a pris, mais c'est passé, vos mots m'ont vraiment fait du bien.

À la fin du tournage, comme je m'étais bien débrouillée, elle a dit que je pouvais choisir une récompense.

J'avais encore besoin de ce secret, qui m'a donné la force, sur la véranda, de lui dire bonne nuit – *gute Nacht*, Frau Leni –, après avoir fixé le rendez-vous pour la plongée du surlendemain, c'est-à-dire aujourd'hui, maintenant. Ce secret est l'énergie qui me permet de nager à ses côtés tandis qu'à la faveur du courant, elle se dirige vers une cavité en dessous d'une corniche corallienne, avec la ferme intention d'y entrer, comme le font les requins blancs pour aller débusquer leurs proies. Quand elle l'aura atteinte, elle se mettra certainement à toucher les coraux, même si je lui ai répété je ne sais combien de fois que c'est interdit, défendu, *verboten*. Le corail est fragile, et c'est risqué pour vous aussi, Frau Leni, vous pourriez vous blesser ou rester coincée.

Je la retiens par un bras pour essayer de l'arrêter. À ce moment précis de notre plongée, il n'est pas prudent de descendre, et pour mieux insister je lui montre le manomètre – regarde, Leni, soixante-dix bars, un peu plus de vingt minutes, juste assez pour revenir au bateau sans courir de risques inutiles.

Ça va, me fait-elle comprendre par signes. Je descends un moment, je prends quelques photos et on s'en va, OK ?

J'ignore ce qu'elle a remarqué là-dessous de si important ni ce qu'elle espère y trouver. D'ici, je ne vois rien d'autre qu'une petite colonie d'ascidies bleues inclinées à quarante-cinq degrés, signe de l'impétuosité du courant. C'est ainsi que naissent les corniches : jour après jour les courants marins creusent des renfoncements comme celui, étroit et profond, où Leni s'apprête à se glisser.

Je la laisse partir, insister est inutile avec elle et ne servirait qu'à gaspiller du temps. Évidemment, je la suis de près et reste un peu en dehors de l'entrée de la cavité tandis qu'elle me tourne le dos et s'y faufile. Ses bouteilles touchent le plafond de la corniche, ses bras sont tendus en avant et seules ses palmes dépassent à peine de ce trou. Elle se retient aux coraux de la main gauche et de la droite empoigne son Reflex. Ce sont bien les ascidies qui l'intéressent, Leni en est si proche qu'elle les effleure avec son objectif.

Une photo, une autre, une autre encore. Ce sont les dernières qu'elle aura l'occasion de prendre sous l'eau. J'ai l'impression qu'elle y accorde une concentration particulière, comme pour un rite final, une sorte d'adieu au monde sous-marin.

Après en avoir pris suffisamment, de sa main gauche elle s'appuie contre la paroi rocheuse pour pivoter sur elle-même et sortir de la cavité tête la première. Elle fait une première tentative, puis une deuxième. En vain. Alors elle pose son appareil photo pour utiliser ses deux mains, toujours sans résultat. Quelque chose la bloque, impossible de se tourner, le courant doit être encore plus fort là-dedans. Elle tente donc de sortir comme elle est entrée, à reculons, toujours en s'aidant de ses deux mains, mais cette manœuvre non plus n'est pas couronnée de succès. Leni a dû se coincer dans la roche en entrant, peut-être par la sangle de sa ceinture. Malgré toutes ses tentatives, les coups qu'elle donne de toutes ses forces, elle ne bouge pas d'un millimètre. Elle essaie encore une fois, et pendant ce temps un calme étrange m'envahit. Plus Leni s'efforce de se libérer, plus je reste là à regarder ; plus elle tente de se dégager, se débat et se tortille, plus je suis saisie d'un état de contemplation sereine – limpide et bleu comme ces eaux. Je fais peut-être une crise, une forme particulièrement insidieuse de panique passive. Or, la victime d'une crise de panique n'en a pas conscience, elle n'élabore pas de pensées construites et surtout n'observe pas ce qui advient sous ses yeux pour le simple plaisir d'en connaître le dénouement. On se croirait dans une scène de film,

Leni, un de tes films de montagne où tu restais coincée au fond d'une crevasse, engloutie par une avalanche ou piégée sous une corniche.

Je suis peut-être juste curieuse. Combien de fois es-tu passée pour morte, combien de fois en as-tu réchappé *in extremis*, quand tout le monde te croyait perdue ? Combien d'existences le poisson Leni a-t-il donc vécues ?

tentative 5 : accidents

I

Quand Leni a cinq ans, son père la jette dans le lac de Petz. Elle se débat, manque de se noyer, mais parvient à rester à la surface et fait ses premières brasses. Une fois revenue sur la rive, elle perd connaissance.

II

À dix ans, elle fait le poirier sur les anneaux, quand un camarade de gymnastique dénoue par erreur les cordes accrochées au mur. Elle tombe tête la première, manque de se trancher la langue avec les dents et souffre d'une forte commotion cérébrale.

III

À onze ans, alors qu'elle revient chez elle, un maniaque qui rôde depuis un certain temps dans les rues de Berlin pour assassiner les enfants et les éventrer la suit, l'attrape par son manteau et essaie de l'étrangler. Mais elle se dégage et s'enfuit.

IV
À seize ans, le train dans lequel elle voyage est atteint par une rafale de projectiles durant les émeutes qui ont éclaté à Berlin à la suite du traité de Versailles. Le convoi s'immobilise un peu avant la gare, la lumière s'éteint dans les compartiments, tandis que les coups de feu continuent dehors. Elle s'allonge à terre, rampe le long du couloir vers la sortie et court en direction de chez elle en esquivant les balles.

V
À dix-huit ans, elle est prise d'une forte colique au cours d'une partie de tennis avec un soupirant. Elle est hospitalisée d'urgence à la clinique de Giessen, où on lui retire la vésicule biliaire et lui extrait deux calculs gros comme des noix.

VI
À vingt ans, alors qu'elle est au volant d'un trois-roues sur une route de campagne – elle qui n'a jamais conduit de sa vie –, elle freine brusquement pour éviter un couple de bœufs. Le trois-roues se renverse, elle est projetée hors de l'habitacle et roule le long d'une pente herbeuse.

VII
Toujours à vingt ans, à la fin d'un cours de ballet, elle glisse sur une peau d'orange et se fracture la cheville droite.

VIII
Six mois plus tard, elle finit dans un fossé en rentrant chez elle en pleine nuit. Elle se brise la cheville gauche.

IX
À vingt et un ans, elle essaie de sauter directement de son lit au couloir pour ne pas avoir à poser les pieds sur le vernis frais du sol : fracture du métatarse.

X
À vingt-trois ans, elle voltige sur la scène d'un théâtre de Prague quand elle sent quelque chose se briser dans son genou ; la douleur atroce ne l'empêche pas de terminer le spectacle.

XI
La même année, elle subit une opération avant-gardiste au ménisque, à la suite de laquelle elle est alitée pendant trois mois sans savoir si elle restera boiteuse ou non pour le restant de ses jours.

XII
À vingt-quatre ans, elle prend des cours de ski en vue de son premier film de montagne. Elle fait une chute retentissante et se casse le pied gauche.

XIII
Quatre mois plus tard, tandis qu'elle descend d'un refuge en pleine tempête de neige, elle provoque une avalanche et se retrouve engloutie. Elle est secourue par le cameraman Schneeberger.

XIV
À vingt-cinq ans, elle s'aventure avec Schneeberger sur un col alpin fermé pour risque d'avalanche. Le scénario prévoit en effet que son personnage soit piégé par une avalanche. On entend un grondement et, comme espéré, une avalanche se détache de la montagne et l'emporte. Elle manque d'étouffer, mais Schneeberger la sauve en creusant à mains nues. Après avoir visionné les prises de vues, mécontent du résultat, le réalisateur Fanck dit qu'il faut refaire la scène. Elle et Schneeberger remontent, dans l'attente d'une nouvelle avalanche.

XV
Quelques semaines plus tard, une torche au magnésium explose sous ses yeux pendant qu'elle tourne une scène nocturne. Atteinte de brûlures au troisième degré sur le visage, elle continue de filmer jusqu'à la fin de la prise.

XVI
À vingt-sept ans, elle manque plusieurs fois d'être congelée durant le tournage de *L'Enfer blanc du Piz*

Palü. Elle souffre d'engelures aux mains, aux pieds et aux paupières, et attrape une infection urinaire qui la poursuivra le restant de sa vie.

XVII

À trente et un ans, le bateau à bord duquel elle essaie de rejoindre le Groenland reste piégé dans les glaces à quelques centaines de mètres de la rive. En sautant d'une plaque de glace à l'autre, franchissant crevasses et fissures, elle parvient à aborder la terre ferme.

XVIII

Quelques semaines plus tard, toujours au Groenland où se déroulent les prises de vues du nouveau film de Fanck, elle s'écrase avec un hydravion contre un iceberg, comme le prévoit le scénario. L'hydravion prend feu juste après l'impact, mais elle a eu le temps de se jeter dans les eaux glacées de l'océan.

XIX

À trente-deux ans, elle monte à bord d'une Mercedes en pleine nuit, et conduit en direction de Grunewald sous une pluie battante. À côté d'elle se trouve Goebbels. Dès qu'ils pénètrent dans le bois, Goebbels sort un pistolet de sa poche et le pose sur le tableau de bord. Puis il glisse son bras autour de sa taille et, à ce contact, elle perd le contrôle du véhicule. La voiture dérape, tressaute et se soulève, manquant de se renverser, puis s'arrête, roues arrière dans la boue, roues avant tournant dans le vide. Impassible, Goebbels attrape son pistolet, le remet dans sa poche et ouvre la portière.

XX

Quelques mois plus tard, elle est à Barcelone, où elle ne tardera pas à tourner *Tiefland*. Le premier jour des prises de vues, le directeur de la production l'informe par téléphone que le tournage est reporté à une date indéterminée. Le combiné lui échappe, un voile noir tombe sur ses yeux et elle perd connaissance. À son réveil, elle est à Madrid, dans un hôpital allemand. Les médecins évoquent un collapsus cardiovasculaire dû au stress.

XXI

À trente-neuf ans, durant la deuxième tentative de tournage de *Tiefland*, cette fois entre l'Allemagne et l'Autriche, elle se blesse sur le plateau. On ne connaît pas la nature de cette blessure, ni même son ampleur, si ce n'est qu'elle l'empêche de jouer dans la scène à cheval prévue au scénario, pour laquelle elle se fera remplacer par une doublure, Anna Krems.

XXII

L'année suivante, toujours sur le tournage de *Tiefland*, ses problèmes de vessie apparus à l'époque de *L'Enfer blanc du Piz Palü* ressurgissent. Des douleurs atroces et des coliques l'obligent à être hospitalisée d'urgence à Munich, où elle reçoit la visite d'Hitler. « Mais que vous arrive-t-il ? » lui demande-t-il en lui tendant un bouquet de fleurs. Il ne pourra malheureusement pas rester longtemps, ajoute-t-il, il doit aller signer un traité avec la Yougoslavie.

XXIII
À cinquante-quatre ans, durant son premier voyage en Afrique, elle tombe dans un précipice avec sa Jeep, perd connaissance, se fait écraser le poumon droit et fracturer plusieurs côtes. Elle est transportée en hélicoptère à l'hôpital de Nairobi, où les médecins la disent condamnée.

XXIV
À cinquante-cinq ans, dans le parc national Queen Elizabeth, en Ouganda, elle tourne une scène très émouvante pendant que sa Land Rover est attaquée à plusieurs reprises par des rhinocéros.

XXV
Quelques jours plus tard, le bateau sur lequel elle est en train de traverser un fleuve est chargé par un éléphant.

XXVI
À soixante ans, alors que de toute évidence aucun producteur n'est disposé à financer son film situé en

Afrique, elle fait une dépression nerveuse et finit à l'hôpital, où elle est soignée avec des doses massives de morphine. Au moment de sa sortie, les médecins lui remettent deux flacons, mais elle, craignant la dépendance, les détruit. Elle passe une semaine atroce, en proie à des crises d'abstinence.

XXVII
À soixante-sept ans, elle contracte la malaria au Soudan.

XXVIII
À soixante-treize ans, un épouvantable ouragan s'abat sur l'île où Horst et elle avaient débarqué, au large du Honduras, dans l'intention de réaliser un cycle de plongées. Pris au dépourvu, ils se réfugient dans un bâtiment. Quand ils en sortent à la fin de la tempête, un paysage dévasté s'offre à leurs yeux. « Sur la terre ferme, écrit-elle dans *Jardins de corail*, l'ouragan avait fait plus de dix mille morts. Naturellement, il était impensable d'aller plonger. » Et elle ajoute : « Nous étions heureux d'avoir surmonté sans dommages cette terrible catastrophe. »

XXIX
À soixante-seize ans, elle se fracture un fémur dans une chute de ski à Saint-Moritz.

XXX

À quatre-vingt-dix-huit ans, elle se trouve dans un hélicoptère dans le ciel du Soudan, pendant la guerre civile. Elle est en compagnie du réalisateur Ray Müller, qui réalise son deuxième documentaire sur elle. Touché par des snipers, l'hélicoptère tombe d'une hauteur de quinze mètres. Elle est atteinte de multiples fractures aux côtes, de profondes blessures aux poumons et d'éraflures au visage. Elle est emmenée sans connaissance à l'hôpital d'El Obeid, puis transférée en Allemagne, où les médecins la disent condamnée. Au bout d'une courte semaine, elle se réveille et demande d'emblée à Ray Müller s'il a filmé le moment où les secouristes l'ont extraite de la tôle. Lorsque Müller lui répond que non, elle demande s'il est possible de simuler le crash en le filmant en studio.

Ascidie bleue

Dans ce genre d'accidents, la procédure est assez simple, à condition de garder son sang-froid. T'en souviens-tu, Leni ? Il faut dire que le temps a passé depuis ton légendaire examen de plongée, ta mémoire pourrait commencer à te jouer de mauvais tours. Mais sois sans crainte, nous pouvons réviser ensemble.

Reprenons : si tu es accompagnée, essaie d'attirer l'attention de l'autre plongeur – voilà, très bien. À ce que je vois, c'est le premier étage de ton détendeur qui s'est coincé, et là tu ne peux pas y arriver, c'est donc moi qui devrais démêler tout ça. En cas d'impossibilité, je devrais te passer de l'air depuis mon détendeur de réserve, enlever ton gilet stabilisateur et te sortir de la grotte où tu t'es coincée toute seule. En revanche, si tu es seule, ou si ceux qui sont avec toi ne peuvent ou n'ont pas l'intention de t'aider, la première chose à faire est de te calmer, Leni. Respirer tranquillement aide à ralentir ton rythme cardiaque – s'agiter ne fait qu'empirer les choses ; après quoi, sans jamais cesser de respirer, essaie d'enlever ton gilet toute seule, puis de dénouer le nœud qui te coince en ayant recours si nécessaire au couteau, et enfin de rattacher ta ceinture et de remonter lentement à la surface.

À en juger par le sable qui se soulève au fond, Leni ne semble pas avoir gardé le sang-froid indispensable à la situation. Elle décoche des coups de pied dans le vide avec ses palmes, se débat, gesticule, répète les mêmes manœuvres et les mêmes erreurs ; à chaque accroc, à chaque nouvelle tentative de dégagement, le nœud devient de plus en plus inextricable et ses probabilités de se libérer toute seule diminuent.

Pourtant, ce n'est pas la première fois qu'elle a des ennuis. On dirait qu'elle a passé sa vie à être ensevelie sous des avalanches, à s'écraser en hélicoptère, à tomber dans des précipices, et à en réchapper sereinement.

Voilà, elle a dû se rappeler tout ce qui l'a mise à dure épreuve sans jamais la tuer au cours de sa longue vie – crevasses, corniches, icebergs, manque d'oxygène, hypothermies, brûlures au troisième degré, bêtes féroces, tribus sauvages, fractures multiples, dépressions nerveuses, maladies infectieuses, guerres mondiales, Hitler, Goebbels, amants harceleurs, maniaques sexuels, tribunaux de dénazification. Elle se reprend et cesse de se démener, car, d'une manière ou d'une autre, elle surmontera cette nouvelle épreuve. Après ces remous sableux, l'eau met un bon moment à redevenir limpide. Le sable finit par se redéposer tout au fond, recouvrant le Reflex déjà à moitié enseveli. Et enfin, la silhouette de Leni m'apparaît à nouveau comme à travers une châsse de verre, parfaitement sertie dans sa cavité corallienne.

Pour l'instant, je constate peu de différences entre elle et une ascidie. Toutes deux solidement accrochées à un rocher, elles restent immobiles, respirant dans leur éblouissant accoutrement bleu. Leni ne peut pas faire grand-chose pour le moment, si ce n'est engranger de l'air depuis son détendeur et expulser du gaz carbonique. L'ascidie, malgré tout son charme et la photogénie de son pigment bleu électrique, n'est en définitive qu'un sac doté de deux ouvertures : un siphon inhalant, un siphon exhalant. Le premier sert à pomper l'air vers l'intérieur, où sont retenus les micro-organismes nécessaires à son alimentation, le second rejette l'eau une fois qu'elle a été filtrée. De l'hydraulique pure et simple. Quant à moi, je me délecte du spectacle de la plus grande réalisatrice de tous les temps réduite à deux siphons.

Je l'avais prévenue du danger à descendre, de la difficulté de revenir en arrière, mais elle n'en a fait qu'à sa tête. En cela aussi, Leni et les ascidies se ressemblent. Si elles sont allées se ficher sous une corniche, c'est conformément à la même décision. À leur naissance, les ascidies n'ont pas la même forme qu'à l'âge adulte, elles n'ont pas toujours été des outres à deux siphons. En phase larvale, leur long corps fuselé ressemble à celui des têtards. Elles peuvent se déplacer, nager librement au milieu de l'océan, guidées par leur colonne vertébrale qui s'étire à l'extrémité inférieure en une queue, forme très rudimentaire de cerveau et de système nerveux. Une fois que le développement de l'ascidie est accompli, elle identifie un rocher qui lui correspond et s'y ancre pour le restant de ses jours. À ce stade, son système nerveux lui devient inutile. Alors elle le digère. Le premier repas de cette nouvelle vie sédentaire est son propre cerveau. Après quoi, à force d'inhaler et d'exhaler, elle se met peu à peu à ressembler à une outre.

Va-t-il t'arriver la même chose, Leni ? Deviendras-tu une outre vide, condamnée à rester là à jamais, en compagnie des ascidies que tu étais en train de photographier ? Un bel emballage bleu flottant au gré du courant ? D'ailleurs, où te portait le courant il y a soixante ans ? Pendant que tu regardais Hitler défiler sur les Champs-Élysées aux actualités de 1940, quelles émotions éprouvais-tu, toi qui n'as jamais été nazie ? Qu'éprouviez-vous tous ?

C'est avec une joie indescriptible, une profonde émotion emplie d'une chaleureuse gratitude, que nous expérimentons avec Vous, mein Führer, la plus grande victoire, la Vôtre et celle de l'Allemagne. Supérieur à n'importe quelle force de l'imagination, Vous accomplissez des prouesses qui n'ont pas d'égale dans l'histoire de l'humanité. Comment Vous remercier ? Vous féliciter est vraiment trop peu pour vous assurer des sentiments qui m'animent. Votre Leni Riefenstahl.

Je ne crois pas qu'elle ait renoncé à lutter, ça non. Après tout, je l'accompagne, et lui porterai secours d'un moment à l'autre. Leni attend simplement que cela arrive. Elle s'est remise à respirer calmement, elle suit la procédure. De sa position, elle ne peut pas me voir, mais elle pense que c'est l'affaire de quelques minutes, que j'étudie la situation, évaluant quelle est la meilleure méthode pour dénouer l'enchevêtrement et la sortir de là. Cinquante bars sur mon manomètre, quinze minutes environ. Nous avons tout notre temps, n'est-ce pas ?

Mais les secondes s'écoulent, et rien ne se passe.

Pourquoi prendre tout mon temps ? Pourquoi ne pas l'aider ? Comme elle ne peut me voir, Leni doit être convaincue que je suis partie chercher du renfort. Sinon, comment s'expliquerait-elle que je n'intervienne pas ? Selon elle, j'ai dû me rendre compte que mes seules forces ne suffiront pas à la secourir, et j'ai dû décider de remonter pour alerter le capitaine et Horst ; ils ont dû m'apercevoir, et doivent être en train de nous rejoindre à toute vitesse. Voilà ce que doit penser

Leni. L'étrange inactivité qui l'entoure ne peut avoir d'autre explication.

Alors, je donne quelques coups de palmes, juste assez pour gagner quelques mètres à ma droite, et me positionner là où elle pourra me voir en se tournant à peine, et comprendre ce qui se passe réellement. Me voici, Leni, je ne suis pas allée chercher de l'aide, je n'ai jamais bougé d'ici. Comme tu le sais, c'est assez difficile de t'acculer, alors j'aimerais profiter de l'occasion. On ne peut pas toujours rester là à expertiser, analyser, catégoriser et interpréter, parfois cela ne suffit plus. Devant certains phénomènes tels que toi, tôt ou tard il faut agir – ce qui, dans notre cas particulier, signifie ne pas agir du tout.

Tu te tournes, tu me regardes dans les yeux, je te regarde, le verre de nos masques est si propre qu'il semble invisible, aujourd'hui encore Horst a fait du bon travail. Cette fois, hors de question que je baisse les yeux, je te fixe jusqu'à ce que tu aies bien compris. Tu devras t'en sortir toute seule, Leni. Tu ne recevras aucune aide de ma part, et sais-tu pourquoi ?

Ici, dans les profondeurs, nous ne sommes pas seules. Nous sommes accompagnées d'une trentaine de Sinté et de Roms, dont de nombreux enfants, et avec eux une jeune fille de seize ans qui s'appelle Anna, Anna Krems. Les vois-tu, Leni ? Ils font de la figuration dans ton film, ils se comportent à la perfection. Nous sommes à l'été 1941. Ils ont l'air si heureux de participer au tournage, c'est une nouveauté pour eux, et surtout un sacré changement par rapport aux conditions dans lesquelles ils vivaient encore récemment à Maxglan, le camp aux portes de Salzbourg où tu les as récupérés.

« Ouvert en juin 1939, Maxglan surgissait entre un pont d'autoroute et une butte, dans une zone dénommée Leopoldskron. » J'ai lu cette présentation dans un livre sur le système concentrationnaire nazi et elle m'a tellement plu que je l'ai apprise par cœur. « Ouvert en juin 1939, Maxglan surgissait entre un pont d'autoroute et une butte, dans une zone dénommée Leopoldskron. » N'est-ce pas le début d'un conte, Leni ? La tournure de phrase, l'imparfait, les noms des lieux – séduisants et vaguement fantastiques. Alors maintenant ferme les yeux, et écoute bien la suite de l'histoire.

Le camp était clôturé de fil barbelé. Aux quatre coins s'élevaient autant de tours de garde. Surveillance armée vingt-quatre heures sur vingt-quatre. Extinction des lumières à vingt heures. Courrier censuré. Nombre d'habitants : quatre cents environ, sur une zone assez étendue pour tous les contenir.

Anna Krems y était entrée en août 1940 avec sa mère Juliana, ses frères Willi et Matthias, et sa sœur

Agathe, tous trois plus âgés qu'elle. Ils venaient d'un camp provisoire installé dans l'hippodrome de Salzbourg, et dont les habitants avaient été transférés à Maxglan après son démantèlement. Sur le portail, on devait lire une inscription du genre *Zigeuner Sommerlager*, camp d'été pour Tsiganes. Joli, n'est-ce pas ? Un parfum de vacances, de jeux insouciants, de loisirs ensoleillés. D'abord un hippodrome, maintenant une colonie d'été, et bientôt carrément la possibilité de participer à un film, un péplum. Vraiment pas de quoi se plaindre. Quant au fait que le camp ne soit destiné qu'aux Tsiganes, c'était forcément un signe d'égards, voire de distinction : tout le monde n'avait pas les qualifications pour accéder au *Zigeuner Sommerlager*. C'était un endroit sélect comme Gangehi, comme les Maldives.

Malheureusement, un nom aussi long ne pouvait tenir entièrement sur le portail, à moins de penser que les hommes de la *Kriminalpolizei* de Salzbourg avaient un faible pour les abréviations, à commencer par leur propre nom – *Kripo*. En tout cas, ils ont raccourci le nom du camp, faisant preuve, comme à leur habitude, d'une étincelle de créativité. Quand il s'agissait de choisir les inscriptions pour les portails des camps de concentration, les nazis se sont toujours montrés pleins d'esprit. À l'entrée de Maxglan, on pouvait donc lire en caractères gothiques non pas *Zig. Sommerlager* comme on l'aurait dû, mais *Ziege Sommerlager*, « camp d'été pour chèvres ». C'est d'ailleurs ainsi que les *Kripo* s'adressaient aux habitants de la colonie de vacances, *ehilà Ziege*, hé toi, Tsigane ou chèvre, à toi de choisir, de toute façon la prononciation est presque identique et pour nous ça revient au même.

Les hommes sont employés dans les chantiers autour du camp, dans les travaux publics et le contrôle des eaux. Les femmes tressent des paniers, cuisinent, font le ménage, s'occupent des malades. L'air commence à fraîchir, les premières feuilles tombent, l'été 1940 touche à sa fin, mais pas les vacances. Les Tsiganes peuvent prolonger leur séjour à Maxglan hors saison. Pas tous en vérité, quelques-uns sont transférés peu à peu dans d'autres localités dont les noms, sur le moment, ne disent rien à personne – Flossenbürg, Mauthausen, Bergen-Belsen. Dans certains cas, ils semblent même suggérer des décors encore plus agréables que Maxglan, par exemple Buchenwald, où Willi est envoyé au début de l'année 1941, Willi le chef de famille depuis que papa Krems est mort. Que voulez-vous qu'il arrive dans un endroit dénommé « Bois de hêtres » ?

Willi est un roc, dit Juliana à ses trois enfants restants, là-bas il saura prendre soin de lui comme il l'a fait avec nous jusqu'à maintenant. Il s'en est toujours sorti quelle que soit la situation, et il s'en sortira cette fois encore, vous verrez. Ce doit être à ce moment-là que Juliana met au point son signal sonore, cette espèce de sifflement inversé qu'Anna, Matthias et Agathe apprennent vite à reconnaître et imiter. Il ne faut jamais se perdre de vue, leur dit-elle, je dois toujours savoir où vous êtes. Hors de question qu'on lui retire encore un de ses enfants pendant qu'elle se trouve ailleurs dans le camp, ignorant tout de la situation. C'est sûr, tout ira bien pour Willi, vous verrez.

Un peu plus tard, c'est au tour de Matthias, mais Matthias n'est pas du tout un roc, il est malade du cœur. Cette fois, quand les *Kripo* viennent le chercher, Juliana est là. Le signal a fonctionné, mais n'a servi qu'à rendre cette séparation encore plus déchirante que la première, car sa présence n'empêche absolument pas les *Kripo* de pousser Matthias vers le camion arrêté devant le portail, moteur allumé. Il est envoyé à Dachau, dont on sait seulement que c'est un très grand camp près de Munich. Cela pourrait lui convenir, pense Juliana, contrairement à Maxglan, là-bas il y aura des docteurs, des pharmaciens, du matériel médical. Et puis, malgré sa maladie, et justement pour cette raison-là, Matthias sait depuis sa naissance ce que lutter veut dire, lui aussi tiendra le coup.

Au printemps, c'est au tour d'Agathe, il n'y a pas lieu de s'inquiéter à son sujet, car c'est une jeune fille vive, intelligente, et même rusée. Sans compter que sa destination est Ravensbrück, un camp exclusivement féminin. On imagine les endroits réservés aux femmes toujours plus propres et soignés, il n'y a donc aucune crainte à avoir, ni pour Agathe ni pour les deux garçons – tu verras, Anna, dit Juliana à la seule fille qui lui reste, tu verras que tout ira bien pour tes frères et sœur.

Ce ne sont que des histoires, des histoires que Juliana et tant d'autres mères de Maxglan échafaudent comme elles peuvent pour aller de l'avant, pour ne pas céder au désespoir. Elles se fabriquent de faux espoirs dont elles ne sont pas dupes, mais à force d'en parler, à force de les répéter à haute voix, les mères de Maxglan finissent par y croire réellement.

Quant à Anna, elle a beau tout faire pour ne pas le montrer à Juliana, elle y croit de moins en moins. En effet, de nouvelles histoires commencent à circuler. Les baraquements se remplissent de Sinté et de Roms qui occupent les places vides laissées par Willi, Agathe et Matthias. Plus aucune nouvelle d'eux n'arrive, tandis que ceux qui affluent de l'extérieur, les nouveaux hôtes de Maxglan, racontent ce qu'ils ont entendu dire lorsqu'ils étaient encore en liberté. Que Dachau, Ravensbrück et Buchenwald sont des endroits bien différents de Maxglan, qu'en comparaison ce petit camp ressemble vraiment à un *Sommerlager*, une colonie de vacances. Et tant pis si la pluie la transforme peu à peu en une étendue malsaine de boue où l'on s'enfonce jusqu'aux chevilles et que les gens y tombent malades et se mettent à mourir. Il vaut infiniment mieux être ici que dans tout autre camp, affirment les nouveaux arrivants. Alors, en entendant ces propos, Anna essaie de son mieux de protéger sa mère. Elle fait en sorte que ces rumeurs ne l'atteignent pas, mais c'est difficile, de plus en plus difficile, et un jour, c'était inévitable, Juliana finit par apprendre la vérité.

Pendant ce temps, le nombre d'entrées a encore grimpé en flèche, les baraquements explosent littéralement de Sinté et de Roms raflés non plus uniquement en Autriche, mais aussi dans l'Altreich. Le nombre des sorties se multiplie aussi, soit parce que les conditions d'hygiène empirent, que les maladies se répandent, avec leur lot de morts, soit parce que la machine organisationnelle des SS tourne désormais à plein régime et que les transferts vers les autres camps deviennent presque quotidiens. L'été 1941 n'est qu'un va-et-vient de camions qui arrivent vides, repartent bondés et reviennent vides.

À présent, ce sont surtout les hommes adultes en bonne santé qui sont déportés. À Maxglan, il ne reste pratiquement plus que les femmes, les personnes âgées, les enfants et les malades. Les anciens essaient de distraire les enfants, de jouer avec eux. Les femmes poursuivent les activités typiques de Maxglan, laver, cuisiner, tresser des paniers – et pourquoi, d'ailleurs, se demande Anna, à qui et à quoi servent tous ces paniers ? Il n'est plus nécessaire de s'occuper des malades, depuis quelque temps ils sont enfermés dans un baraquement où on les laisse mourir. La personne qui décide si vous êtes malade ou en bonne santé est le commandant du camp, le *Sturmbannführer* des SS Anton Böhmer. Il n'est pas médecin, mais avec le temps, il devient de plus en plus compétent. D'un seul coup d'œil, au premier symptôme suspect il vous envoie dans ce baraquement en bordure du camp.

Un beau jour de la fin juillet, le portail de fer s'ouvre en grand avec une certaine solennité devant une femme escortée de deux SS. C'est une très belle femme qui ressemble à une star de cinéma, et elle l'est en effet. Mais les internés du camp ne peuvent pas le savoir ou sont trop terrorisés pour la reconnaître.

Ils ont été alignés par les *Kripo* des deux côtés de la route qui traverse Maxglan, dos aux baraquements. Anna Krems et sa mère Juliana sont là aussi. Elles te voient passer, Leni, grande, élégante, vêtue d'un pantalon qui te donne un air très professionnel. Comme les SS à tes côtés tiennent à la main respectivement un sac de cuir et une sacoche porte-documents, au premier abord Anna te prend pour un médecin – un vrai médecin. Ce doit être un médecin avec ses assistants, dit-elle à Juliana, ils ont dû l'envoyer pour nous examiner, alors essaie de sourire, maman, arrange tes cheveux, pince-toi les joues et tiens-toi droite.

Juliana ne réagit pas, le sens même de ces mots semble lui échapper. Contre toute logique, et malgré les rumeurs de plus en plus alarmantes qui circulent dans le camp, elle n'a jamais cessé de se répéter que ses enfants vont bien, qu'ils reviendront bientôt, que les endroits où on les a déportés ne peuvent pas être aussi terrifiants qu'on le raconte. Jour après jour, elle a continué à forger des espoirs, pour elle-même et pour sa fille, mais y croire lui coûte chaque jour plus de fatigue. Et à présent, elle est véritablement épuisée.

S'il te plaît, maman, écoute-moi. Tu dois faire un effort. C'est une visite médicale, tu comprends ce que ça veut dire ?

Pourtant, quelle étrange manière cette doctoresse a d'examiner les patients. Elle ne les touche pas, ne les ausculte pas, ne leur abaisse pas les paupières ni ne leur demande de tirer la langue, rien de tout ça. Soit elle ne les regarde pas, soit elle leur jette un coup d'œil furtif avant de continuer sa route. Elle est plus rapide que le commandant, encore plus expéditive. Elle ne s'arrête que ponctuellement, plus ou moins toutes les cinq ou six personnes, sans que l'on sache ce qu'elles ont de différent par rapport aux autres, si elles sont les plus malades ou au contraire les plus saines. En revanche, elle s'arrête toujours devant les enfants, quoique son comportement à leur égard soit inexplicable. Elle les examine sous divers angles, les fait mettre de face, de profil et de dos, les cadre dans le rectangle formé de ses pouces et de ses index, et termine par un signe aux SS, qui pointent un nom dans une liste.

Ce sera bientôt le tour d'Anna Krems, et elle ne sait vraiment pas quoi espérer. Elle a compris qu'il se passe quelque chose d'important, qui pourrait décider de son destin et de celui de sa mère, mais les règles du jeu lui échappent complètement. Doit-elle espérer ou non que cette femme s'arrête devant elle ? Vaut-il mieux ou non finir dans le rectangle de ses doigts, puis sur la liste des SS ?

Anna l'ignore, alors elle laisse le hasard décider. Quoi qu'il en soit, mieux vaut se présenter sous son meilleur jour – son instinct et désormais son expérience lui suggèrent que se montrer souffrant en présence des nazis n'est jamais une bonne idée. La souffrance des autres a tendance à les irriter, et à les rendre cruels.

Quand son tour arrive, Anna mobilise la moindre once d'énergie de son corps pour se forcer à sourire. En vain. La doctoresse – si tant est qu'elle en soit une – passe devant elle sans lui accorder un regard, et encore moins à sa mère qui n'a même pas quarante ans et semble déjà vieille. Mais soudain, sans raison apparente, la dame s'arrête, murmure quelque chose aux SS et fait marche arrière.

Toi, dit-elle, comment t'appelles-tu ?

Anna, Anna Krems. Et elle, c'est ma mère.

Maintenant, c'est la doctoresse qui sourit. Les formalités doivent lui paraître plutôt bizarres, étant donné les circonstances. Elle se campe en face d'Anna, la cadre dans son viseur formé de ses pouces et index. L'effet est remarquable. Comment a-t-elle pu l'ignorer tout à l'heure ? Peut-être à cause des haillons dont la jeune fille est recouverte, ou bien parce qu'elle est surtout intéressée par les enfants. Le fait est que cette fille a quelque chose de spécial. Un air décidé, désinvolte. Ne souriait-elle pas, tout à l'heure ? Sa santé semble excellente, elle n'est pas trop maigre, elle a un beau teint, des lèvres pulpeuses, les cheveux peignés. Elle doit prendre soin d'elle, elle est bien élevée, et elle m'a présenté sa mère.

Quel âge as-tu ?

Seize ans, madame la doctoresse.

Doctoresse ? Oh, non, dit-elle, je ne suis pas doctoresse.

La jeune fille ne cille pas. Elle doit se demander qui diable est cette femme à quelques centimètres d'elle. Que fait-elle, si elle n'est pas médecin ? Pourtant, ses yeux verts ne trahissent rien, ni doute ni angoisse. La jeune fille s'est même remise à sourire.

Elle me ressemble, pense Leni. C'est une fille qui a du caractère. Elle me plaît. Quant à sa mère, avec son air si affligé elle pourra aussi m'être utile. Par exemple quand les paysans du village manquent d'eau, au moment où don Sebastián dévie le cours de la rivière. Oui, elle pourrait faire partie du groupe de paysans désespérés. Je lui mets un seau vide sur la tête et je la filme comme ça, de trois quarts, près du puits à sec.

Elle et elle, dit Leni aux SS, après quoi elle reprend son inspection.

À présent qu'elle s'est éloignée d'une vingtaine de mètres et qu'elle examine de nouveaux candidats, d'autres potentiels paysans affligés, le corps d'Anna relâche brusquement toute sa tension. Elle s'effondre sur sa mère, l'étreint pour ne pas tomber et éclate en sanglots – tout va bien, maman, je sens que tout ira bien, tu verras.

Juliana ne comprend pas ce qui s'est passé, et au fond Anna non plus. Elle savait seulement qu'elle devait faire bonne impression sur cette femme, qui qu'elle soit, et quel que soit son métier. Elle le découvrira deux jours plus tard, quand cinq fourgons viendront les chercher, sa mère, elle et d'autres Tsiganes sélectionnés par tes soins, Leni. Et même si tu as toujours affirmé le contraire, tu es bien allée dans ce camp de concentration. C'est toi qui as choisi tes figurants, tu as vu de tes propres yeux les tours et le fil barbelé, tu savais ce qu'était cet endroit et à quoi il servait.

Au cinéma, on appelle cela un casting, pas vrai ? Toi oui, toi non, toi je te prends dans mon film, toi je ne te prends pas. Pour le moment, c'est Maxglan, un camp de détention et de transit. Bientôt – dans deux ans à peine –, il sera la passerelle pour Auschwitz. Toi tu vas à droite, et vous autres à gauche. À ce moment-là, c'est un vrai docteur qui fera passer le casting, et décidera qui peut être utile à la cause ou pas. Que ressent-on, quand on détient ce pouvoir ?

Je ne peux même pas l'imaginer. Vingt-cinq bars,

dix minutes d'autonomie, plus ou moins. Je finirai par remonter, et tu resteras dans l'eau. N'est-ce pas bizarre à entendre, Leni ?

Mais nous ne sommes pas pressées, ma bouteille contient assez d'air pour que j'aille au bout de mon histoire. Il était une fois Maxglan, un camp qui n'existe plus aujourd'hui. Les portails s'ouvrent, on se met en marche, de longues files, direction Krün, au pied des Alpes bavaroises. Les Tsiganes sont transportés dans des fourgons ouverts à l'arrière. Bientôt, ce seront des wagons scellés. On se dirige vers l'ouest. Dans un avenir proche, ce sera la direction opposée. Et on voyage confortablement, dans l'ensemble. Le trajet n'est pas si long, un peu moins de deux cents kilomètres avec le vent de face, au terme duquel les fourgons s'arrêtent au milieu des pâturages, les côtés sont basculés et les Tsiganes en descendent les uns après les autres, avec des meuglements et bêlements en fond sonore. Plus tard, ce seront des aboiements de molosses.

Anna et Juliana regardent autour d'elles. Des prairies à perte de vue, des maisons disséminées çà et là, des étables, des montagnes fermant l'horizon. Une bonne odeur de foin fraîchement coupé. En haut d'une colline se dresse un château à l'air menaçant. Il y a même un moulin sur les rives d'un torrent. Un peu plus loin, le long d'une pente douce, le village – la grand-route, la petite place, l'église. Ils ne le savent pas encore, mais tout est factice. Le château, le moulin et même le village. Tout est de carton-pâte. Coût de la production : sept millions de reichsmarks. Seules les maisons des paysans sont authentiques, de même que les granges, les étables et les écuries où les Tsiganes iront bientôt s'installer, car les paysans de Krün ne veulent pas d'eux sous leur toit. Tant pis, il faut s'adapter. De toute façon, c'est toujours mieux que Maxglan.

Ici point d'enceinte en fil barbelé ni de tourelles de garde. Quand il pleut, on ne s'enlise pas dans la boue. On mange bien, et de nouveaux vêtements ont été distribués à l'arrivée des figurants. Les femmes ne sont pas obligées de tresser des paniers ni les hommes de construire des routes, il n'y a qu'à suivre les indications de celle qu'Anna continue d'appeler la doctoresse en son for intérieur, bien qu'elle connaisse maintenant son identité et son métier.

Certes, la zone est surveillée jour et nuit par une poignée de gardes armés, mais ce n'est qu'une manière de maintenir l'ordre et la discipline. La production ne veut pas que les figurants décampent avant la fin du tournage, voilà tout.

Mais ils n'ont aucune intention de filer, surtout les enfants. Tu es toujours très gentille avec eux, Leni. Chaque fois qu'ils arrivent sur le plateau, ils reçoivent de ta part des bonbons, des chocolats, des caresses. Tu te fais appeler tante, tante Leni. En échange, les enfants doivent simplement se montrer tels qu'ils sont devant la caméra. Ce dont tu as besoin, c'est de leur fraîcheur, de la spontanéité de leurs sourires, de l'impétuosité de leurs gestes non étudiés, de leur surprise en découvrant un chariot tiré par un cheval qui traverse la place du village en carton-pâte et s'arrête dans une cour – ton entrée dans le film, Marta la Tsigane surgissant dans le village de Roccabruna, dont elle s'apprête à bouleverser l'existence tranquille.

En amont de la prise de vues, tu as dû demander aux enfants de suivre le cheval, de crier, de se pousser les uns les autres pour gagner la meilleure place d'où ils épieront à travers les rideaux du chariot. Et c'est ce qu'ils font, ils écartent les rideaux et voilà qu'apparaît tante Leni. Mais il ne faut pas m'appeler tante Leni, d'accord ? Vous n'avez pas besoin de parler. Je serai sur le chariot, et vous devrez regarder à l'intérieur, vous pousser du coude, ricaner, parce que vous n'avez jamais vu de Tsigane aussi belle que moi. Pour vous amuser encore plus, je prendrai une paire de castagnettes dans ma valise, vous savez ce que c'est ? Non ? Eh bien, vous le découvrirez le moment venu, vous verrez la surprise que vous fera tante Leni.

Dans une autre scène, celle du mariage entre donna Amelia et don Sebastián, marquis de Roccabruna, les enfants lancent des pétales de rose depuis un balcon au passage du cortège nuptial. À l'étage en dessous, d'autres enfants font la fête, dansent, entonnent des chansons, jouent avec la traîne de la mariée tandis que des fleurs parfumées tombent comme neige sur eux – bientôt, ce seront des cendres qui tomberont comme neige sur les têtes de ces enfants. Tout ce qu'il restera de leurs familles.

Jour après jour, Anna et sa mère reprennent des forces et du poids. Vivre dans une écurie constitue une expérience intéressante, si on la prend du bon côté. Dans l'hippodrome de Salzbourg où elles étaient enfermées avant d'arriver à Maxglan, il n'y avait pas de chevaux, juste d'autres Sinté et Roms. Alors qu'ici, Roms, Sinté et chevaux cohabitent, et quand on partage les mêmes espaces, on ne tarde pas à lier amitié. Anna s'attache notamment au bai foncé qui est monté dans le film par Bernhard Minetti, le marquis de Roccabruna. Ce cheval s'appelle Franz. Il est formellement interdit aux Tsiganes de toucher aux chevaux, mais la nuit, quand les écuries sont fermées, personne ne peut empêcher Anna de s'approcher de Franz et de caresser son museau. Il semble apprécier. Il faut dire qu'en plus d'être colocataires, Franz et Anna sont aussi collègues, puisqu'ils jouent dans le même film.

À ce propos, le travail sur le plateau n'a rien de pénible, pour autant qu'on puisse le qualifier de travail. Rester là à attendre entre deux prises, parfois pendant des heures. Puis, à un signal convenu, avancer tous ensemble vers la caméra. Regarder à droite même s'il n'y a rien à voir de ce côté-là. Protester contre le marquis qui a dévié le cours du torrent, asséchant les récoltes. Jouer les paysans espagnols, s'habiller comme eux, tout en continuant à s'exprimer tranquillement en allemand. Faire semblant d'être espagnol, est-ce là un travail ?

Anna en doute. Vu de l'intérieur, du point de vue de ceux qui y participent, un film est drôlement étrange. Le marquis offre un collier en or à la Tsigane Marta, puis il le lui offre une deuxième fois, une troisième, et encore et encore, toujours le même collier. Et elle, elle est surprise à chaque fois. Dans le film, n'importe quel événement se produit trois ou quatre fois de suite au minimum, avant que l'on passe à un autre.

Le scénario prévoit que le marquis fasse tout son possible pour convaincre Marta d'épouser le berger Pedro afin que lui, le marquis, la garde toujours à disposition. Et pourtant, il est marié. Ce sera une couverture, et non pas un véritable mariage.

À mesure que le tournage avance, et que l'histoire se déroule devant ses yeux, Anna se demande comment tout cela est possible, alors qu'en dehors de la zone protégée du plateau, une guerre mondiale fait rage. Des gens sont massacrés au front ou sous les bombardements aériens, la faim, les dévastations et les maladies sévissent, les familles sont dispersées, et ses trois frères et sœur sont enfermés à Ravensbrück, Buchenwald et Dachau. On est toujours sans aucune nouvelle d'eux, on ignore s'ils sont encore vivants : pourquoi se passionner pour un triangle amoureux quand votre fratrie disparaît dans le néant ?

Évidemment, Pedro aussi est amoureux de Marta. Comme le marquis, il l'a vue danser et il a aussitôt perdu la tête. Ils sont tous fous de toi, Leni. Il suffit que tu esquisses un pas de danse pour que les hommes tombent à tes pieds, humbles bergers, marquis espagnols, jusqu'au sommet de la pyramide, où se trouvent ceux qui réalisent des prouesses inégalables dans l'histoire de l'humanité – en regardant ta danse au bord de la mer dans *La Montagne sacrée*, même Hitler a perdu la raison.

Ton magnétisme est tel, ton charisme si grand devant et derrière la caméra, qu'Anna Krems finit malgré elle par être conquise. On ne peut pas dire qu'elle ait commencé à apprécier le scénario : à en juger par ce qu'elle a vu, il prend l'eau de tous les côtés. Non, ce n'est pas la trame qui épate Anna. C'est l'énergie qu'elle perçoit sur le plateau, la force que la doctoresse dégage par sa seule présence. Tout s'organise autour d'elle, des centaines de personnes, depuis les figurants jusqu'aux cameramen, agissent de façon parfaitement synchronisée au moindre de ses gestes. Il est évident que son regard est focalisé sur la prochaine séquence, chaque plan particulier du film est pour elle une question de vie ou de mort. Anna n'a jamais assisté à rien de tel, une concentration si absolue et si exclusive qu'elle éclipse tout ce qui se trouve hors de l'objectif.

Elle n'oublie pas ses frères et sœur, bien sûr que

non. Elle a de la peine pour eux, ils lui manquent. Et c'est là qu'une idée, une pensée dictée par une logique élémentaire commence à se frayer en elle. Cette femme se consacre corps et âme à la réalisation de son film, et nous, nous l'aidons. Pendant que nous sommes là à jouer les paysans espagnols, nos frères, nos sœurs, nos pères et mères sont enfermés dans des endroits terribles, où ils risquent leur vie. De toute évidence, elle ne sait rien de tout cela, sinon elle nous aiderait, tout comme nous, nous sommes en train de l'aider.

Il ne fait pas de doute qu'elle est haut placée. Tout le monde l'écoute, lui obéit, même les officiers SS qui se mettent au garde-à-vous à son passage. La rumeur court qu'Hitler en personne lui donne de l'argent pour tourner le film. C'est une femme très puissante, elle pourrait faire sortir nos proches des camps, elle en aurait l'autorité si elle le voulait. D'ailleurs, pourquoi ne le voudrait-elle pas ?

Afin de protéger les paysans des brimades de don Sebastián, la Tsigane Marta met sa propre vie en danger, elle le laisse la frapper et poursuivre par ses sbires, avant d'offrir à la femme du meunier le collier qu'elle a reçu en cadeau du marquis. Elle est prête à mourir pour les sauver. Mais ce n'est qu'un film, le marquis de Roccabruna n'existe pas, Roccabruna non plus, ce décor de carton-pâte ; elle n'est pas réellement tsigane, alors que ceux qu'elle a l'intention d'aider au péril de sa vie dans le film ne sont pas des paysans espagnols, mais bien de véritables Tsiganes.

Elle s'attache aux enfants, pense Anna, surtout aux petits Reinhardt et Winter. Comment s'appellent-ils, déjà ? Lui, ce doit être Josef, et elle, Rosa. Oui, c'est ça, Josef Reinhardt et Rosa Winter. Elle s'est entichée d'eux, mais aussi des autres, en fin de compte, grands ou petits. C'est quelqu'un de bien, la seule Allemande qui nous ait traités avec gentillesse et humanité. Désormais, pour elle, nous sommes presque de la famille, autrement pourquoi se ferait-elle appeler tante Leni ?

Sans compter que quand elle se déguise en Marta et se met à danser comme une Tsigane – *comme l'une de nous* –, Anna, qui l'observe de derrière un paravent, comprend à l'instant qu'il est parfaitement naturel que Pedro et don Sebastián soient fous d'elle. Tout le reste ne tient pas debout, mais cela, si. C'est la seule partie du film qu'Anna trouve réellement convaincante.

C'est peut-être pour cette raison que tu t'adonnes à la plongée, Leni, pour pouvoir danser jusqu'à tes cent ans devant une caméra, pour recouvrer la fluidité des mouvements que tu avais jeune fille et que seule la plongée octroie – à condition, évidemment, de ne pas finir coincée sous une corniche corallienne.

Danseuse, actrice dans des films de montagne, réalisatrice d'Hitler, photographe et enfin plongeuse. J'ai réuni tes cinq vies dans un album, et je trouve vraiment incroyable que des centaines d'images si différentes les unes des autres se rapportent à une seule existence. Ma mère avait raison. Quoi que tu entreprennes, pour toi c'est toujours une question de vie ou de mort. Tu as vingt et un ans, et il n'existe rien de plus important au monde qu'un pas de danse. À vingt-cinq ans, tu changes de métier, et il devient à son tour une question de vie ou de mort. Ton énergie est un rayon de lumière puissante, directionnelle, qui ne tolère pas de bavure. Tout le reste ne compte plus, et doit se maintenir dans l'ombre.

Pourtant, chaque fois que je feuillette l'album de tes cinq vies et que je t'observe danser, faire des grands écarts ou des pirouettes, grimper sur un glacier, escalader une dent rocheuse à mains nues ou te débattre sous une avalanche, j'ai l'impression qu'une seule chose t'importe, en définitive : être regardée. Tu as toujours cette conscience-là, que tu diriges une scène derrière la caméra, que tu gravisses des échelons en bois au-dessus d'une crevasse dont on ne voit pas le fond, ou que tu caresses un requin.

Une fois encore, tu sais que tu es regardée.

Je ne suis plus à tes côtés, le courant m'a entraînée hors de ton champ de vision, mais tu sais que je suis là, ce qui te donne encore de l'espoir. Te libérer seule, n'en parlons pas, c'est trop étroit, tu n'as pas la possibilité de manœuvrer. Je pourrais disposer de tout l'espace dont j'ai besoin, mais je n'ai pas l'intention de m'en servir.

Tu devras me convaincre, Leni, et j'ignore comment tu pourras y arriver. Peut-être en m'adressant l'un de tes regards asymétriques si bien adaptés au grand écran, ce regard argenté qui t'est propre. Mais avant, tu devras comprendre qui je suis, pourquoi je t'en veux au point de te laisser te noyer, et sans tarder.

Que peux-tu bien m'avoir fait, Leni ? Réfléchis, pense au nombre d'années qui nous séparent. Beaucoup trop, pas vrai ? Non, ce n'est pas à moi que tu as dû faire du mal, pas directement. Alors à qui ? Où et quand ?

Corail noir

Anna, Agathe, Willi et Matthias jouent à se poursuivre dans les bois. Agathe disparaît derrière un arbre, Willi et Matthias dans un buisson. Anna les a vus, elle sait où ils se sont cachés, mais quand elle essaie de les rejoindre, elle ne les trouve pas. Agathe n'est plus derrière l'arbre, et nulle trace de Willi et Matthias. Anna les cherche partout, elle essaie de lancer l'appel que lui a appris sa mère, elle crie les noms de ses frères et sœur jusqu'à ce que la nuit tombe, et finit par rentrer chez elle sans eux. Où sont tes frères et ta sœur ? lui demande Juliana. Pourquoi les as-tu laissés dans les bois ? Je t'avais bien dit que c'était dangereux, tu es la plus grande, tu devais faire attention. Ce n'est pas vrai, Anna est la cadette, sa mère le sait, elle continue pourtant de la réprimander. C'est ta faute, lui dit-elle, toi tu es bien là et tes frères et sœur se sont perdus dans le bois, et à cet instant Anna se réveille.

Juliana est allongée à côté d'elle. Un peu plus loin dorment cinq familles de Sinté, autrichiens comme eux. Le fond de l'écurie est occupé par Franz et une demi-douzaine de chevaux montés dans le film par les sbires du marquis.

Dehors, il fait encore nuit, mais Anna est trop agitée pour se rendormir. Elle voudrait réveiller Juliana, lui dire qu'elle est désolée, comme si sa mère l'avait réellement grondée. Anna sent réellement peser sur elle ce terrible poids, ses frères et sœur se sont perdus et elle est chargée de les retrouver. Demain, elle parlera à la doctoresse, à tante Leni – dorénavant elle l'appellera ainsi. Si elle pense à elle en ces termes, elle trouvera plus facilement le courage. Je pourrais vous parler un instant, tante Leni ? Elle le lui demandera en souriant, en essayant de paraître tranquille. Tout devra sembler très spontané et naturel.

Si ce n'est pas demain, Anna attendra la prochaine occasion favorable. Elle est assez douée pour avoir compris qu'avec tante Leni, il faut saisir le bon moment, et ne jamais la déranger quand elle est concentrée sur son film.

Anna Krems a seize ans seulement, mais ces derniers temps elle s'est aperçue que sa mère s'est mise à la regarder différemment, à lui parler comme on parle à une femme. Elle la première a la sensation d'être différente – différente de l'époque de Maxglan, alors que quelques semaines seulement se sont écoulées. Tout a dû arriver subitement, peut-être durant la visite au camp de tante Leni – ce jour-là, elle n'était pas encore tante Leni. Anna a soutenu son regard, a répondu à ses questions, n'a jamais cessé de sourire, tout en sentant grandir en elle une force qu'elle ignorait posséder. C'est sûr, un instant avant que tante Leni ne s'arrête devant elle, cette force ne l'habitait pas.

Elle regarde sa mère, qui dort pelotonnée sur le côté. Elle a l'air si fragile, si vulnérable. Cette femme, pense Anna en veillant sur elle, a vu disparaître trois de ses enfants les uns après les autres, sans rien pouvoir y faire, et il ne lui en reste plus qu'un seul à présent. Tu sais quoi, maman ? Tu avais raison, dans le rêve, c'est à moi d'agir, c'est moi la sœur aînée, maintenant.

Le lendemain est un jour de chance pour Anna, même si de prime abord, on ne dirait pas. Tante Leni est en rage. Elle hurle contre les cameramen, gesticule, vocifère des rafales d'insultes adressées on ne sait trop à qui. Anna, Juliana et les autres figurants ne l'ont jamais vue dans cet état, ils n'osent pas s'approcher, et restent tous là, retenant leur souffle, à suivre l'évolution de la situation à distance de sécurité. Même les enfants ne bougent pas et se taisent. Il n'y aura pas de bonbons aujourd'hui. En une nuit, tante Leni s'est transformée, et ils observent avec terreur les effets de cette métamorphose.

Son accès de colère ne fait pas mine de se dissiper, au contraire. Lorsque le directeur de la production tente de la calmer, elle le repousse méchamment. Alors, Bernhard Minetti, le marquis de Roccabruna, essaie à son tour, puis c'est Pedro qui l'approche. Ils sont rivaux dans le film, et le sont aussi dans cette tentative d'amadouer et réconforter par tous les moyens l'objet de leur désir. Le marquis possède un troupeau de taureaux, symbole de sa puissance. Pedro, dans la première scène, a tué un loup à mains nues. De loin, Anna voit se recomposer dans la réalité le triangle amoureux qui sous-tend la fiction, mais elle n'a pas une idée exacte de ce qui se passe. Marta s'affale sur une chaise et se prend la tête dans les mains, Pedro et le marquis s'agenouillent à ses pieds.

Puis il se produit une chose encore plus bizarre, si inexplicable qu'Anna se demande si cela ne ferait pas partie du film, de cette trame de plus en plus décousue à ses yeux. Les cameramen ne sont pas postés derrière leurs caméras, personne n'a dit aux figurants de se taire, il n'y a eu aucun signal. Alors, comment expliquer que le marquis a attrapé une cheville de Marta ? Pour ne pas être en reste, Pedro fait de même juste après. Il lui prend l'autre cheville, la soulève et l'observe de près. On dirait qu'ils font des comparaisons, pour décider laquelle des deux chevilles est la plus fine et fuselée. À moins que ce ne soit un rituel, pense Anna, une sorte de partage entre deux hommes tombés amoureux de la même femme, et qui, faute de pouvoir en disposer entièrement chacun, se répartissent des morceaux d'elle, une jambe pour le marquis, une jambe pour le berger Pedro.

Non, ce serait absurde. D'ailleurs, Marta se rebiffe, elle se libère de la prise de ses deux soupirants et se lève. Elle fait quelques pas circonspects, comme si elle marchait sur des œufs, mais bien vite elle s'arrête et revient sur ses pas en boitant. Pedro et le marquis se précipitent pour la soutenir, puis l'aident à se rasseoir avec une grande précaution, comme si elle était en cristal.

Marta est inconsolable, elle secoue la tête, et s'est peut-être mise à pleurer – à cette distance, Anna ne comprend pas bien. Pendant ce temps-là, quelqu'un a installé une caisse en bois devant sa chaise et, à l'aide du marquis, elle a posé son pied dessus. Sa jupe s'est soulevée, laissant ses jambes nues. Anna est sûre qu'elle a fait exprès de se découvrir, ou qu'elle n'a rien fait pour l'éviter. Elle pleure maintenant à chaudes larmes, elle est secouée de sanglots de plus en plus violents, néanmoins – Anna en est convaincue –, une part d'elle sait très bien que Pedro et le marquis sont en train de regarder ses jambes.

Ses magnifiques jambes en ont vu de toutes les couleurs. Ma mère ne pouvait pas le savoir, mais moi si, Leni. J'ai fait la liste de chacun de tes accidents. Déchirures musculaires, fractures, lésions internes. Celui-ci n'a rien de grave en comparaison, et pourtant il est le plus important de tous. Pour ma mère, pour moi et pour toi aussi, Leni. Comprends-tu ? Sans cette entorse à la cheville, il y a soixante-deux ans, tu ne serais pas dans cette situation actuellement. Et que sont soixante-deux ans ? Le temps n'est pas si lointain où tu t'es blessée sur le tournage de *Tiefland*, c'est encore tout récent, en ce qui me concerne la scène se déroule encore et encore, nous sommes toujours au mois de septembre 1941, ma mère t'observe de loin et tu es toujours là à maudire ta cheville gonflée.

C'était hier après-midi. Dans la cour du château, pendant les prises de vues. La rumeur se propage sur le plateau, finit par atteindre les figurants, et donc Anna. Frau Riefenstahl a glissé sur une pierre disjointe et sa cheville a vrillé. Cela ne paraissait pas bien grave, alors la scène – Marta qui danse pour le marquis – a été répétée deux autres fois. Les assistants ont essayé de la faire changer d'idée, mais Frau Riefenstahl a été catégorique. Je vais bien, a-t-elle dit, vraiment, on peut recommencer. Durant la nuit, peut-être à cause de l'effort répété, sa cheville a gonflé comme une balle. Frau Riefenstahl n'aurait pas dû s'appuyer dessus en dansant, or la malchance veut qu'une scène mouvementée soit prévue aujourd'hui, la tentative de Marta d'échapper aux griffes du marquis. Or c'est clairement impossible, Frau Riefenstahl tient à peine debout, et elle pourra encore moins sauter sur la croupe d'un cheval pendant que Bernhard Minetti la poursuit.

À moins que.

À moins que le marquis ne coure derrière une autre, imagine Leni. Cette idée ne l'effleure qu'un instant, suffisant pour qu'elle cesse de pleurer séance tenante. Elle oublie la douleur, se relève, appelle l'assistant réalisateur, les cameramen, la costumière, les maquilleuses. Quand elle se met à parler, son visage est encore inondé de larmes. Il y a une jeune fille, dit-elle, une Tsigane. Cheveux noirs, yeux verts, lèvres pulpeuses. Elle a seize ans, mais on lui en donne plus, on dirait déjà une femme. Sa mère est avec elle, vous ne pouvez pas vous tromper. Nous avons peu de temps, dans une petite heure cette lumière aura disparu. Allez, qu'attendez-vous ? Trouvez-moi cette fille.

Une minute après, la costumière est déjà de retour, mission accomplie. C'est elle ? demande-t-elle à Leni.

Leni ne prend même pas la peine de répondre. Elle attrape la main de la jeune fille, lui sourit. Anna, n'est-ce pas ?

La jeune fille opine du chef. Anna Krems.

Et ta mère ? Où est-elle ?

Là-bas, dit Anna. Avec les autres.

Bien, bien. On lui fera une belle surprise tout à l'heure. Tu sais monter à cheval, non ? Je veux dire, vous savez tous en faire, pas vrai ?

Anna ne réagit pas.

Je ne te demande pas si tu es une championne ou pas. Je veux juste savoir si tu es capable.

Au mieux, Anna est montée sur la croupe d'un petit cheval de bois du vivant de son père, quand il était forain. Ça, c'était avant Maxglan. Bien avant qu'Agathe, Matthias et Willi disparaissent dans le néant.

Je comprends, dit Leni, qui a interprété correctement le silence de la jeune fille. Entendu, ça n'a pas d'importance.

Encore quelques secondes et tante Leni me tournera le dos, pense Anna. Je peux apprendre, lui dit-elle. J'apprends vite.

On imagine que ces mots touchent Leni profondément, ils doivent lui rappeler son premier film de montagne. Quand elle s'était proposée pour le rôle principal, elle n'avait jamais chaussé une paire de skis de toute sa vie. Un mois plus tard, elle dévalait le mont Blanc à une vitesse vertigineuse. Moi aussi je suis quelqu'un qui apprend vite, se dit Leni. Je sais bien de quoi tu parles, ma petite. Je dois admettre que tu as une certaine rapidité d'esprit, j'apprécie ton culot. Et puis franchement, on ne parle pas de gagner le Royal Ascot. Au fond, c'est une scène simple.

Je la filmerai de dos, comme ça on gagne du temps sur le maquillage. Quant à ses cheveux, il suffira de les attacher et de les rassembler dans un filet. Ça pourrait marcher.

Fais voir un peu, lui dit-elle, mets-toi de dos.

Anna s'exécute, tout en retenant son souffle. Encore une auscultation, comme à Maxglan. C'est la deuxième fois que le regard de tante Leni s'attarde sur elle. Le sort de Willi, d'Agathe et de Matthias dépend de ce regard. Puis, éventuellement, du fait qu'Anna apprenne ou non à monter à cheval.

À Salzbourg, on l'a enfermée dans un hippodrome, et elle dort à présent dans une écurie. Elle est devenue amie avec Franz, elle le caresse chaque nuit sur le museau et il aime ça, d'après ses mouvements de tête. Quand elle fait mine de s'éloigner, Franz tend le cou et cherche sa main. Anna s'accroche à tout ce qu'elle peut – des épisodes récurrents, des coïncidences, des signes prémonitoires. Les manèges de son enfance, le petit cheval de bois. Que disait son père, déjà ? Le manège tournait, tournait, le cheval montait et descendait, et son père lui criait de mettre les pieds dans les étriers, de se tenir aux harnais, de regarder devant elle. Tiens-toi droite, Anna, suis le mouvement du cheval.

Bernhard, mon cher, dit Leni, voudrais-tu venir ici une seconde ? Je te présente Anna, elle apprend vite, paraît-il. Voilà, tu devras la suivre. Mais pas tout de suite, disons dans une petite demi-heure. D'abord, on a besoin d'un petit cours. Que quelqu'un aille chercher Franz, s'il vous plaît.

On n'apprend pas à galoper en une demi-heure, c'est presque impossible, Leni le sait très bien. Mais qui a dit que Marta la Tsigane doit en être capable ? Après tout, elle est danseuse, pas cavalière. Et elle est désespérée, prête à tout pour échapper au marquis. Le désespoir vous fait accomplir des prouesses incroyables, vous arrache des ressources insoupçonnées.

Elle va peut-être y arriver, se dit Leni. Cette fille aussi doit être désespérée, sinon elle ne prendrait pas le risque de se casser le cou. Elle doit vouloir me demander une faveur, comme les autres Tsiganes. Ils envoient leurs enfants. Le petit Josef, Josef Reinhardt. Puis sa petite copine, Rosa Winter. Et maintenant c'est au tour de cette fille de tenter sa chance. Elle apprendra vite, puis elle fera tout ce qu'on lui dira de faire. Et si elle tombe de cheval, tant pis. Les accidents de tournage sont fréquents, je suis bien placée pour le savoir. Ce sera encore plus réaliste, si elle finit par terre – c'est bien à tout cela que tu pensais, n'est-ce pas, Leni ?

Une demi-heure plus tard, Bernhard Minetti revient sur le plateau en tenant Franz le bai foncé par la bride. En selle, avec un sourire éclatant, voilà Anna Krems.

Leni applaudit, au risque que le cheval s'emballe.

Ils se connaissaient déjà, plaisante Bernhard, ça n'a pas été difficile. Ils ont lié amitié dans l'écurie, pas vrai, Anna ? Franz et elle s'aiment et s'entendent bien.

Magnifique, dit Leni, tu es vraiment une brave petite. Mais maintenant, sois sage, et descends.

Rênes dans la main gauche, main droite sur l'arçon. Anna se hisse sur les étriers, enjambe la croupe de Franz en pivotant sur elle-même, se maintient en équilibre sur son pied resté dans les étriers et saute à bas du cheval. La manœuvre est assez scolaire, remarque Leni, un peu lente, mais il ne faut pas trop en demander.

Excellent, lui dit-elle, vraiment remarquable.

Sans avoir le temps de remercier, Anna est confiée à la costumière et à la maquilleuse qui la prennent par la main pour la conduire dans la loge. Elle doit garder son calme, comme le lui a répété Herr Minetti durant le dernier quart d'heure – détends-toi, Anna, calme-toi, sinon le cheval sentira ton agitation et sera nerveux lui aussi.

On lui attache les cheveux avant de les rassembler dans un petit filet noir. On lui retire ses haillons de paysanne pour lui enfiler une blouse avec les manches au niveau du coude, puis une jupe tout en volants, franges et broderies. On la pare d'une petite chaîne agrémentée d'un crucifix, de bracelets cliquetants comme des sonnailles et de longues boucles d'oreilles en or. Enfin, des souliers attachés avec une lanière autour de la cheville qui lui vont à merveille. Tante Leni et elle font la même taille et la même pointure. Encore un signe, se dit Anna.

Quand on la ramène sur le plateau, tante Leni écarquille les yeux et dit bon sang, te voilà devenue une vraie Tsigane. Et elle n'a même pas l'air de plaisanter. Personne autour ne semble avoir saisi l'ironie, hormis Anna elle-même. À Maxglan, elle était une Tsigane. Il y a quelques minutes encore, une paysanne espagnole. À présent, par la magie du cinéma, elle est à nouveau une Tsigane, prénommée Marta. Comme toi, Leni. Comme moi.

Ma mère portera ce nom pendant vingt minutes environ, le temps de tourner sa scène. Puis elle te le rendra en même temps que ta jupe, tes bracelets, tes boucles d'oreilles en or et tes souliers. Toi, tu porteras ce nom en discontinu durant deux ans encore, jusqu'à l'automne 1943, quand le tournage de *Tiefland* se terminera enfin et que tu redeviendras Leni – même pas tante Leni, Leni tout court. Moi, même si je le voulais, je ne vois pas comment je pourrais cesser d'être Martha. C'est mon rôle à vie. Je l'interprète depuis que je suis née et je ne m'en sors pas si mal, tu sais, Leni ? Ici, dans l'eau, le script prévoit que je ne fasse absolument rien d'autre que respirer. Ce qui, à dix-sept mètres de profondeur, est déjà remarquable. Après toutes ces années, je ne cesse de m'en étonner encore. Être là au milieu des poissons, vivre comme eux. Je crois que l'essentiel est là, la véritable raison pour laquelle on plonge. L'air qu'on inspire, les bulles qu'on envoie à la surface. On les observe monter et on comprend, on voit qu'on est vivant. De là à croire que c'est gagné d'avance, il n'y a qu'un pas – que tu franchis facilement, Leni. Alors que moi, en restant simplement à ses côtés, j'ai appris par ma mère que ce n'est jamais gagné d'avance. Elle, elle l'a appris il y a soixante-deux ans sur le tournage de ton film.

Je la vois rejoindre sa position de départ, où l'attend déjà Bernhard Minetti. Un peu plus loin, hors champ, Juliana a été autorisée à assister à la prise de vues. Franz est au centre de la scène, attaché à une palissade. Marta la Tsigane devra courir vers lui, le détacher, le monter et partir au galop pendant que le marquis la poursuivra pour tenter de l'arrêter.

Anna sait que si elle reste en selle, si elle parvient à pousser Franz au galop sans se faire désarçonner, si elle ne se laisse pas rattraper, ses frères et sœur seront libres. Si Marta se sauve, eux aussi seront sauvés.

Elle demandera à tante Leni de les faire revenir. Et Leni acceptera, elle ne pourra pas refuser, elle le lui doit. Certains lui ont déjà parlé, les Winter, les Reinhardt, et elle leur a dit de ne pas s'en faire, que tante Leni s'en occupera. Elle le leur a promis.

Quant à ce qui se passera à la fin du tournage, la question est plus compliquée. Il est probable que les Krems et tous les autres figurants seront remis aux mains des SS, et que les portails de Maxglan se rouvriront pour eux. Mais on verra ça en temps utile, le plus important à présent, c'est que la famille se réunisse au plus vite, que Matthias, Agathe et Willi reviennent des bois.

Bernhard Minetti pose une main sur son épaule, ce qui la fait tressaillir. Pardon, lui dit-il, je ne voulais pas. Il essaie de la rassurer, lui suggère de respirer calmement, une technique pour ralentir le rythme cardiaque. Puis il lui fait réviser rapidement comment monter

Franz sans l'effrayer. Un geste à la fois, là est le secret, Anna. Ne pense pas à ce qui vient après, seulement à ce que tu fais à l'instant. Pied droit dans l'étrier, rênes dans la main gauche, main droite sur l'arçon. Tu dois être rapide, mais sans hâte, tu comprends ? Sinon, Franz le sentira et deviendra nerveux. Imagine que tu l'étreins avec tes jambes. Une légère pression et il avance. Une pression plus forte et il part au galop. Tout se passera bien, lui dit-il, tu monteras et vous partirez dans un beau galop. Comme c'est bizarre, se dit Anna, que le marquis lui-même encourage Marta dans ses intentions de fuite, lui qui l'aime à la folie et n'a aucune intention de la laisser s'échapper.

Tout est prêt, on n'attend plus que le coup d'envoi. Les cameramen sont derrière les caméras. L'une d'elles avancera parallèlement à Marta, la suivra de près en roulant sur deux rails qui s'interrompent soudainement à côté de la palissade où est attaché Franz. Encore un indicateur de ce que l'avenir proche réserve à Anna. Mais elle, trop occupée à éviter de faire un infarctus et à prendre de grandes inspirations, elle ne saisit pas ce signe-là, et heureusement – d'ailleurs, comment le pourrait-elle ?

Deux rails qui ne mènent nulle part, et finissent dans le néant. Ce néant, Anna le verra de ses propres yeux, comme tant d'autres avec elle, mais pour le moment rien ne presse, deux ans ou presque s'écouleront avant le départ de ce train. Pour l'instant, Anna s'appelle Marta et joue dans un péplum dirigé par la plus grande réalisatrice du monde, qui vient d'ailleurs de dire : Moteur, action.

Je ne sais pas exactement ce qui s'est passé juste après, ma mère ne me l'a pas raconté à l'hôpital, et je ne le lui ai pas demandé. Nous nous tenions par la main, mon poing fermé dans le sien. Elle avait l'air épuisée, il lui était de plus en plus pénible de parler à mesure que son récit touchait à son climax. Le temps pressait, ma mère sentait que le sien était compté, mais elle voulait arriver à la fin de l'histoire. Elle a donc survolé quelques détails.

Mais moi, Leni, je ne suis pas obligée. Notre temps aussi est compté, c'est vrai. Pourtant, je ne t'épargnerai aucun détail, là, sous l'eau, je n'omettrai rien, y compris mes reconstitutions ultérieures et mes déductions, mes tentatives pour combler les vides dans le récit de ma mère. C'est tout l'avantage d'être ici à pouvoir te parler à la manière des poissons. Quel temps on gagne, en communiquant comme eux ! Signaux sonores, messages à basse fréquence, impulsions électromagnétiques. J'ai la sensation d'être beaucoup plus intelligente dans le monde sous-marin, beaucoup plus pénétrante et intuitive, comme si, à force de nager, j'avais développé un nouvel organe aussi étendu que mon corps, un cerveau diffus pareil à celui des poulpes, qui me permet de comprendre mon environnement dans un rayon de plusieurs centaines de mètres – et j'imagine qu'il en est de même pour toi.

Il me suffit de diluer mon récit dans l'eau salée pour que ton organisme l'absorbe, mieux que si je communiquais par mots. Finalement, toi et moi avons notre propre manière de rester en contact, comme quand ma mère m'attirait à elle avec son appel sonore. À la différence près qu'il nous reste un peu de temps.

Je crois qu'à l'hôpital, dans sa décision d'omettre la scène du galop, la pudeur devait avoir sa part, en plus de la hâte. Ou alors, quelque chose d'encore plus insidieux.

Chevaucher Franz avait dû lui plaire. Je l'imagine en train d'éprouver un bonheur pur et absolu, au sens le plus authentique du mot, un bonheur détaché du contexte. Dois-je te le rappeler, ce contexte ? L'espace de quelques instants, elle avait oublié où se trouvaient Agathe, Matthias et Willi au même moment. Sa course effrénée et leur emprisonnement. La mise en scène d'un film et la réalité des camps de concentration, les costumes et les uniformes à rayures. Roccabruna qui se met soudain à exister plus que Ravensbrück, Buchenwald et Dachau. Comment la vie inventée de la Tsigane Marta a-t-elle pu prendre le dessus sur la vie réelle de ses trois frères et sœur ? C'est pourtant bien ce qui s'est passé. En selle sur le cheval Franz, ma mère avait été filmée sous trois angles différents, le cinéma l'avait capturée et elle s'était sentie heureuse.

À l'hôpital, en y repensant à la lumière de ce qui s'était passé ensuite, ce bonheur a dû lui sembler terriblement aberrant et hors de propos, honteux. Ce qui expliquerait pourquoi elle a omis de m'en parler.

Tout ce que je sais, c'est qu'elle a réussi à se hisser sur la croupe de Franz avant que le marquis ne la rejoigne, que le cheval est parti au galop et qu'elle, on ne sait trop comment, a tenu en selle. Je me suis bien débrouillée, m'a-t-elle dit. Rien d'autre. Et sur un ton qui m'a brisé le cœur.

En regardant le film, je n'ai pas compris comment elle en a été capable. Je l'ai vu quelques semaines avant ton arrivée, Leni. Et il m'a fallu prendre mon courage à deux mains. Pedro qui étrangle le loup, le marquis qui dévie le cours du torrent, Marta qui danse et ravit tous les cœurs. À la trente-neuvième minute, on la voit sur un cheval, un bai foncé comme celui décrit par ma mère. Mais Marta n'est pas la seule en selle. Le marquis tient les brides de Franz et, derrière lui, Marta est assise en amazone. À la cinquantième minute, le marquis entre dans la chambre à coucher de Marta, où il ne la trouve pas. Il l'appelle, la cherche partout, dans chaque chambre du château, puis découvre qu'elle s'est enfuie. Le moment de la fuite n'est pas montré, on ne voit aucune poursuite, aucune course à cheval – pour s'éclipser, Marta a simplement profité de l'absence du marquis. Peu après, quand on la voit grimper un sentier de montagne, Marta est à pied, Franz a disparu.

Ensuite, le marquis la retrouve et l'oblige à épouser Pedro, comme couverture. Au mariage, les paysans rient, se pressent devant l'église pour se donner des coups de coude quand le marié passe, lui lancent des regards de mépris et il n'y comprend rien, trop ébloui par la présence de Marta. Cette scène, je l'ai regardée dix fois, et même au ralenti, comme toutes les scènes de foule de *Tiefland*. J'ai fait des arrêts sur image, je les ai agrandis, j'ai cherché parmi les visages flous au second plan et aux bords des plans. Je les ai comparés, ces visages, avec ceux des photos de famille prises avant la guerre, les rares qui ont été sauvées. Mais je n'ai retrouvé ma mère nulle part ni ma grand-mère Juliana.

Pourquoi, Leni ?

Qu'est-ce qui t'a poussée, en phase de montage, à couper les scènes des figurants ? Voulais-tu éliminer les preuves ? Alors, pourquoi as-tu décidé de laisser les enfants, ceux qui suivent ton chariot, ceux qui te sourient en te voyant jouer des castagnettes ? Et les autres, les enfants qui lancent des pétales de rose au mariage du marquis ? Pourquoi eux et pas ma mère ? N'étaient-ils pas aussi compromettants qu'elle, voire plus, vu leur jeune âge ?

Dans *Tiefland*, la scène de ma mère à cheval est absente. Maintenant que j'ai compris comment fonctionne ton cerveau, je suis sûre qu'en visionnant la scène des paysans dans l'hôtel de Krün, tu ne l'as pas trouvée digne de finir dans ton film. Tu n'as pas trouvé Anna Krems si bonne que cela, après tout. Son bond pour rejoindre Franz n'a pas dû te convaincre. Plus qu'une fuite désespérée – as-tu sûrement pensé –, on aurait dit une course effrénée, à la Chaplin ou Buster Keaton. Et ses efforts pour se tenir agrippée à Franz ? Pathétiques. Le pauvre Franz a tout de suite deviné qui le montait et s'est comporté en conséquence. Il s'est limité à allonger le pas, bien loin de toute galopade. Et malgré tout, la jeune fille a manqué de tomber une demi-douzaine de fois, c'est un miracle qu'elle soit restée en selle. Elle a été courageuse, il faut bien le lui reconnaître. Mais de là à jouer comme une actrice, c'est une autre affaire.

Pas question de gâcher mon film, as-tu pensé. Marta disparaîtra comme ça, *pof*, sans que personne la voie. Les spectateurs s'en rendront compte plus tard en même temps que le marquis, tout simplement, quand il se mettra à la chercher dans les chambres du château. Il demandera à la gouvernante et elle lui dira qu'elle s'est échappée, point. Une doublure qui n'est jamais montée à cheval, une gamine : qu'est-ce qui m'est passé par la tête ?

N'y pensons plus, c'était une tentative. Une expérimentation, pourrais-tu dire – si ce mot, dans ta bouche et celle de tes semblables, n'avait pas une tonalité si sinistre.

Mais avec les enfants, c'est une autre histoire, n'est-ce pas, Leni ? Sur l'écran, ils paraissent toujours authentiques, naturels, spontanés. Les enfants ne jouent pas, là est leur force. Celle des montagnes, du loup étranglé par Pedro et même de Pedro – techniquement, lui non plus ne semble pas jouer. Et c'est bien là le problème. Avec les enfants, les loups, les montagnes et les gens comme Pedro, tout sonne plus vrai.

Voilà pourquoi tu ne pouvais pas renoncer aux petits Tsiganes. Et en effet, dans la version définitive du film, tu as voulu les garder, quitte à en payer les conséquences des années plus tard, dans les salles des tribunaux. On te demanderait où tu les avais récupérés, comment tu les avais traités, si et combien ils avaient été payés pour leur travail, s'ils y avaient été forcés. À ces questions, tu répondrais qu'il suffisait de jeter un œil au film. Regardez ici, et ici, et ici : ne voyez-vous pas comme ils sourient, comme ils ont l'air contents ?

Et après, Leni ?

Est-ce qu'ils souriaient encore quand tu as cessé de les filmer ? Quand tu les as rendus aux SS, avaient-ils l'air contents ? Savais-tu à quel destin tu les condamnais ?

Je les ai revus, écris-tu dans ton autobiographie. Les Tsiganes qui avaient participé à mon film, je les ai presque tous revus après la guerre. Ils m'ont raconté que le travail sur le plateau avait été la période la plus enthousiasmante de leur vie. Personne ne les obligeait à exprimer un tel jugement.

C'est vrai, Leni, personne ne les y obligeait. Et, même avec la meilleure volonté du monde, on n'aurait pas pu les y obliger, puisque presque tous les Tsiganes de *Tiefland* avaient été assassinés dans les camps d'extermination. Alors comment aurait-on pu les obliger après la guerre ? Les morts ne font pas de déclaration, on ne peut pas les y forcer, seulement leur attribuer des phrases qu'ils n'ont jamais prononcées, et espérer s'en tirer à bon compte, n'est-ce pas, Frau Riefenstahl ? Que répond l'accusée ?

À l'heure actuelle, l'accusée n'est pas en mesure de faire des déclarations. Les rameaux de corail, les poissons dorés, les perles, les coquillages bariolés. Nous sommes dans une salle d'audience un peu spéciale, Leni – un tribunal sous-marin. Un palais de cristal transparent, comme l'écrivait ton Heine adoré.

Au point où nous en sommes, tu dois te demander ce qui me passe par la tête, si je veux juste t'effrayer ou si j'ai l'intention d'aller plus loin, jusqu'au bout. Dans ce cas-là, en aurai-je le courage ou bien changerai-je d'avis au dernier moment ?

Et toi, Leni ? Quand tu étais à ma place et disposais du même pouvoir, as-tu eu des regrets ou non ?

Inutile de regarder dans cette direction, personne

ne viendra par là. Certes, sur le bateau, ils ont dû s'apercevoir de notre retard, Horst est peut-être en train de vérifier sa montre, inquiet, et de demander au capitaine d'allumer le moteur pour s'approcher de la zone de plongée. Mais où irait-il, précisément ? Pourquoi ne voit-il plus la bouée de signalisation ?

Je n'ai peut-être pas ton expérience sous-marine, mais tu sais, Leni, je ne suis pas totalement naïve. Alors, tout à l'heure – tu ne pouvais pas me voir –, j'ai dénoué le fil et laissé partir la bouée à la dérive. Avec ce courant, qui sait où elle se trouve à présent. Ce genre d'incident arrive même aux plongeurs les plus expérimentés. C'est bien connu, plus on se sent sûr de soi, plus on baisse la garde. Tu sais de quoi je parle, c'est par excès de confiance que tu t'es laissé piéger.

Je dirai à Horst que je ne m'en suis pas aperçue, ou bien que je l'ai fait exprès, que je me suis libérée de la bouée parce qu'elle me gênait. Je devais essayer de te sauver, et en me faufilant à ta suite là-dessous je risquais de m'enchevêtrer à mon tour. Voilà ce que je lui raconterai.

Tu ne peux pas le voir à présent, mais cinquante centimètres au-dessus de ta tête, sur le toit de la corniche dans laquelle tu es piégée, se trouve un merveilleux corail noir, blanc à l'extérieur, avec un squelette noir. Certaines colonies de la Méditerranée sont âgées de deux mille, voire trois mille ans. Elles ont commencé à se ramifier à l'époque des pharaons et ont perduré jusqu'à aujourd'hui. Les coraux noirs ont tout leur temps. Tu recommences à t'agiter, tu as dû regarder le manomètre et ce que tu as vu n'a pas dû te plaire. Ton temps s'envole, le mien se dilate de plus en plus.

Cinq minutes, Leni – ces cinq minutes que tu as accordées à ma mère. On est en 2003, mais on est aussi en 1941. Pour un corail de trois mille ans, ça ne fait aucune différence. Ma mère qui descend de cheval et vient à ta rencontre, toi qui l'accueilles avec un sourire. Dans l'éternité des coraux, cette scène a lieu dans un présent perpétuel.

Bon sang, lui dit-elle, tu as été phénoménale.

Tu mens. Tu ne penses pas du tout qu'elle a été phénoménale. Peut-être as-tu déjà décidé de couper la scène. Le plus important maintenant est de te débarrasser de la jeune fille, de la renvoyer à sa mère heureuse et contente, elle pourrait t'être encore utile, on ne sait jamais.

Vraiment, dit-elle, tu nous as ébahis.

Excitée comme elle est, encore bouillonnante d'adrénaline et tout le corps parcouru de frissons, Anna y croit.

Tout à l'heure, quand elle montait le cheval Franz, elle a éprouvé la sensation de vivre une aventure qui transgressait son univers – celui qu'elle avait connu jusqu'à l'instant où elle s'était lancée au galop. À chaque mètre dévoré par Franz, chaque fois qu'entre deux appuis elle restait suspendue en l'air, Anna sentait un vide magnifique s'ouvrir en elle, dans son estomac, sa tête, ses jambes. Tout ce qui se trouvait devant elle se rapprochait à un rythme de plus en plus endiablé, l'avenir courait à sa rencontre, claquait contre ses vêtements et, un instant après, se retrouvait derrière elle. En même temps, la réalité se désagrégeait, comme si les sabots de Franz la brisaient à force de piétiner la terre. À la fin ne sont restées que des impressions dérobées et des pointes de vitesse, un sentiment en lien avec la liberté.

Bernhard, n'a-t-elle pas été merveilleuse ?

Et comment. Elle m'a fait avaler un sacré paquet de poussière.

Bien fait pour toi, ça t'apprendra à mieux te comporter. Maintenant, file dans la loge. Cette jeune fille t'a vraiment mis en loques. Je veux que tu me reviennes ici comme neuf.

À vos ordres, dit le marquis. Il serre la main d'Anna, la félicite et s'éloigne.

Tante Leni fait un signe en direction de la loge. Quand il aura terminé, tu pourras y aller à ton tour, d'accord ?

D'accord, dit Anna, entendu. Elle voudrait courir dans les bras de sa mère, lui raconter sa course sur la croupe de Franz et qu'elle lui raconte la scène vue de l'extérieur. Mais rien ne presse, Anna rejoindra sa mère plus tard. D'ailleurs elle aussi, comme le marquis, a de la poussière partout, sur ses vêtements, ses jambes, son visage. Une mèche de cheveux s'est échappée de son filet. Alors moi aussi, se dit Anna, j'aurai besoin d'un petit passage par la loge, après Herr Minetti.

À ce moment-là – et elle en aura honte tout le restant de ses jours –, l'idée la traverse qu'elle est devenue l'une d'entre eux, une collègue de Bernhard Minetti, une jeune actrice dirigée par Leni Riefenstahl. Elle a été phénoménale, la scène était très difficile, mais elle a ébahi tout le monde, elle a été merveilleuse. Elle entrera dans la loge et la coiffeuse s'occupera de ses cheveux. Puis ce sera au tour de la costumière, qui ajustera sa robe. Et enfin, Marta pourra revenir sur le plateau comme neuve.

En réalité, quand elle lui a indiqué la loge, tante Leni avait une autre intention. Anna devra seulement s'y déshabiller – adieu la jupe de Marta, les souliers, les boucles d'oreilles en or et les bracelets –, elle devra tout retirer et remettre ses haillons, ceux de paysanne espagnole. Anna ne l'a pas encore compris, elle pense qu'elle doit se préparer pour une autre scène dans le rôle de la Tsigane Marta. D'autant plus que tante Leni est encore bloquée ici sur cette chaise avec la cheville gonflée.

Deux cameramen plaisantent ensemble, l'un des

sbires du marquis s'est allumé une cigarette. Même le directeur de la production est en train de fumer, tandis que l'assistant réalisateur profite de la pause pour parler au meunier, car ce sera bientôt à lui. Nulle trace de la frénésie de tout à l'heure. La tension s'est évanouie d'un seul coup à la fin de la prise, et les deux univers, le réel et le factice, Roccabruna et Krün, sont de nouveau entremêlés. Bernhard Minetti se dirige calmement vers la loge. Même tante Leni a l'air assez détendue.

Et si j'y allais maintenant, se dit Anna, dans cette sorte de trêve entre deux prises. Tante Leni est restée seule. Elle n'a rien d'autre à faire que garder sa cheville au repos, on dirait qu'elle ne pense même pas à la prochaine scène. Je sais ce que je vais lui dire : Tante Leni, je peux te parler ? Ce ne sera pas difficile – pas plus difficile que galoper, en tout cas. La prouesse la plus ardue est déjà derrière Anna, c'est du moins ce qu'elle croit.

Hé, lui dit tante Leni, qu'est-ce que tu fais plantée là ? C'est normal, tu sais ? Une baisse de tension, c'est l'adrénaline qui quitte ton corps.

Tante Leni, je…

Tante Leni ? Mon Dieu, elle est bien bonne. La voilà qui m'appelle tante Leni. Tante Leni, c'est juste pour les enfants, qu'est-ce que tu croyais ? Et toi tu n'es plus une enfant, me semble-t-il.

Je suis désolée, je ne voulais pas vous manquer de respect.

Oublie ça, peu importe.

Vraiment, je ne voulais pas.

Je t'ai dit que ça ne fait rien. Tu ne vas pas te mettre à pleurer, maintenant ?

Non, bien sûr que non.

Il n'y a vraiment pas de quoi, tu sais ? Quel âge as-tu, déjà, seize ans ? Eh bien, à seize ans on ne devrait plus pleurnicher, surtout face à une femme. Il ne faut jamais se montrer si fragile. Avec les hommes c'est différent, avec eux ça peut servir. Ils sont désarmés par les larmes d'une femme. Dis-moi, as-tu un petit ami ?

Un petit ami ?

Un petit ami, oui. Je parie que tu en as un. Allez, avec les jambes que tu as, tu dois faire tourner les têtes, je me trompe ? Alors, oui ou non ?

J'en avais un, dit Anna, le regrettant aussitôt. Elle ne veut pas parler de ça, elle ne veut pas perdre de temps à discuter de la beauté de ses jambes, ou de tactiques féminines, ou du petit ami qu'elle avait avant d'être déportée à Maxglan. Elle s'en fiche.

Bien, dit Leni, tant pis. Tu en trouveras un autre, j'en suis sûre. Après tout, les hommes vont et viennent. À propos, je me demande quand Bernhard va revenir. Après on nous dit que nous sommes lentes, nous les femmes, mais Bernhard ? Un vaniteux de première catégorie, moi je te le dis. Chaque fois qu'il s'enferme dans la loge, il n'y a pas moyen de l'en sortir.

Leni soupire, une ouverture dans ce flot de paroles. Anna comprend qu'elle doit s'y faufiler à tout prix. Maintenant ou jamais plus, se dit-elle en son for intérieur.

Excusez-moi, Frau Riefenstahl, je voulais vous demander une chose. Ah, pense Leni, nous y voilà.

Une faveur. J'espère tellement que vous pourrez m'aider.

Il n'y a pas à dire, cette fille ne manque pas d'à-propos. Et elle a montré une fois de plus qu'elle a du caractère – n'est-ce pas, Leni ?

Tout à l'heure, quand tu l'as remise à sa place, elle a accusé le coup, mais ne s'est pas découragée. Puis elle ne s'est pas laissé distraire par tes bavardages sur le fiancé, ni par tes compliments sur ses jambes. C'est une coriace. Malgré toi, elle continue de te plaire. Alors, assise là sur ton trône de réalisatrice, tu lui dis que non, tu n'as aucune intention de lui faire une faveur.

C'est du bluff. Juste pour le plaisir de voir comment elle réagit, si elle prend peur, si elle s'agenouille. Mais rien, elle reste là à attendre ta prochaine manœuvre. C'est quelqu'un qui sait attendre.

Il n'est pas question de demander des faveurs, lui expliques-tu calmement, mais de recevoir une récompense, une juste récompense. Tu l'as bien méritée, non ?

La jeune fille sourit, hoche la tête et sourit encore.

Tu ferais mieux de te dépêcher, parce que j'ai un film à réaliser. Tu as exactement cinq minutes, ajoutes-tu en consultant ta montre. Pas une seconde de plus, d'accord ?

La jeune fille acquiesce à nouveau.

Allez, de quoi s'agit-il ?

J'ai une sœur, te dit-elle, elle s'appelle Agathe et elle est à Ravensbrück. Et, tandis qu'elle parle, tu admires son sang-froid, la façon dont elle t'en parle. Elle ne tourne pas autour du pot, elle n'essaie pas de te flatter ou de susciter ta compassion. Elle expose juste les faits. Elle a mérité une récompense et maintenant elle la reçoit, comme tu le lui as suggéré avec ta petite leçon à l'instant. Anna Krems l'a comprise tout de suite, d'ailleurs c'est quelqu'un qui apprend vite.

Mais elle ajoute qu'elle a aussi deux frères, Matthias et Willi, l'un à Dachau et l'autre à Buchenwald. Et ça, *a priori*, tu ne t'y attendais pas. Tu lui as parlé d'une récompense, tu pensais avoir été claire. Or voilà qu'en plus d'Agathe, ces deux autres apparaissent, Matthias et Willi.

Eux aussi ont été déportés, t'explique-t-elle. C'est bien le mot qu'elle prononce, « déportés ». Pas « transférés » ni « détachés » ou « déplacés », non. Tu continues d'apprécier sa franchise, d'autant plus que tu n'as jamais pu supporter les euphémismes d'une certaine bureaucratie. Par exemple, pour obtenir ces Tsiganes, tu as dû signer tu ne sais plus combien de paperasses, par exemple « la compensation pour le travail effectué sera de sept reichsmarks par jour, somme qui sera versée non pas directement aux Tsiganes, mais au Fonds général des Tsiganes de Salzbourg » – une façon comme une autre de dire que les premiers concernés n'en verraient pas un centime. « Ces ressources, poursuivait le contrat, serviront à couvrir les frais généraux à Maxglan dans le cas où le transfert des Tsiganes en Pologne devait être reporté. » Ce qui, traduit dans le langage des SS, signifie que ce n'est qu'une question de temps. Tôt ou tard les Tsiganes seront jetés dans les camps de concentration, et jusqu'à ce moment-là ils devront se prendre en charge eux-mêmes. Et puis qui sait, peut-être paieront-ils aussi le voyage de leur poche – le « transfert », comme l'appellent les SS.

Alors d'un côté tu es d'accord avec Anna Krems, « déportés » rend effectivement bien mieux l'idée ; mais de l'autre, tu commences à te demander si la jeune fille ne serait pas une insolente, si elle n'abuse pas un peu de la situation.

Frau Riefenstahl, te dit-elle, et tu comprends que nous en sommes au plaidoyer final. À cet instant tu sais aussi ce que contiendra ce plaidoyer, tu le sais et pourtant tu la laisses continuer, tu ne l'interromps pas, car tu es vraiment curieuse de découvrir quels mots elle utilisera, cette fois-ci.

Tout à l'heure, quand je montais le cheval Franz, je

me sentais comme si… mon Dieu, Frau Riefenstahl, excusez-moi, je ne sais vraiment pas vous expliquer comment je me sentais, je n'en suis pas capable. Je sais juste que c'était incroyable, l'expérience la plus palpitante de ma vie, dit Anna Krems, te déconcertant une fois de plus.

Où veut-elle en arriver ? te demandes-tu. Quel rapport avec Franz ? Et pourquoi se met-elle à jouer avec ses bracelets ?

Pouvoir être Marta l'espace de quelques instants – votre Marta, Frau Riefenstahl. M'habiller comme vous, porter vos bijoux. Une femme si belle que tout le monde lui court après, même un marquis, quelqu'un qui habite dans un château. Voilà, je voudrais pouvoir leur dire à eux aussi, tout raconter à Agathe, à Willi et à Matthias.

Tu la regardes dans les yeux, ses yeux verts, et elle soutient ton regard. Tu attends qu'elle continue, qu'elle te dise haut et fort ce qu'elle veut de toi, mais elle ne semble pas vouloir ajouter autre chose, pas pour le moment. Elle te laisse en tirer les bonnes conclusions. Et à la fin, chose qui ne t'était peut-être pas arrivée depuis ta dernière rencontre avec Hitler, à la fin c'est toi qui baisses les yeux.

Tu jettes un coup d'œil à ta montre – cinq minutes, ça lui a vraiment pris cinq minutes, peut-être un peu moins –, mais de qui se moque-t-on, Leni ? Tu n'as consulté ta montre que pour dissimuler, tu ne voulais pas t'avouer à toi-même que tu avais détourné le regard la première.

Et cela te met en rage.

Tu ne sais pas que pour le peuple d'Anna – mon peuple –, regarder quelqu'un dans les yeux n'est pas un signe de défi, mais bien l'exact contraire. Cela signifie reconnaître l'autorité de celui qui est en face de vous, lui faire comprendre que vous avez confiance en lui, que vous l'admirez et que vous croirez en ses mots.

Mais tu n'en as aucune idée, les us et coutumes des autres peuples ne t'intéressent pas tant que ça – pas encore, en tout cas. Des années passeront avant que les circonstances ne te forcent à changer de métier, à arpenter de long en large les hauts plateaux du Soudan en quête des insaisissables Noubas, tes Noubas. Eux oui, tu te passionneras pour eux, et eux s'attacheront à toi, surtout les enfants, *Leni buna Nuba*, *Leni basso*, Leni est revenue et nous aime, *Leni basso*, *Leni basso*.

Mais les Tsiganes n'ont rien de spécial, si ce n'est qu'ils peuvent passer pour des paysans espagnols. Et c'est ce qu'elle est, une Tsigane, une simple gamine de seize ans. Tu lui diras que tu as changé d'avis, pas de récompense, je suis désolée, ça t'apprendra à te conduire correctement. Tu es sur le point de le dire lorsque tu as une meilleure idée.

Anna étouffe, elle retient sa respiration depuis qu'elle s'est tue. Elle te voit à présent fermer à peine les yeux, entrouvrir les lèvres, son cœur va exploser.

Willi, Agathe et Matthias, dis-tu en comptant sur tes doigts. Je croyais qu'on était d'accord, Anna. Une récompense – une seule, tu as compris ? Là, si je ne me trompe pas, ça fait trois récompenses.

Oh, non, Frau Riefenstahl, s'il vous plaît.

Je suis désolée, mais je ne peux pas te satisfaire, je n'ai pas ce pouvoir-là. Tu devras donc choisir.

Ne me faites pas ça.

Nur einer, lui dis-tu. Tu pourras en faire revenir un seul.

Idole mauresque

Cœur qui bat lentement vit longtemps – le savais-tu, Leni ? Dans la nature, longévité et fréquence cardiaque sont inversement proportionnelles. Le cœur d'une tortue bat six fois par minute, ce qui lui permet de vivre jusqu'à cent cinquante ans – un demi-siècle de plus que toi. Les colibris, avec une fréquence de six cents pulsations par minute, vivent six mois. Le cœur d'une musaraigne pygmée américaine, qui vit encore moins longtemps, bat mille deux cents fois par minute, seize battements par seconde. Un cœur humain au repos a une fréquence de soixante à cent battements. Le mien est à soixante-dix en ce moment, d'après le cardiofréquencemètre. Je suis au repos, et je me sens assez tranquille. Ta fréquence à toi a dû largement dépasser les cent pulsations, ce qui n'est pas un problème en soi, si ce n'est que lorsque le cœur accélère, la consommation d'air en fait autant.

Le cœur de Matthias Krems pouvait battre jusqu'à quatre cents fois par minute, presque au rythme de celui d'un criquet en bonne santé – fréquence cardiaque, quatre cent cinquante ; espérance de vie, trois ans. Ces crises étaient aussi sporadiques que fulgurantes. Soudain, Matthias s'affalait par terre, en proie à de violentes palpitations, vertiges, étourdissements, asphyxie.

Un instant avant de te répondre, ma mère a dû penser aux crises de tachycardie qui laissaient son frère à bout de souffle. Jusqu'à ce jour, elle n'avait pas compris à quel point celles-ci étaient terribles. À présent, grâce à toi, elle parvenait enfin à partager ce qu'éprouvait Matthias durant ses crises.

Était-ce là ta volonté, Leni ? Lui couper le souffle ? L'effrayer à mort ? T'avait-elle mise en colère à ce point ?

Je peux imaginer que tu n'avais pas d'intention précise, et que tu ne t'es pas rendu compte du dilemme que tu lui posais – il t'a échappé. Le tournage devait reprendre, tu étais pressée, distraite par la préparation de la prochaine scène. Alors tu as dit à Anna la première chose qui te passait par la tête. Avec toi tout est possible. Admettons que tu n'aies pas prêté attention au sens de tes mots ; dans ce cas, je me demande si, dans certaines circonstances, l'inattention n'est pas pire que la cruauté. Les « je ne savais pas » des nazis à Nuremberg – en as-tu entendu parler, Leni ? Maintenant que j'y pense, tous tes « je ne pouvais pas savoir », étalés dans tes interviews, livres et salles de tribunaux nazis. Tes « je n'en avais aucune idée », « je ne me suis jamais occupée de ces choses-là », « je tournais un film et je n'ai rien remarqué du tout ». As-tu réellement détruit la vie d'Anna Krems par simple distraction ?

Je n'étais pas sur ce plateau de tournage, je ne peux faire que des suppositions. Même ma mère ne pouvait s'expliquer ton comportement – je ne comprends toujours pas, me disait-elle à l'hôpital, je ne comprends pas pourquoi elle a fait ça.

Était-ce un énième test, pour voir si Anna surmonterait cette nouvelle épreuve, la plus difficile, après la course au galop ? Voulais-tu mettre à l'épreuve le courage d'une Tsigane ? Encore une expérimentation ?

Un instant plus tôt, tu l'avais sauvée, aussitôt après tu la torturais. Anna n'avait jamais assisté à un changement si brutal, contrairement à moi, qui ai assisté une fois à une scène de ce genre. C'était il y a deux ans environ. Je suivais un poisson-ange, quand une pierre s'est ouverte et l'a englouti. Je te jure, Leni, c'est à ça que j'ai pensé en premier, à une pierre qui avait avalé un poisson avant de reprendre aussitôt sa place, comme si de rien n'était. Pourtant elle avait bien bougé, on le comprenait aux remous de sable qui flottaient encore à mi-hauteur, une sorte d'écho visuel. Comment se sent-on, me suis-je dit, quand on est englouti par une pierre ?

Évidemment, ce n'était pas une pierre. Mais pour s'en rendre compte, il faut avoir le regard bien entraîné.

Le corps de la *Synanceia verrucosa* est recouvert d'incrustations charnues et d'excroissances semblables à de petites algues. Immobile, se confondant avec les roches du fond, elle attend qu'une proie arrive dans les parages. Quelques millièmes de seconde plus tard – 0,015, exactement –, c'en est fini. La proie déjà engloutie, le poisson-pierre de nouveau impossible à discerner.

S'il se sent en danger, il sort ses treize épines dorsales, la crête la plus mortelle du monde sous-marin. Son poison contient une toxine qui provoque des difficultés respiratoires, la paralysie et la tachycardie. Vous le piétinez, et en l'espace de deux heures vous êtes mort.

Qu'est-il arrivé ce jour-là, Leni ? T'es-tu sentie menacée par Anna Krems au point de sortir tes épines ? Ou bien as-tu utilisé l'autre tactique ? Assise là sur ton siège de réalisatrice, tu t'es forcée à paraître accommodante, douce, innocente comme un caillou, et dès que ma mère s'est approchée, tu n'en as fait qu'une bouchée. En est-il ainsi ?

Avons-nous enfin trouvé à quelle espèce tu appartiens ?

Tu as tenu parole, il faut le reconnaître. Le tournage de *Tiefland* s'est achevé, le plateau a été démonté. Au moment où tes figurants rentrent à Maxglan, Matthias réapparaît sur la place du *Ziege Sommerlager*. On est au mois d'octobre 1941, et Anna, tout en serrant son frère dans ses bras – ou ce qu'il en reste après sa détention à Dachau –, essaie de se persuader qu'elle a pris la bonne décision, du moins la plus logique. Matthias est si fragile qu'on dirait qu'il pourrait se briser. Anna ne pouvait pas ne pas le choisir, lui. Mais cela ne l'aide pas à s'apaiser, à dénouer le nœud dans sa gorge chaque fois qu'elle se revoit décrétant son salut aux dépens des deux autres, Agathe et Willi. C'est irréel, se dit Anna dans les moments les plus sombres, je n'ai pas pu les condamner. Mais c'est bien ce qu'elle a fait, et même le retour de Matthias ne peut effacer cette évidence. Pourtant, dans un recoin de son esprit, perdure la conscience de n'avoir pu agir différemment. Elle y a été obligée, et c'est à ce point d'appui qu'Anna s'agrippe pour survivre et ne pas étouffer sous la culpabilité.

Que pouvais-tu faire d'autre ? lui répète Juliana. C'était le mieux à faire, Matthias était le plus démuni. Et quand elle prononce ces mots, on peine à savoir qui elle essaie de convaincre, Anna, elle-même, ou toutes les deux. Oui, sûrement toutes les deux. Que Dieu me pardonne, et que mes enfants puissent me pardonner, surtout… Moi aussi, j'aurais choisi Matthias. N'importe qui d'autre aurait pris cette décision, Agathe et Willi aussi. S'ils avaient pu, ils auraient été les premiers à se sacrifier pour leur frère, tu sais. Nous avons choisi le plus faible, c'est ainsi.

Anna se souviendra de ces mots deux ans plus tard, sur le quai d'une gare. Nous sommes à l'automne 1943, et tandis que toi, Leni, tu montes ton film dans un superbe chalet de Kitzbühel réquisitionné à cet effet par Martin Bormann et Albert Speer, les Krems s'alignent avec les autres. Cinq ou six SS avec des molosses en laisse s'occupent de serrer les rangs. Si quelqu'un se penche en avant, se retourne ou s'attarde à poser des questions, les SS relâchent leur prise et les chiens se lancent contre l'indiscipliné de service en lui montrant les crocs. Ici ça grouille de loups, pense Anna, et il n'y a aucun Pedro pour les affronter.

Au fond, un docteur en blouse blanche qui deviendra bientôt célèbre, assis derrière une table. Lorsque le tour des Krems arrive, il saisit leur problème en un regard. Les deux femmes ont l'air en bonne santé malgré le voyage, elles iront donc à gauche. On indique la droite au garçon, comme à tous ceux qui ne tiennent plus debout. C'est alors qu'Anna se rappelle les mots de sa mère : on choisit toujours les plus faibles, c'est ainsi. Un frisson inexplicable sur le moment parcourt son échine. Mère et fille viennent de passer le casting, le deuxième de leur vie, même s'il ne s'appelle pas casting ni audition, mais plutôt *sélection*, comme Anna et Juliana le découvriront plus tard dans leur nouveau domicile, secteur BIIe d'Auschwitz-Birkenau, baraquement 19.

On leur attribue une place dans l'une des innombrables couchettes – déjà bondées – à trois étages, comme le lit superposé où, en 1926, vous avez passé la nuit, toi au milieu, Leni, l'acteur Luis Trenker en bas et le cameraman Hans Schneeberger en haut. T'en souviens-tu ? Quand Schneeberger s'est endormi, tu es descendue voir Trenker. Quand Trenker s'est endormi, tu es montée voir Schneeberger. Anna et Juliana s'installent toutes les deux en bas, ici aussi la promiscuité est de rigueur.

Puis elles se mettent à échanger des impressions avec leurs nouveaux voisins, des Sinté et des Roms comme elles. Les nazis ont été très ordonnés. Les Juifs dans un secteur, les Tsiganes dans un autre, les opposants politiques et les prisonniers de guerre dans un autre encore. Pour établir à quelle espèce vous apparteniez, la taxonomie venait à la rescousse, rien de très approfondi, juste de vagues notions. Tu as un grand nez et de grosses lèvres ? Alors tu es un Juif. Tu as la peau basanée, une tête à claques et des bracelets aux poignets ? Dans ce cas tu dois être un Tsigane, ça c'est ton secteur et les bracelets, on les garde.

Anna et Juliana entendent parler pour la première fois de sélection par la voix de spécimens de la même espèce qu'elles. Et lorsqu'elles demandent ce que sont devenus les autres, ceux qui ont été envoyés à droite, les hôtes du baraquement 19 ne font pas dans la dentelle. Ils se contentent de leur indiquer la fumée en haut de la cheminée du Krematorium V, qui se trouve à deux cents mètres à peine. Ils ne prononcent pas le mot de cheminée, ils l'appellent *Ausgang*, sortie, car à Birkenau c'est en effet la seule manière de sortir.

À ce moment-là, il se met à neiger. Chaque fois que j'y pense, je ne peux m'empêcher d'imaginer ma mère attrapant au vol un flocon de neige, tâtant sa consistance entre son pouce et son index, et s'apercevant que non, il ne s'agit pas de neige. Je me demande si elle s'est rappelé alors le signal sonore que lui avait appris Juliana – et qu'à son tour elle m'apprendrait bien des années plus tard. Anna Krems a-t-elle essayé de lancer son appel tandis que les cendres de son frère neigeaient sur elle ?

Puis je me dis qu'au fond, Matthias Krems aurait pu endurer bien pire. Il a vécu jusqu'à ses dix-neuf ans, seize de plus qu'un criquet, ce qui n'était pas gagné d'avance vu son état de santé.

Quelle erreur monumentale, n'est-ce pas, Leni ? Comment peut-on choisir le plus faible, celui qui a une fréquence cardiaque de quatre cents battements par minute et qui était déjà condamné d'avance ? Tu parles d'une bonne décision. Ma mère n'aurait pas pu se tromper plus lourdement.

Il lui aurait suffi de regarder autour d'elle quand elle était encore en condition de le faire, avant qu'on la jette dans cet hippodrome puis à Maxglan. Elle se serait rendu compte que les faibles n'étaient plus très nombreux. En Autriche et en Allemagne, le vent avait tourné dès 1933, et désormais, au lieu de prendre en charge les faibles et de les soigner, on les éliminait. C'était la nouvelle manière.

Les deux autres auraient pu survivre.

Agathe et Willi.

Ils auraient été envoyés à gauche, se dit ma mère à Birkenau.

Elle ne peut pas savoir qu'à cette époque, ils sont déjà morts tous les deux, on ne sait quand exactement. Peut-être pendant que Juliana, Matthias et elle se trouvaient à Maxglan. Ou peut-être même avant, en octobre 1941, pendant le tournage de *Tiefland* à Krün, le tournage où Anna chevauchait Franz. Si Agathe et Willi étaient déjà morts, Anna n'aurait pu les sauver, pas même si elle avait choisi l'un d'eux au lieu de Matthias. Mais à quoi bon faire des hypothèses ?

Le plus important, c'est qu'à l'ombre du Krematorium V, ma mère se persuade définitivement qu'elle a fait le mauvais choix. Par sa faute, ils sont tous morts, Agathe à Ravensbrück, Willi à Buchenwald et Matthias à Auschwitz.

Je me disais aussi, Leni… ce n'est qu'une suggestion, une de ces idées tordues qui vous viennent dans les profondeurs quand la narcose se déclenche ou que l'air commence à se raréfier. Je me disais qu'il est tellement dommage qu'en novembre 1943 tu te sois trouvée à Kitzbühel au lieu de Birkenau, car tu aurais pu tourner une scène magnifique. Je le dis sérieusement. Une scène dans le genre de celle du *Triomphe de la volonté*, où cinquante-deux mille jeunes camarades allemands se demandent les uns les autres d'où ils viennent – *woher kommst du, Kamerad ? Aus Friesland. Und du, Kamerad ? Aus Bayern. Und du ? Aus Pommern, aus Schlesien, von der Donau, vom Rhein...* Tu vois ce que je veux dire, non ? Ici, à Birkenau, tu aurais pu faire un beau premier plan d'Anna Krems et lui demander : Où est mort ton frère, jeune fille ? Et elle t'aurait répondu : À Auschwitz. Et ton autre frère ? À Buchenwald. Et ta sœur ? À Ravensbrück. Et ta mère ? Ma mère pas encore, mais dans deux mois elle attrapera le typhus et elle aussi tombera du ciel sous forme de cendres, t'aurait répondu Anna Krems, qui a été rebaptisée entre-temps Z-6571.

Tu as toujours affirmé que tu n'avais aucune idée de tout cela. Aujourd'hui, j'ai la sensation qu'au contraire, tu le savais très bien. Présentement, tu expérimentes ce que signifie vivre dans la terreur, ne pas être libre de mener ta vie, la savoir entre les mains de quelqu'un qui peut en disposer à son gré. Et je sais parfaitement que c'est une injustice, une violence si écrasante que tu aurais envie d'y mettre un terme. Or, tu n'as jamais capitulé de toute ta vie, et tu n'as certainement pas l'intention de commencer maintenant. Te voilà donc en train de lutter, de te démener de toutes tes forces, et il est stupéfiant de voir à quel point tu en as encore. Tu soulèves à nouveau un nuage de sable, tu troubles les profondeurs, ce qui est très mauvais pour tes photos. Il faut que le sable se dépose et qu'aucune impureté ne vienne salir l'objectif. Or vois-tu à quel point la mer des Maldives est souillée à présent ? Inimaginable. La mer la plus transparente du monde est désormais contaminée par toutes ces horreurs, Leni. À ce sable maldivien magnifique se sont mêlées les cendres du Krematorium V d'Auschwitz-Birkenau, le fil barbelé s'est emmêlé dans les coraux, bientôt tu mourras asphyxiée et mon horreur s'ajoutera à toutes celles du passé. À ce propos, c'est aussi ma faute si l'eau est si trouble qu'un poisson passe devant moi sans que je le reconnaisse. C'est peut-être un chirurgien, ou bien un poisson-papillon. Non, il est trop petit pour être l'un ou l'autre. Le vois-tu, Leni ? Sais-tu à quelle espèce il appartient ? Il doit chercher de la nourriture dans le sable que tu as remué, il fait des va-et-vient sans paraître pour autant indécis. Il trace sa route, avec sa queue voyante. Non, attends, ce n'est pas sa queue, le sable redescend et la vue s'éclaircit, c'est une nageoire, la nageoire dorsale qui continue bien au-delà du corps du poisson et qu'il semble avoir oubliée, comme si elle ne lui appartenait plus, disait ma mère. Je crois que c'est mon préféré, disait-elle, il est si drôle avec ces rayures jaunes et noires et sa forme de flèche pointue, et il te ressemble, tu sais, Martha ? Quand tu dors, surtout, et que tu as un de ces airs grincheux, ou que tu perds tes écharpes dans la rue. Pourtant toi aussi tu sais toujours où aller, tu sais ce que tu veux, et à coup sûr tu ne vas pas passer à l'acte, Martha. Tu n'es pas comme ça, toi et moi ne sommes pas comme ça, et nous ne le deviendrons jamais, quelle que soit la douleur qu'on nous ait infligée. Malgré toutes les atrocités que nous avons subies, nous sommes capables de sauver jusqu'à la vie de celle qui nous l'a détruite, de tendre la main à celle qui nous a dit il y a bien des années *un seul*. Et sais-tu pourquoi, Martha ? Parce que nous sommes tous faits de terre – toi, moi, Leni, et chacun d'entre nous. Il y a de cela une éternité, Del a ouvert la bouche de l'homme, a soufflé dedans et l'homme de terre est devenu vivant. Tu feras de même avec Leni, tu la sortiras de là et souffleras la vie en elle, n'est-ce pas, Martha ? Le feras-tu, mon enfant ? Une fille, une enfant au-delà du fil barbelé – la seule raison pour laquelle le destin a voulu que je survive. Un jour, je t'ai vue, et j'ai compris que tôt ou tard je remonterais de ces abysses, que rien ne m'arrêterait, car tu m'attendais dans l'avenir avec le poing serré près du front. Tu étais déjà Martha, mon idole mauresque, mon enfant.

tentative 6 : autographe

Le sujet signe en toutes lettres, révélant estime de soi et assurance ; caractéristiques d'ailleurs confirmées par l'inclinaison des lettres vers la droite, ainsi que par les dimensions remarquables de l'autographe en comparaison de l'espace relativement réduit offert par la marge inférieure de la photo.

La position de la signature en bas à droite, ici comme dans divers autres documents analysés par nécessité de

comparaison, est propre aux personnes indépendantes et individualistes, mais aussi multitâches.
La pression sur le support apparaît marquée, révélatrice d'une énergie émotive considérable et d'une sensualité prononcée. Le large espacement des lettres du prénom et d'une partie de celles du nom de famille dénote extraversion et exubérance, tandis que le resserrement de la deuxième moitié du nom de famille dévoile un besoin, peut-être intempestif, d'autocontrôle. À moins que la plus grande extension du prénom par rapport au nom ne soit la marque d'un rapport irrésolu à l'enfance.

L'espace presque inexistant, de moins de trois millimètres, entre prénom et nom suggère le désir d'éviter la solitude, voire une certaine inclination pour les bains de foule.

D'autres indices révélent une personnalité forte, dominante, agressive et égocentrique :
• les initiales impétueuses, notamment celle du prénom (qui pourraient résulter d'une impulsion de revanche vis-à-vis de la figure paternelle) ;

• le soulignement du prénom, obtenu par le prolongement de la traverse de sa lettre initiale ;

• les liaisons interlettres, concaves et tournées de manière optimiste vers le haut (ou « écriture en guirlande »).

Voilà pour l'examen technique. Toutefois, quitte à paraître peu orthodoxe, l'expert désire informer la cliente d'une impression personnelle tirée de l'observation à la loupe de certains détails, et notamment :

• la dimension asphyxique des œillets dans les lettres « f » et « l » voire inexistante dans la lettre « h » ;

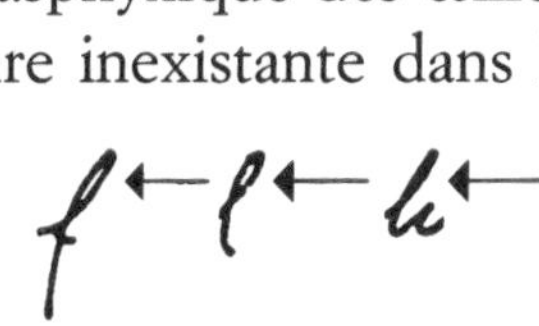

• la boucle enveloppante et crochue du trait terminal de la lettre « R » ;

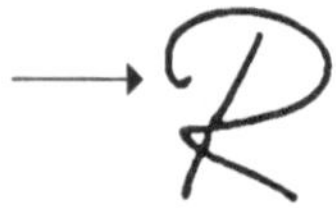

• la partie incurvée qui, toujours dans la lettre « R », est si pointue qu'elle perfore la hampe ;

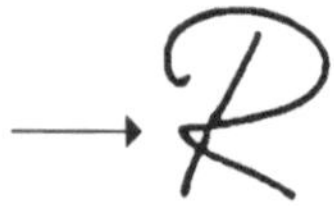

• le fût ascendant de la lettre « t », à la pointe étonnamment fourchue.

En conclusion, et à notre avis qui reste strictement personnel, le sujet présenté ici pour expertise graphologique – que l'on ait connaissance ou non de sa renommée, de l'influence exercée par ses œuvres, de ses fréquentations durant le nazisme et plus généralement de sa conduite au cours de sa très longue vie – devrait induire tout un chacun à s'en tenir le plus loin possible.

Le poisson Leni

La langue de sable était déserte, ce qui arrivait parfois aux heures les plus chaudes. Où étaient-ils tous passés ? Dans l'eau sûrement, avec bouteilles ou non, ou bien au spa du centre de l'île, ou encore dans leurs bungalows, avec la climatisation au maximum. À moins qu'ils ne soient occupés à siroter des cocktails aux fruits sous la tonnelle du bar. Comme elle ne pouvait pas les voir depuis la plage, elle se disait que Gangehi avait dû être évacuée précipitamment, et qu'on l'avait laissée là toute seule. Ce n'était pas une sensation désagréable.

Avec la marée basse, la langue de sable atteignait sa longueur maximale. Non pas cinq cents mètres comme le vantait le site du resort, mais assez pour en faire un des phénomènes les plus spectaculaires de l'atoll. Sur la portion initiale, elle dessinait une double anse élégante, où gîtaient des sternes. Puis elle continuait tout droit, s'affinant au fur et à mesure qu'on s'éloignait de la terre ferme, avant de se fondre dans un haut-fond vert-bleu. En y marchant, on avait l'impression de traverser une étendue scintillante de quartz liquide. Plus loin, la langue de sable affleurait de nouveau, comme si elle avait changé d'idée, puis aussitôt après elle coulait et disparaissait définitivement dans le bleu du large.

Martha allait pousser jusque là-bas, sur cette épaule de sable si mince et vulnérable aux marées, et qui l'avait toujours attendrie. Vingt centimètres d'eau suffisaient à la recouvrir, et pour la revoir il fallait attendre que le soleil soit couché. Puis la langue replongeait durant la marée haute nocturne, et remontait à une certaine heure du matin – bientôt.

La première fois que Martha s'y était rendue, elle s'était sentie un peu perdue, et s'était demandé si cette île perdue dans l'île n'était pas le centre du monde – pour les centaines de poissons qui y nageaient, elle semblait l'être. Elle aurait aimé y aller avec sa mère, elle l'avait toujours désiré. Et elle savait que ce jour-là était sa dernière occasion. Voilà pourquoi elle avait emporté l'aquarium de verre dans son sac à dos. En l'absence d'Anna Krems, celle-ci aurait été avec elle, d'une manière ou d'une autre.

Hormis un iguane allongé au soleil, elle n'avait pas rencontré âme qui vive durant le trajet de son bungalow à la plage. Le long des sentiers intérieurs, des passerelles de bois avaient été installées, sous lesquelles les touristes semaient des objets de valeur. Quelque temps plus tôt, Martha avait repêché entre deux lattes une alliance en or blanc sertie de diamants. Elle aurait mieux fait de la rendre – mais à qui ? Si elle l'avait laissée à la réception, le directeur ou quelqu'un d'autre l'aurait peut-être gardée. Alors autant que ce soit elle.

Elle la portait ce jour-là et, tout en la regardant scintiller sous le soleil de midi, une histoire lui revint en mémoire, que sa mère lui avait racontée. En y repensant ici, sur la langue de sable, Martha avait l'impression d'entendre résonner sa voix, ses inflexions et ses pauses, remplies tantôt par les cris des sternes, tantôt par le fracas lointain de l'océan.

Jésus est attaché à la croix et la croix est hissée en haut de cette colline. On plante un clou dans la paume de sa main droite, un autre dans sa gauche, un autre encore dans ses deux pieds. Et le quatrième ? Où est passé le quatrième clou ? Les Romains devaient s'en servir pour transpercer le cœur de Jésus. Malédiction, on ne le trouve plus nulle part ! Sais-tu où il était passé, Martha ? C'est un Tsigane qui l'avait volé, quelqu'un qui était passé là par erreur peu avant la crucifixion. Morale de l'histoire : quand un objet disparaît, c'est toujours la faute d'un Tsigane.

Mais comme dans toutes les bonnes histoires, une autre lecture était possible, lui avait dit sa mère : si le cœur de Jésus n'avait pas été cloué à la croix, c'était grâce à qui, à ton avis ? Et c'est ainsi qu'en signe de gratitude, Dieu accorda aux Tsiganes le droit sacro-saint de voler les *Gadgé* – et à Martha de ramasser les bijoux que les touristes, *Gadgé* ou pas *Gadgé* perdaient dans le sable des Maldives.

Concernant la lettre de Leni, une autre interprétation était-elle possible ?

Martha s'assit sur la grève, là où commençait la langue de sable, dans l'attente que la marée baisse encore. Le soleil tombait à pic, un léger vent soufflait de la lagune, ridant sa surface resplendissante. De petites vagues cristallines, luminescentes, se brisaient à ses pieds. Un peu plus loin, juste avant de disparaître dans le sable, les vagues de la lagune croisaient celles du large, venant de la direction opposée. L'océan semblait vouloir conserver à tout prix ce bout de terre en l'inondant sur deux fronts opposés, et en avoir de moins en moins la force au fil des minutes. Et donc, Leni savait, elle avait toujours su. Dans sa lettre posthume – que Martha avait reçue une semaine après sa mort –, elle retraçait méticuleusement les moments qui l'avaient conduite à découvrir la vérité.

Soupçonneuse comme elle l'était, Leni, avant de partir pour Gangehi, avait exigé de recevoir le CV de la plongeuse qui lui avait été affectée. Martha Meyer, née à Salzbourg le 18 octobre 1963, biologiste marine…

Une Martha de Salzbourg.

Le prénom du personnage qu'elle-même avait interprété dans *Tiefland* et la ville où avaient été récupérés les figurants.

Jusqu'ici, ça pouvait encore être une coïncidence, expliquait Leni dans sa lettre. Mais ensuite, elle avait appris, toujours grâce au CV, que Martha venait de s'installer à Gangehi après un long séjour sur un autre atoll. Trois années de suite à Kuredu puis, de but en blanc, la décision de changer d'air. Et, sur un total de plus de mille îles, où cette Martha avait-elle choisi de s'installer ?

Les tempos coïncidaient, écrivait Leni. Martha Meyer découvre que Leni Riefenstahl est sur le point d'entreprendre son dernier voyage aux Maldives et, comme par hasard, elle débarque à Gangehi aussitôt après.

Leni en avait déduit le reste sans se donner trop de peine. En cherchant sur Internet, elle était rapidement tombée sur sa thèse, accessible en ligne. Plus que le sujet – *Symbioses et autres relations interespèces dans la barrière corallienne maldivienne* –, ce qui avait attiré l'attention de Leni, c'était la dédicace : *À Anna Krems, qui m'a donné la vie et continue de le faire.*

Elle ne se serait peut-être pas souvenue d'elle, écrivait Leni, si les Tsiganes de Maxglan ne l'avaient poursuivie en justice le jour de son centième anniversaire. Là, au tribunal, ce nom avait ressurgi avec les autres : les Rosa Winter, Josef Reinhardt, Anna Krems et autres lui avaient gâché sa fête. Voilà pourquoi ce nom lui revenait.

Lorsque Martha avait lu sa propre dédicace, et notamment le nom de sa mère, ces mots si chargés de sens pour elle, tracés dans la graphie anguleuse de Leni, elle avait failli s'évanouir. Même morte, cette femme était capable de lui faire du mal. Elle continuait de faire planer son ombre sur ce que Martha gardait de plus précieux en elle – le bonheur d'Anna au moment où elle avait lu la dédicace, leur étreinte juste après, la façon dont sa mère avait fini par essuyer ses larmes.

Cependant, Martha ne s'était pas sentie démasquée, même si c'était là l'intention générale de Leni dans sa lettre. De toute évidence, elle l'avait écrite pour bien recadrer les choses. *Tu pensais m'avoir choisie*, écrivait-elle à un moment, *mais c'est moi qui t'ai choisie.* Leni tenait à lui faire savoir qu'elle savait, et que pendant tout ce temps elle avait eu une longueur d'avance sur elle.

Assise sur la rive, du côté de la lagune, Martha trouvait le comportement de Leni de plus en plus incompréhensible. Avait-elle joué avec elle ou non ? Pourquoi ne l'avait-elle pas dénoncée après l'accident ? Mais surtout : sachant de qui Martha était la fille, pourquoi Leni avait-elle quand même décidé de la rencontrer et de s'en remettre à elle ?

La lettre n'en disait pas un mot.

La marée baissait, le premier segment de la langue

de sable apparaissait, où les sternes s'alignaient le long de la rive en file indienne. Elles étaient toutes blanches sauf une, complètement noire. De temps à autre, elles prenaient leur envol, décollant ensemble depuis le versant droit de la langue de sable, survolaient la lagune à fleur d'eau, puis revenaient la traverser en sens inverse, pour atterrir à nouveau sur son versant droit. Et tout cela à intervalles si réguliers que Martha avait toujours considéré ce vol comme une manière de mesurer le temps, une sorte de pendule à coucou en plein air. Encore trois ou quatre envols, et la langue de sable réapparaîtrait dans toute son étendue.

Elle se dit que Leni, sentant sa fin proche, avait dû vouloir vivre une nouvelle aventure, d'un genre inédit pour elle. Après tout, n'aimait-elle pas le danger ? Fallait-il sauter d'un hydravion en flammes ? parcourir une échelle de bois suspendue au-dessus d'un gouffre ? être engloutie par une avalanche ? Face à certaines entreprises, Leni n'avait jamais reculé. Une fois de plus, elle avait été fidèle à ce credo. Un cycle de plongées à cent un ans, sous la menace de quelqu'un qui la haïssait : pourquoi pas ?

Était-ce donc cela, Leni ?

Le besoin d'une dernière décharge d'adrénaline ?

Depuis que sa lettre lui était parvenue, Martha avait repris l'habitude de s'adresser à elle, de lui parler comme si elle était encore là sur l'île. C'était sûrement voulu, un autre des effets que Leni désirait obtenir en lui écrivant. Pour elle, mourir n'était pas une raison suffisante pour disparaître du centre de l'attention. Sa mort avait en effet rallumé l'intérêt à son égard dans le monde entier, on organisait des rétrospectives, on présentait des expositions. Leni le savait, elle l'avait écrit noir sur blanc.

J'ai observé Gangehi depuis l'avion quand on est partis, écrivait-elle dans la dernière partie de sa lettre, la plus méchante, *et elle était petite à un point ! De plus en plus petite, un minuscule point insignifiant. Puis j'ai vu l'ombre de l'hydravion qui survolait l'océan et je me suis souvenue de Nuremberg, de l'avion d'Hitler – l'ombre de ses ailes qui s'étend sur les immeubles, sur les clochers des églises, sur les rues bondées, l'un de mes plus beaux plans. Je me demande combien de temps tu resteras là, sur ton îlot. Peut-être des années, qui sait. Des années qui se succéderont, identiques les unes aux autres, car le seul événement digne d'intérêt a déjà eu lieu, est déjà passé. C'est à cela que tu penseras le restant de tes jours, à ta rencontre avec Leni Riefenstahl : la seule occasion qui s'est présentée à toi, et que tu n'as pas su saisir. Et un beau soir, tu te regarderas dans le miroir, qui te dira quelle incroyable erreur, quel gigantesque gâchis a été ta vie. À ce moment-là, tes cheveux seront blancs, de la même couleur pâle que les coraux. Tu es faible, Martha. Vous êtes tous faibles, même quand vous m'attaquez, surtout quand vous m'attaquez : quand vous me traînez au tribunal, quand vous croyez m'avoir piégée alors que je suis déjà loin. Vous êtes fichus, ma chère, alors que mes films, mes photos et moi nous survivrons au temps qui passe et existerons toujours – toujours, tu comprends ?*

Bien sûr que Martha le comprenait, et même très bien.

Tu aurais mieux fait de me laisser au fond de l'océan, concluait Leni, ce qui était la seule allusion de la lettre à l'accident. Suivait sa signature complète, prénom et nom, qui semblait renforcer le concept exprimé dans la dernière phrase. Elle aurait préféré rester au fond de l'océan. Un beau finale – était-ce ce qu'elle voulait dire ? LENI RIEFENSTAHL EST MORTE DANS UN ACCIDENT DE PLONGÉE AUX MALDIVES, ELLE AVAIT CENT UN ANS. Un finale d'héroïne tragique, plein de souffle, digne d'elle et de son sens esthétique, de son goût pour la symétrie : les cimes à ses débuts, les abysses comme point d'arrivée. Avec même une touche d'exotisme, les Maldives. Un siècle d'histoire coule à pic. Au fur et à mesure qu'elle s'enfonce dans ces eaux si limpides, elle se purifie, se déleste de ses appendices crochus – croix de fer, svastikas, buissons de fil barbelé – et tout à la fin, une fois étendue au fond de la mer, elle est devenue une légende.

Voilà à quoi lui servait Martha. Sans le savoir, sans même le soupçonner, elle aurait été utilisée par Leni dans l'épisode qu'elle avait en tête. Voilà le rôle qu'elle avait prévu pour elle. Elle aurait été une figurante – comme sa mère.

Malheureusement pour Leni, rien ne s'était passé comme prévu. En lui sauvant la vie au dernier moment, Martha n'avait pas bien interprété son rôle – comme Anna Krems. C'est pourquoi les scènes où mère et fille avaient joué avaient été coupées au montage final, et Leni avait dû se contenter d'une sortie de scène bien moins cinématographique : « Leni Riefensthal s'est éteinte chez elle », « Elle s'est endormie pour toujours dans son lit », « Son cœur a simplement cessé de battre ».

Après l'avoir lue, Martha avait jeté la lettre dans le premier tiroir à portée de sa main. Sur le moment, elle n'y avait pas fait attention, mais c'était celui de l'aquarium de verre. Et si c'était sa mère qui le lui avait suggéré ? Comme pour souligner, s'était dit Martha, que le destin des deux femmes de sa vie était de se relayer en permanence, d'abord soixante-deux ans plus tôt sur le tournage d'un film, ensuite aujourd'hui, où l'histoire se répétait – sortir du tiroir l'aquarium d'Anna et y déposer à la place la lettre de Leni.

Martha savait maintenant que cette lettre contenait un élément moins visible que les bravades, les mesquineries, le poison qui imbibait chaque phrase, les coups assénés pour blesser le plus possible. Le message se nichait dans les replis du texte, il fallait le débusquer dans les retours à la ligne ou les marges blanches des feuilles. Au premier abord, bouleversée comme elle l'était – Leni avait visé parfaitement juste et le poison avait déployé ses effets –, elle n'avait pas réussi à saisir le message caché. Mais depuis que la lettre avait été déposée dans ce tiroir vide, qu'elle n'avait plus à la tenir et pouvait l'observer à distance de sécurité, tout lui semblait enfin clair.

Leni n'avait évoqué *Tiefland* que par insinuations et allusions ; inutile donc d'imaginer qu'elle aurait pu expliquer pourquoi elle avait obligé Anna Krems à choisir entre l'un de ses frères et sœur : c'étaient, de loin, les parties les plus intéressantes de la lettre – celles qui n'avaient jamais été écrites.

Par ailleurs, si Leni avait eu la conscience tranquille, elle se serait adressée aux autorités compétentes aussitôt après la plongée pour dénoncer Martha. Mais dans ce cas-là, l'histoire de *Tiefland* serait remontée à la surface tôt ou tard, inévitablement. Cette dénonciation manquée équivalait donc à un aveu. C'était comme si Leni avait enfin avoué la faute qu'elle avait tue si longtemps, et dont la lettre constituait à présent une forme de preuve.

En tout cas, Martha n'avait aucune intention de l'emporter avec elle, comme d'ailleurs tout ce qui concernait Leni. Elle avait fait don des livres et albums photos à son sujet à la petite bibliothèque de l'île, qui n'était pas très fréquentée. Tout le reste – fiches, recherches, coupures de journaux, tentatives de classifications et notes dispersées – avait été détruit. La lettre aurait le même destin.

Quant à elle, dans moins de deux heures elle monterait à bord d'un hydravion, et dès lors elle essaierait de ne plus jamais penser à Helene Bertha Amalia Riefenstahl dite Leni (Berlin, 22 août 1902 – Pöcking, 8 septembre 2003).

Elle avait laissé ses bagages sur le quai, prêts à l'embarquement. Tôt le matin, elle avait déjà salué ses collègues du centre de plongée, le biologiste maltais qui allait la remplacer, le directeur du resort, les cuisiniers, les serveurs, le capitaine du *dhoni*.

Entre-temps, la marée s'était retirée, Martha avait parcouru une bonne moitié de la langue de sable, et Leni ne pouvait rien y faire. Qu'elle braille donc autant qu'elle le voulait, enfermée dans ce tiroir.

Elle sortit de son sac à dos l'aquarium de verre et, comme chaque fois qu'elle l'avait dans les mains, elle fut stupéfaite. Il semblait si fragile et impalpable quand on le regardait, alors qu'il pesait lourd.

Même si elle savait que c'était vain, elle essaya de comparer les trois spécimens représentés dans l'aquarium avec les poissons qu'elle pouvait voir depuis la langue de sable sans avoir à se mouiller les pieds – la barrière de corail était si proche et l'eau si limpide qu'on les voyait même de là-haut.

Celui à bandes jaunes et blanches dans la partie supérieure de l'aquarium rappelait de loin un poisson-ange duc, *Pygoplites diacanthus*, sauf que la queue de ce dernier n'est pas rouge comme dans sa version fantaisiste. Celui au corps doré et à l'épine dorsale bleue avec des couleurs inversées aurait pu passer pour un poisson-chirurgien, *Acanthurus leucosternon*. Le troisième était un tel méli-mélo qu'il ne ressemblait à aucune espèce existante, voilà pourquoi Martha eut envie de le baptiser *Sufflamen sfasciatus*, un des noms que sa mère inventait en estropiant les vrais. Ou bien *Scarus ignobilis*, ou encore *Cornutus cornutus*, pourquoi pas ? Parfois, les taxonomistes répétaient le concept deux fois comme pour mieux le fixer, et sa mère raffolait de ces doublons.

Martha se remit à marcher, les faux poissons de l'aquarium à la main et les vrais poissons passant à côté d'elle des deux côtés de la langue de sable. À sa gauche, du côté de la barrière de corail, elle vit un aigle de mer léopard, *Aetobatus narinari*. À sa droite, une raie pastenague affleurait à la surface de la lagune, de son nom scientifique *Dasyatis pastinaca*. L'aigle de mer battait paresseusement des ailes ; la raie, en nageant, formait une sorte de drapé très léger dans l'eau, comme si ses ailes étaient de soie.

Rester là, sur ce couloir de sable, entre deux mers. Mettre un pied derrière l'autre, débiter des noms latins, observer des poissons, rien d'autre. À certains moments, ils étaient si nombreux de chaque côté qu'on ne savait plus où donner de la tête. Les silhouettes aplaties, les formes arrondies ou fuselées. L'aspect métallique, crayeux, fluorescent ou velouté de certaines écailles. L'air affairé de certains et la nage lascive des autres. Et les couleurs. Rouge écarlate, bleu électrique, jaune safran, vert-de-gris, orange cadmium. Aux Maldives, on comptabilisait environ deux mille espèces, en se limitant aux poissons de la seule barrière de corail, et le poisson Leni ne figurait plus parmi eux. Il venait de s'éteindre.

À présent, se dit Martha, l'écosystème a retrouvé son équilibre. J'ai fini par comprendre pourquoi tu m'as donné ce prénom, tu sais, maman. C'est incroyable que je n'aie pas deviné plus tôt. Je parle de la lettre « h », maman. L'héroïne de *Tiefland* n'en a pas, mais il aurait été très bizarre qu'une Espagnole s'appelle Martha. Je l'ai toujours su, pourtant je n'en avais pas saisi les implications jusqu'à présent.

Tu m'as appelée Martha, et pas Marta.

Une petite différence, mais de taille.

Entre quoi et quoi, précisément ? Entre le bien et

le mal ? Une lettre qu'on ne prononce pas peut-elle avoir des effets si voyants ?

Eh bien oui, dans certains cas. Ce qui a séparé les chemins de l'homme et du chimpanzé, c'est une seule lettre, celle d'un unique gène sur vingt mille environ. Et si c'était pareil avec les noms ? Martha au lieu de Marta, ARHGAP11B au lieu de ARHGAP11A, et l'histoire change complètement, un chemin évolutif radicalement différent.

Quant à notre chemin à nous, je crois vraiment que nous y sommes. La marée remonte déjà et dans quelques heures, elle submergera cette extrémité de l'île. Nous ne pouvons pas aller au-delà, tu vois ? C'est le dernier haut-fond, l'endroit où je voulais t'emmener. Je suis si heureuse d'y être arrivée, maman. Et c'est magnifique, vraiment magnifique, il n'y a rien que je désirais davantage.

Être ici avec toi, au centre du monde. Saisir une poignée de ce sable précieux, le faire couler entre mes doigts.

Un peu plus loin, le fond bascule brutalement à vingt ou vingt-cinq mètres de profondeur. Plus loin encore, là où l'on aperçoit cet ourlet d'écume blanche, les vagues vont se heurter contre la barrière de corail de l'atoll. Et après, maman, après, il n'y a plus que le grand large.

Note de l'auteur

Beaucoup ont essayé de raconter la vie de Leni Riefenstahl, dont Leni Riefenstahl elle-même. « Mon intention, écrit-elle dans les dernières lignes de son autobiographie, était d'affronter les préjugés et de dissiper les malentendus [...], un travail difficile dont moi seule pouvais m'acquitter. Ce n'est pas un livre heureux qui en a découlé. » Heureux ou pas, *Memoiren* sort en Allemagne en 1987, tandis qu'il est publié en Italie par Bompiani en 1995 sous le titre *Stretta nel tempo* [et en France chez Grasset en 1997 sous le titre *Mémoires*]. C'est l'une des sources principales de ce roman, surtout pour les *tentatives* de Martha. Il m'a notamment semblé opportun, dans les chapitres *citations* et *volte-face*, de restituer les mots de Leni Riefenstahl tels que je les ai découverts dans son autobiographie. Mon intention – qui coïncide avec celle de Martha – était de « faire parler » Leni, de la laisser se dévoiler toute seule en exploitant, et peut-être en le lui retournant, l'un de ses plus grands talents : la technique du montage, le rapprochement d'éléments disparates dans le but d'engendrer du sens.

Ses *Mémoires* ressemblent à un bilan final, ce qui est parfaitement compréhensible étant donné l'âge de son auteure, quatre-vingt-cinq ans à l'époque. Elle-même n'imaginait peut-être pas vivre encore seize années – denses, frénétiques et aventureuses comme c'était son style. Désormais presque centenaire, Leni Riefenstahl publiera *Five Lives* (Taschen), un dernier compte rendu de ses cinq vies, cette fois en images, dont l'une a été choisie pour la couverture de ce livre.

Cependant, justement mus par le désir d'« affronter les préjugés » et de « dissiper les malentendus », ni Martha ni moi ne pouvions nous baser uniquement sur les récits directs de l'intéressée. Fondamentale s'est avérée la lecture de la passionnante biographie de Jérôme Bimbenet *Leni Riefenstahl. La cinéaste d'Hitler* (Tallandier), source que j'ai largement utilisée, que ce soit pour compiler les fiches de Martha – surtout le chapitre *citations*, où je rapporte les mots de critiques de cinéma, de personnages historiques et de témoins de l'époque recueillis par le chercheur français – ou pour essayer de pénétrer l'énigme de cette vie si riche en revirements, contradictions et zones d'ombre. Je ne suis pas sûr d'avoir les idées plus claires maintenant que lorsque je me suis mis à écrire, mais Bimbenet lui-même choisit d'ailleurs comme épigraphe à son essai cette réflexion désespérée de Wilfried Wiegand, un historien de l'art : « Leni Riefenstahl ne nous facilite pas la tâche. »

Non moins complexe est la question sur laquelle se concentre mon roman, celle des figurants de *Tiefland*. J'en ai eu connaissance grâce à l'article de Claudio Magris,

« *Piccoli nomadi usa e getta per la regista di Hitler* » [Des enfants tsiganes utilisés puis jetés par la réalisatrice d'Hitler], paru le 14 août 2010 dans le *Corriere della Sera*. Magris l'écrit après avoir assisté à la projection du documentaire *Zeit des Schweigens und der Dunkelheit* [Le temps du silence et des ténèbres], de Nina Gladitz. Leni Riefenstahl, qui n'y apparaît pas sous son meilleur jour, a essayé par tous les moyens d'en entraver la diffusion et on peut dire qu'elle y est parvenue, le film de Gladitz étant devenu presque introuvable. Si j'ai fini par réussir à le voir – j'en ai tiré quelques informations essentielles sur le camp de Maxglan et sur l'histoire des figurants de *Tiefland* –, je le dois à Katia Cavallito, qui l'a déniché dans les archives de la chaîne allemande WDR. Je lui exprime ici toute ma reconnaissance, et je remercie aussi Alessio Posar pour la traduction de l'allemand.

La recherche de *Die Macht der Bilder : Leni Riefenstahl* [*Leni Riefenstahl, le pouvoir des images*], le documentaire de Ray Müller cité à plusieurs reprises par Martha, a été bien plus simple. En Amérique, on lui a donné un titre un peu moins neutre par rapport à la version originale : *The Wonderful Horrible Life of Leni Riefenstahl* [La vie merveilleuse et horrible de Leni Riefenstahl]. On accède également avec facilité à *The Immoderation of Me* [Moi, sans modération], longue interview accordée par Riefenstahl à la journaliste Sandra Maischberger en 2002. Dans les deux films, on assiste au même phénomène : malgré eux, les interviewers finissent par tomber dans les griffes de l'interviewée.

Un autre article de journal, « *Gypsies' fate haunts film muse of Hitler* » [Le destin des gitans hante la réalisatrice muse d'Hitler], écrit par Kate Connolly et publié dans *The Guardian* le 18 août 2002, m'a mis pour la première fois sur les traces d'Anna Krems. Il s'agit de l'un des nombreux témoignages que Nina Gladitz a recueillis auprès des figurants de *Tiefland*, bien qu'elle ait choisi ensuite de ne pas l'inclure dans le documentaire. Susan Tegel écrit également au sujet d'Anna Krems dans un court essai, « *Leni Riefenstahl's "Gypsy Question"* » (*Historical Journal of Film, Radio and Television*, vol. 23, n° 1, p. 3-10). Que ce soit dans l'article de Connolly ou dans l'essai de Tegel, l'histoire d'Anna est condensée en dix lignes environ, une poignée de mots minimalistes et, par conséquent, encore plus terrifiants. C'est du moins l'impression que j'ai eue en le lisant et le relisant, une impression si forte qu'elle m'a poussé à écrire à ce sujet un roman, c'est-à-dire une œuvre de fiction.

Une Anna Krems, née en 1925 en Autriche, apparaît dans le *Hauptevidenzbücher des Zigeunerlagers*, le registre principal du camp des Tsiganes d'Auschwitz. Le matricule qui lui a été tatoué sur le bras est le Z-6571. Elle a survécu à l'enfermement. Voilà tout ce que je sais d'elle. Je ne sais donc pas s'il s'agit de la même Anna Krems qui, à l'âge de quatre-vingts ans, allait raconter son histoire à Nina Gladitz. J'ai imaginé qu'elle pouvait l'être, et j'ai essayé de combler les vides. Je lui ai attribué une fille, Martha, personnage inventé qui règle ses comptes avec un personnage ayant réellement existé. Leni Riefenstahl a vraiment plongé aux Maldives en mars 2003, alors qu'elle avait cent ans et six mois. Mais il va de soi que le récit de ses dernières explorations sous-marines est le fruit de mon imagination.

Pour reconstituer le contexte dans lequel vécurent les Sinté et les Roms impliqués dans le tournage de *Tiefland*, je me suis appuyé sur l'essai de Guenter Lewy *La persecuzione nazista degli zingari* [*La Persécution des Tsiganes par les nazis*, Les Belles Lettres], tandis que j'ai extrait de *La terza metà del cielo* [La troisième moitié du ciel] d'Alberto Melis le conte de Del et Beng dans la version de Bruno Levak Zlato.

Une contribution décisive m'a été offerte par Luciana Muscogiuri, biologiste marine. Un jour, Luciana m'a dit : « Tu sais, à l'université, j'ai choisi biologie et pas archéologie parce que je voulais m'occuper de choses vivantes. » Puis elle m'a parlé de taxonomie, de clés dichotomiques et de bien d'autres choses qui se retrouvent dans le livre. Je lui suis immensément reconnaissant, car sans elle je n'aurais pas pu imaginer Martha et son univers.

L'article sur les crinoïdes, dont des extraits sont cités dans le chapitre « Murène étoilée », est extrait de la page Facebook « Argolands ». Les sources principales sur les autres espèces décrites par Martha sont : un post de « Il blog di Jacopo Ranieri » pour le poisson-perroquet ; le site web de la revue *Focus* pour la crevette-mante ; l'essai *Al di là delle parole* [Au-delà des mots] de Carl Safina pour les orques et les éléphants.

Étant un plongeur moins qu'amateur, j'ai fait appel à l'expérience d'un professionnel qui a exploré les profondeurs de presque tous les océans du monde, Maldives comprises : merci de tout cœur à Stefano Maghelli pour sa précieuse expertise sous-marine.

Laura Cerutti m'a guidé dans la réécriture avec son intelligence habituelle – humaine et narrative –, qui va de pair chez elle avec l'intuition, la passion et l'enthousiasme. Merci pour cette nouvelle aventure, Laura.

Giovanna Salvia a pris soin de chaque phrase du roman. En travaillant à ses côtés, on a la sensation que les mots sont des objets concrets dont elle connaît la forme, les dimensions et la couleur. Merci, Giovanna.

Merci à Rosie Ficocelli, à Carla Volpi et à Emma Santucci, pour leur attention amoureuse aux détails : points, virgules, espaces, tirets, fléchettes.

Merci à Cristiano Guerri pour son dévouement envers toutes les images, depuis la photo de couverture jusqu'aux brins de coraux.

Et à Gianluca Foglia, pour avoir cru en ce roman.

Chiara Piovan est la meilleure agente que l'on puisse désirer : douce et déterminée, sérieuse et ironique, efficace et sensible. Après avoir assisté à deux minutes d'un de ses cours à la Scuola Holden, je me suis dit que ce serait bien de travailler ensemble – ce qui a par bonheur été le cas. Un immense merci à elle, à Marco Vigevani, à Claire Sabatié-Garat et à toute l'équipe de TILA.

Eric Minetto m'a soutenu par ses conseils, ses encouragements, sa présence aimable et lumineuse. Merci, mon ami.

Merci à Alberto Rollo, pour ses enseignements et son amitié.

Et merci à mes parents, qui sont toujours là.

IMMERSION

Ce roman est dédié à Eleonora Sottili, ma première lectrice, mon amour. Cette fois encore, elle m'a aidé de toutes les manières possibles et m'a suivi partout, jusqu'à quinze mètres de profondeur. En vérité elle s'est arrêtée un peu plus haut, à un mètre et demi environ. Au moins elle aura essayé, même si elle avait peur – et c'est ce qui compte, en définitive. Nous étions à Gangehi, atoll d'Ari, Maldives.

« LES GRANDES TRADUCTIONS »

(extrait du catalogue)

VIOLA ARDONE
Le Train des enfants
Le Choix
traduits de l'italien par Laura Brignon

ELIAS CANETTI
Histoire d'une jeunesse, la langue sauvée, 1905-1921
Les Années anglaises
Le Livre contre la mort
traduits de l'allemand par Bernard Kreiss
Le Flambeau dans l'oreille, histoire d'une vie, 1921-1931
traduit de l'allemand par Michel-François Démet
Jeux de regard, histoire d'une vie, 1931-1937
traduit de l'allemand par Walter Weideli

VEZA ET ELIAS CANETTI
Lettres à Georges
traduit de l'allemand par Claire de Oliveira

ELIAS CANETTI ET MARIE-LOUISE MOTESIZKI
Amants sans adresse, correspondance 1942-1992
traduit de l'allemand par Nicole Taubes

DANIEL DEFOE
Robinson Crusoé
traduit de l'anglais par Françoise du Sorbier

DAVIDE ENIA
Sur cette terre comme au ciel
La Loi de la mer
traduits de l'italien par Françoise Brun

JOÃO GUIMARÃES ROSA
Diadorim
traduit du portugais (Brésil) par Maryvonne Lapouge-Pettorelli

Sagarana
Mon oncle le jaguar
traduits du portugais (Brésil) par Jacques Thiériot

DANA GRIGORCEA
La Dame au petit chien arabe
traduit par l'allemand par Dominique Autrand

MONIKA HELFER
Héritage
traduit de l'allemand par Dominique Autrand

GEORG HERMANN
Henriette Jacoby
traduit de l'allemand par Serge Niémetz

YASUNARI KAWABATA
Récits de la paume de la main
traduit du japonais par Anne Bayard-Sakai et Cécile Sakai
La Beauté, tôt vouée à se défaire
traduit du japonais par Liana Rossi
Les Pissenlits
traduit du japonais par Hélène Morita
Première neige sur le mont Fuji
traduit du japonais par Cécile Sakai

YASUNARI KAWABATA ET YUKIO MISHIMA
Correspondance
traduit du japonais par Dominique Palmé

GUYLA KRÚDY
L'Affaire Eszter Solymosi
traduit du hongrois par Catherine Fay

OTTO DOV KULKA
Paysages de la métropole de la mort
traduit de l'anglais par Pierre-Emmanuel Dauzat

DANIELA KRIEN
L'Amour par temps de crise
traduit par l'allemand par Dominique Autrand

MICHAEL KUMPFMÜLLER
La Splendeur de la vie
traduit de l'allemand par Bernard Kreiss

DORIS LESSING
Le Carnet d'or
Les Enfants de la violence
traduits de l'anglais par Marianne Véron
Journal d'une voisine
traduit de l'anglais par Marianne Fabre
Si vieillesse pouvait
traduit de l'anglais par Natalie Zimmermann

PRIMO LEVI
Le Système périodique
traduit de l'italien par André Maugé
Auschwitz, ville tranquille
traduit de l'italien par Louis Bonalumi, René de Ceccaty, André Maugé et Martine Schruoffeneger

THOMAS MANN
Les Confessions du chevalier d'industrie Felix Krull
Dr Faustus
traduits de l'allemand par Louise Servicen

SÁNDOR MÁRAI
Les Braises
traduit du hongrois par Marcelle et Georges Régnier
L'Héritage d'Esther
Divorce à Buda
Un chien de caractère
Mémoires de Hongrie
Métamorphoses d'un mariage
Le Miracle de San Gennaro
traduits du hongrois par Georges Kassai et Zéno Bianu
Libération
Le Premier Amour
L'Étrangère
La Sœur
Les Étrangers

Les Mouettes
Ce que j'ai voulu taire
La Nuit du bûcher
Dernier jour à Budapest
Journal, tomes 1 et 2
traduits du hongrois par Catherine Fay

ROSELLA POSTORINO
La Goûteuse d'Hitler
traduit de l'italien par Dominique Vittoz

CHRISTOPH RANSMAYR
La Montagne volante
Le Syndrome de Kitahara
Atlas d'un homme inquiet
Cox ou la course du temps
traduits de l'allemand par Bernard Kreiss

MORDECAI RICHLER
Le Monde de Barney
traduit de l'anglais (Canada) par Bernard Cohen

RAFFAELLA ROMAGNOLO
Bella Ciao
traduit de l'italien par Françoise Brun

ALEX SCHULMAN
Les Survivants
traduit du suédois par Anne Karila

PAOLO SORRENTINO
Ils ont tous raison
Youth
traduits de l'italien par Françoise Brun

MADELEINE ST JOHN
Les Petites Robes noires
traduit de l'anglais (Australie) par Sabine Porte
Rupture et conséquences
traduit de l'anglais (Australie) par Anouk Neuhoff

ARTHUR SCHNITZLER
Gloire tardive
traduit de l'allemand par Bernard Kreiss

SOPHIE TOLSTOÏ
À qui la faute ? Réponse à Léon Tolstoï
traduit du russe par Christine Zeytounian-Beloüs

F.X. TOOLE
Coup pour coup
traduit de l'anglais (États-Unis) par Bernard Cohen

NICK TOSCHES
La Main de Dante
Le Roi des Juifs
traduits de l'anglais (États-Unis) par François Lasquin
Moi et le diable
traduit de l'anglais par Héloïse Esquié

DUBRAVKA UGRESIC
Le Ministère de la douleur
traduit du serbo-croate par Janine Matillon

ERICO VERISSIMO
Le Temps et le Vent
Le Portrait de Rodrigo Cambará
traduits du portugais (Brésil) par André Rougon

Retrouvez toute l'actualité des éditions Albin Michel
sur notre site albin-michel.fr
et suivez-nous sur les réseaux sociaux !
Instagram : editionsalbinmichel
Facebook : Éditions Albin Michel
Twitter : AlbinMichel

Composition : Nord Compo
Impression : Imprimerie Floch, mars 2023
Éditions Albin Michel
22, rue Huyghens, 75014 Paris
www.albin-michel.fr
ISBN : 978-2-226-46096-7
N° d'édition : 24451/01 – N° d'impression : 102090
Dépôt légal : avril 2023
Imprimé en France